개 다섯 마리의 밤

제7회 황산벌청년문학상 수상작

개 다섯 마리의 밤

채영신 장편소설

은행나무

차례

초코파이   7

샤브샤브   32

폐가   61

동물농장   84

대본   116

마술쇼   139

올가미   182

연극   210

미끼   238

| 제7회 황산벌청년문학상 심사평 | 267

| 작가의 말 | 272

초코파이

형사가 마네킹을 바닥에 눕혔다. 폴리스라인 바깥에서 시끄럽게 떠들어대던 군중들이 입을 다물었다. 사람들은 살인 장면이 재연되길 기다렸지만 남자는 포박된 두 팔을 늘어뜨리고 서서 꼼짝도 하지 않았다. 남자의 눈길이 꽂힌 담장엔 호박넝쿨이 나팔꽃넝쿨과 뒤엉켜 어지럽게 뻗어 있었다. 한쪽이 풀썩 주저앉은 지붕에도 호박넝쿨과 환삼덩굴이 이엉처럼 얹혀 있었다. 벽도 온통 담쟁이 천지였는데, 그것으로 뒤덮이지 않은 곳은 유리가 깨진 창과 문짝이 떨어져나간 현관뿐이었다. 시커멓게 드러난 그 구멍은 얼핏 눈과 입처럼 보였고, 그 때문에 박혜정에겐 폐가가 상처를 입고 쓰러진 커다란 짐승처럼 느껴졌다.

마네킹이 누워 있는 곳은 담장 밑이었다. 원래는 마당이었을 테지만 지금은 풀숲이 된 바닥에 마네킹은 파란 눈에 미소를 머금고서 조용히 누워 있었다. 그 때문일까, 가슴에 붙은 피해자라는 표찰에도 불구하고 마네킹이 소풍 나온 아이처럼 들떠 보였다. 어쩌면 아이의 얼굴에도 죽기 직전까지 저 표정이 어려 있었을지도 모른다고 박혜정은 생각했다. 좋아하는 태권도 사범과 함께 사람들의 눈을 피해 폐가로 숨어들 때 아이의 심장은 모험심과 흥분으로 두방망이질 쳤을 테고 웃음을 참느라 두 뺨은 풍선처럼 부풀어올랐을 테지.

지, 짐승만두 못한 눔! 그녀의 곁에 서 있는 노인이 진저리를 치며 소리쳤다. 형사가 손목시계를 들여다보더니 어서 시작하라는 듯 남자의 어깨를 지그시 눌렀다. 남자는 멍하니 정면만 쳐다보고 있다 순순히 마네킹 위에 올라타 포승줄과 수갑으로 묶인 두 손으로 마네킹의 목을 졸랐다. 미리 사다리에 올라타 있던 사진기자들이 플래시를 터뜨리며 카메라 셔터를 눌러댔다. 살인마! 죽여! 모자를 벗겨라! 여기저기서 고함이 터져나왔다. 우는 사람도 있었고 비명을 지르는 사람도 있었다. 남자가 고개를 들더니 천천히 주위를 둘러보기 시작했다. 손은 여전히 마네킹의 목에 얹은 채였다. 깊게 눌러쓴 모자와 마스크에 가려져 있어 남자의 표정을 읽을 수는 없었지만 남자가 고개를 갸우뚱하는 순간 그녀는 남자의 혼잣말을 들은 것 같았다. 이상해, 참 이상해. 내가 왜 여기에서 이러고 있는 거지? 무성한 나뭇가지를 파고든 아침햇살이 남자와 마네킹 위에 얼룩무늬를 그렸다.

형사가 남자를 일으켜 세웠다. 끝이었다. 유가족 중 누구 하나 참관하지 않은 가운데 이뤄진 현장검증은 싱겁게 끝나버렸다. 숨죽이고 바라보던 사람들의 얼굴 위로 실망의 빛이 떠올랐다. 다음 행선지는 아이들의 시신이 암매장되어 있던 포천의 어느 야산이라고 했다. 사람들이 호송차에 오르려는 남자의 앞을 가로막았다. 앞다투어 남자에게 마이크를 들이대는 기자들까지 가세하여 순식간에 호송차 앞은 아수라장으로 변했다. 그녀는 붙박인 듯 그 자리에 남아 무리를, 무리가 만들어내는 소란을 카메라처럼 묵묵히 바라보았다.

갑자기 하늘이 컴컴해지더니 돌풍이 불어왔다. 폐가의 처마 밑에 접혀 있던 신문지가 펄럭이며 그녀의 발치로 날아왔다. 그녀는 쪼그리고 앉아 누렇게 바랜 신문을 내려다보았다. 얼룩지고 글씨가 흐릿해져 분명하게 알아볼 수는 없었지만 아마도 이 년 전의 것인 듯했다. 그녀는 고딕체로 박힌 기사제목을 눈으로 훑었다. 그때도 길을 가다가 아무 이유 없이 칼에 찔려 죽은 사람이 있었고 누명을 쓰고 억울하게 옥살이를 한 사람이 있었다. 변한 게 없어, 하나도. 그녀는 중얼거렸다. 자신의 목소리가 퍽이나 낯설게 느껴졌다. 그 낯섦은 시점에서 비롯된 것이었다. 미래의 목소리를 과거의 귀가 듣고 있으며 현재에 속한 뇌가 그 소리를 분석하고 있는 것 같은, 시점의 교착에 의한 혼란스러움.

그녀는 쪼그리고 앉은 채 고개만 돌려 뒤를 돌아보았다. 사람들이 뒤엉켜 소리 지르고 몸부림치는 광경이 몹시 비현실적으로 느껴졌다. 그녀는 자리에서 일어났다. 무릎을 펴는 순간 쇠어가는 호박잎 아래에서 탐스럽게 익은 호박 한 덩이가 눈에 들어왔다. 대문 바로 옆이라 손만 뻗으면 닿을 수 있는 거리였다. 갑자기 심장이 쿵쿵 뛰기 시작했다. 그녀를 둘러싼 세상에서 유일하게 생생한 현실로 실재하는 건 저 반짝반짝 빛나는 호박뿐이었다. 그녀는 대문 안으로 발 한 짝을 들여놓으며 호박을 향해 팔을 뻗었다. 아줌마, 거기서 뭐 해요? 그녀는 소리 나는 쪽으로 고개를 돌렸다. 형사가 피곤한 눈으로 그녀를 쳐다보고 있었다. 그녀는 손가락으로 호박을 가리켰다. 치켜든 손가락 위로 빗방울이 똑, 떨어졌다.

*

비가 내리고 있었다. 현장검증이 끝날 때부터 시작된 비는 갈수록 거세지더니 어두워지기 시작하면서 아예 양동이로 들이붓는 것처럼 쏟아지기 시작했다.

박혜정은 프라이팬에서 익고 있는 고등어를 뒤집었다. 싱크대에 부착된 주방라디오에선 발라드가 흘러나왔고 거실 텔레비전에선 뉴스가, 홈쇼핑 채널에 고정된 침실 텔레비전에선 운동기구가 소개되고 있었다. 가수와 앵커와 쇼호스트가 경쟁하듯 목청을 높이고 있어 실내는 전화벨 소리가 묻혀버릴 만큼의 소음으로 가득 찼지만 정작 그녀는 고요를 누리는 사람처럼 나른한 표정이었다.

식탁 위에 수저 두 벌을 늘어놓고 그녀는 아들의 방으로 갔다. 세민은 연필을 쥔 채 책상에 엎드려 자고 있었다. 그녀는 책상에 펼쳐진 논술 공책을 집어들었다. 제시된 논술 주제는 마술의 비법을 공개하는 것에 대해 찬반 주장을 펼쳐보라는 것이었다. 세민은 공개되어야 한다고 썼다. 마술은 왜로울 때 친구가 되어줄 것이기 때문입니다. 연필로 눌러쓴 그 문장이 이빨처럼 그녀의 가슴을 물어뜯었다. 아들이 쓴 '왜롭다'는 오자가 보통 사람의 문법으로는 담아낼 수 없는, 그만의 외로움을 그린 그림 문자처럼 느껴졌다. 언젠가 아들이 했던 말이 떠올랐다. 책에서 읽은 건데 엄마, 옛날에 몬테수마 2세라는 황제가 최초로 동물원을 만들었는데, 거기엔 동물뿐만 아니라 사람도 가둬놓았대. 어떤 사람이냐면 음, 나 같은 알비노*들. 공책을 내려놓고 그녀는 아들의 어깨를 흔들었다. 흠칫 놀라며 세민이 눈을 떴다. 실핏줄이 다 드러나 보이는 아들의 빨간 눈동자에 엄마의 얼굴이 맺혔다.

"밥 먹자."

세민은 잠이 덜 깬 걸음걸이로 주방으로 나왔다. 그녀는 세민의 옆자리에 앉았다. 직사각형 식탁의 긴 면을 벽에 붙인 뒤로 엄마와 아들은 마주 보는 대신 나란히 앉아 밥을 먹었다. 처음 식탁의 구도를 바꿨을 때 세민은 기차를 탄 것 같다고 했다. 그래서 좋다는 건지 싫다는 건지 읽어낼 수 없는 표정이었다. 그녀는 가시를 발라낸 생선살을 아들의 숟가락 위에 얹었다. 밥

---

* 백색증. 멜라닌 색소의 분포와 합성 대사과정에서 결함이 생겨서 출생 시부터 피부와 머리카락, 홍채에 소량의 색소를 가지거나 색소가 전혀 없는 희귀유전질환.

을 씹다 말고 세민이 얼굴을 찌푸렸다.

"왜, 가시 있니?"

세민이 고개를 흔들었다. 그녀는 고등어 살점을 떼어 맛을 보았다. 간이 전혀 배어 있지 않았다. 소금을 뿌린다는 걸 깜빡한 모양이었다. 간이 맞지 않은 생선은 밍밍했다. 왜 이런 일이 자꾸 되풀이되는 건지. 어제도 세민은 밥을 굶고 학교에 갔다. 국을 끓여 상을 차린 뒤 전기밥솥을 여니 밥통이 비어 있었다. 그녀는 접시 귀퉁이에 소금을 덜어놓았다.

"고등어 중에도 알비노가 있겠지?" 지나가는 말처럼 세민이 물었다. "애들이 그러는데 알비노 돌고래도 있고 알비노 사자도 있대. 그렇다면 음, 알비노 고등어도 있겠지?"

엄마의 시선을 외면한 채 세민이 젓가락으로 생선살을 파헤쳤다.

"내 평생 알비노 사자니 돌고래니 하는 건 한 번도 들어보지 못했다."

"아, 그건 왜 그런 거냐면, 애들이 그러는데, 알비노에 걸린 동물들은 적의 눈에 잘 띄기 때문에 어려서 다 죽는대. 그래서 쉽게 볼 수 없는 거야."

"말도 안 돼. 돌고래니 고양이니 하는 건 그렇다 치더라도, 사자한테 적이 어디 있어?"

"그건 그러니까, 알비노 사자는 같은 사자들한테 왕따를 당해서, 그래서 죽었을 거야."

세민의 말투는 덤덤했다. 하지만 젓가락을 쥔 세민의 손이 바르르 떨리는 것을 그녀는 놓치지 않았다. 그녀의 얼굴에서 핏기가 가셨다. 아침에 폐가에서 본 신문이 떠올랐다. 지나가는 사람의 몸뚱이에 이유 없이 칼을 꽂았다는 사람, 그 사람은 정말 아무 이유 없이 칼자루를 쥐었을까. 세민을 가운데 세워놓고 알비노 운운하는 말들을 쏟아내던 아이들의 잔인한 얼굴이 떠올랐다. 어른이 되어본 적이 없기 때문에, 시간이 지날수록 점점 더 벌어지는 상처가 있는 것을 깨달을 만큼 나이 먹어본 적이 없기 때문에 아이들은 때론 어른보다 훨씬 더 잔인하고 집요하다. 그녀는 주먹을 움켜쥐었다. 아무렇지 않은 목소리로 세민이 말을 이었다.

"애들이 그러는데 식물도 알비노가 있대. 알비노 식물은 광합성을 할 수 없기 때문에 금방 죽는……."

"누가! 누가 그런 말을 함부로."

"어!"

세민이 벌떡 일어나며 젓가락으로 텔레비전을 가리켰다. 그녀도 텔레비전을 향해 고개를 돌렸다. 아침에 있었던 현장검증에 대한 뉴스가 나오고 있었다. 남자가 마네킹을 향해 윗몸을 숙이는 모습과 사람들이 호송차에 오르려는 남자를 막아서는 장면이 차례로 비춰졌다. 카메라 속에서 폐가는 음산해 보이는 대신 고즈넉해 보였다. 기자가 말했다. 이 아파트에선 최근 한 달 동안 두 명의 남자아이가 살해되었습니다. 그녀는 팔을 엇물려 잡고 소름이 돋은 팔뚝을 문질렀다.

"엄만 권 사범님이 왜 저랬는지…… 알아?"

세민이 의자에 앉아 젓가락으로 밥알을 으깼다. 아이들을 죽인 남자는 태권도 도장의 권 사범이었다. 아이들은 여러 사범 중에서 유독 권 사범을 따랐다.

"난 알아. 왜 죽인 거냐면 내가⋯⋯."

세민이 엄마를 똑바로 쳐다보았다. 그녀는 손바닥으로 아들의 등을 쳤다.

"그만! 열두 살밖에 안 된 녀석이 뭘 안다고!"

세민이 숟가락을 내려놓고 자리에서 일어났다. 그리고 의자 등받이를 짚고 서서 말없이 엄마를 내려다보았다. 아이답지 않게 허허로운 시선이었다. 굳이 몬테수마 2세를 운운하지 않더라도 학교도 길거리도 온통 동물원이었을 세민에게 그 세월은 십이 년이라 뭉뚱그려 말해버릴 수 있는 시간은 결코 아니었을 것이다. 낭패감으로 그녀의 얼굴이 일그러졌다. 열두 살 어쩌고 한 말은 어디까지나 건강한 아이, 어디에서나 놀림감이 되지 않는 아이, 그러니까 딱 열두 살만큼의 키로 세상을 바라보는 아이를 둔 엄마들의 말투였던 것이다. 세민의 빨간 눈동자에 어색한 웃음이 번졌다.

"들어가서 숙제해!"

세민이 뚜벅뚜벅 제 방을 향해 걸어갔다. 그녀는 상을 치웠다. 빈 그릇을 개수대에 옮기고 식탁을 훔치는데 불쑥 며칠 전에 세민이 했던 말이 떠올랐다. 이사갈까? 하고 지나가는 말처럼 물었을 때 아들은 씩씩거리며 엄마를 노려보았다. 또 이사가자구? 먼저 학교에서 이렇게 전학 와버린 것도 자존심 상해 죽겠는데 또? 세민은 물러서는 법을 모르는 아이였다. 자신을 신기하게 쳐다보는 시선에 쭈뼛거리기는커녕 그쪽에서 먼저 눈길을 피할 때까지 눈 한번 깜박이지 않고 맞바라보는 아이였다. 운동을 제외하고, 그게 공부든 글쓰기든 그림이든, 다 1등을 해야 직성이 풀리는 아이였다. 세상이 세민 같은 아이에게 바라는 건 오직 하나, 납죽 엎드리는 모습이었다. 그렇지 않을 때 세상은 완력을 써서라도 아들의 고개를 꺾으려 들 터였다. 그녀는 의자에 털썩 주저앉았다. 아무리 생각해봐도 답은 이민밖에 없었다. 미국이나 프랑스 같은 곳에서라면 세민의 흰 눈썹이나 빨간 눈동자도 여기에서처럼 도드라져 보이진 않을 것이다. 하지만 세민은 이민은 고사하고 전학조차 입에 올리지 못하게 했다. 세민이 아기였을 때, 그래서 자기 의견이라는 게 없었을 때 이민을 갔더라면. 그녀는 행주를 비틀었다.

의자에서 몸을 일으켜 그녀는 아들의 방으로 갔다. 세민은 이어폰을 귀에 꽂은 채 침대에 반듯하게 누워 있었다. 엄마가 온 걸 알면서도 세민은 잠든 척 꼼짝도 하지 않았다. 아들이 듣고 있을 노래가 궁금했다. 그녀는 침대에 누워 세민의 귀에서 이어폰 한 짝을 빼서 귀에 꽂았다. 아무 소리도 들리지 않았다. 이어폰을 좀 더 깊숙이 꽂았다. 역시 아무 소리도 들리지 않았다. 세민이 푹, 웃음을 터뜨리며 혀를 쏙 내밀었다. 그녀도 아들을 따라 열없이 웃었다.

"엄만 내가 커서 뭐가 되면 좋겠어?"

세민이 엄마를 향해 돌아누웠다. 그녀는 손으로 아들의 뺨을 가만히 감쌌다.

"정치하는 사람이 되겠다며?"

"이젠 그거 말고…… 마술사가 되고 싶어."

"마술사?"

"응, 데이비드 카퍼필드 같은. 그 사람 알아, 엄마? 세계 최고의 마술산데."

"언젠가 텔레비전에서 본 것 같아."

"에이, 또 그렇게 말한다. 본 거면 본 거고 아니면 아닌 거지, 본 것 같은 건 또 뭐야."

"그냥…… 너무 오래 돼서……."

"그래도 그렇게 말하지 마. 자꾸 그러면 사람들이 막 깔봐. 알았지?"

그녀는 웃음을 참고 아들을 물끄러미 바라보았다.

"알았지?" 세민이 다그쳐 물었다.

"네네, 아는 것 같습니다."

"또!"

그녀가 아들의 옆구리를 간질였다. 세민이 몸을 비틀며 킬킬거렸다. 아들의 웃음소리가 그녀의 몸속으로 스며들어 잠들어 있던 세포들을 깨웠다. 온몸이 장난기 짙은 눈동자들로 가득 찬 느낌이었다.

"근데 엄마……."

세민이 웃음을 멈추더니 그녀를 빤히 쳐다보았다. 세민의 눈동자가 갑자기 마구 흔들리기 시작했다. 엄마에게도 보이기 싫다는 듯 세민이 얼른 손바닥으로 얼굴을 가렸다. 알비노인 세민에겐 이런 순간이 종종 찾아왔다. 멈추기만을 기다릴 뿐, 세민 자신이 전혀 통제할 수 없는 그런 순간. 눈동자의 진탕이 멎기를 기다렸다가 세민이 말을 이었다.

"어쩌면 난 아무것도 될 수 없을지도 몰라. 정치가도 마술사도…… 아무것도."

"……."

"무슨 말이냐면…… 어쩌면 난 이미 뭔가가 되어 있는 건지도 몰라……."

세민이 말꼬리를 길게 늘였다. 세민은 그렇게 자신 없이 중얼거리듯 말하는 아이가 아니었다. 확실하지 않은 것도 단정적으로 말해서 그녀는 세민과 함께 누군가를 만날 때면 늘 조마조마했다. 그녀는 팔꿈치를 괸 채 윗몸을 살짝 들고 아들의 얼굴을 들여다보았다. 아무런 표정도 없었다. 적어도 그녀가 읽어낼 수 있는 어떤 표정도 없이 천천히 눈만 깜박이고 있었다.

"있잖아, 엄마. 요한이 나한테……."

요한? 요한이 누구지? 처음 들어보는 이름이었다. 세민은 엄마의 눈동자에 떠오른 물음표를 단박에 읽어냈다.

"아, 요한은 권 사범님 이름이야. 또 다른 이름."

아들의 입에서 권 사범이란 말이 떨어진 순간 그녀는 뺨이라도 맞은 듯 움찔했다. 엄마의 눈치를 살피며 세민이 혀로 입술을 핥았다.

"어, 누가 왔나봐."

17

세민이 윗몸을 꼿꼿이 세웠다. 그녀도 몸을 일으켰다. 빗소리와 텔레비전 소리에 섞여 초인종 소리 같은 게 들린 것도 같았다. 말릴 틈도 없이 세민이 현관으로 뛰어나가 문을 열었다. 그녀도 현관으로 갔다. 문밖에 여자 둘이 서 있었다. 그리고 그녀들로부터 두어 걸음 떨어진 곳에 양복 차림의 비쩍 마른 노인이 있었다. 몸피에 비해 양복이 너무 커서 목에 맨 타이가 짐승에게 비끄러맨 목줄처럼 느껴졌다.

"저희는 이웃에 사는 사람들이에요. 우리의 삶을 기쁨으로 충만하게 해줄 복된 소식을 전하고 싶어서 왔어요."

여자들은 투피스 차림이었다. 노란색 상의를 입은 여자는 적어도 여든은 된 것 같았고 파랑 상의는 젊긴 한데 얼른 나이를 짐작할 수 없는 외모였다. 처음 사람을 만날 때면 늘 그렇듯 박혜정은 그들의 신발을 내려다보았다. 그들이 온종일 헤매고 다닌 길들이, 문밖에서 거절당하고 뒤돌아선 순간들이 푹 젖은 구두 위에 고단하게 얹혀 있었다.

"괜찮으시다면…… 좀 늦은 시간이긴 하지만 들어가서 말씀을 나눠도 될까요?"

조심스럽게 말을 건네고 파랑이 혀로 입술을 축였다. 숱하게 거절당하면서도 그것에 익숙해지지 못한 사람의 긴장이 느껴지는 몸짓이었다.

"죄송하지……."

박혜정은 입을 열었다. 세민이 잽싸게 그녀의 말을 가로챘다.

"들어오세요. 어서요."

세민은 엄마를 외면한 채 그들을 거실로 안내했다. 그녀는 한숨을 내쉬고 거실로 갔다.

"대접할 게 커피밖에 없는데……."

"괜찮아요. 저흰 그냥 물이면 되는데요. 시원한 냉수 한 잔이면 족해요, 자매님."

주방을 향해 막 돌아서려다 말고 박혜정은 고개를 돌려 파랑을 쳐다보았다. 자매님이라는 호칭이 기억의 문을 열어젖히고 언니를 쑥, 끄집어냈다. 과거가 떠오르는 방식은 늘 그랬다. 쑥, 아니면 확, 아니면 훅, 방어할 틈도 없이. 그녀에겐 언니와 소꿉놀이를 한 기억도, 인형을 서로 차지하겠다고 싸웠던 기억도 없었다. 언니는 늘 아픈 사람, 아파서 누워 있는 사람, 이따금 한 번씩 짐승처럼 울부짖는 사람일 뿐이었다. 기억의 문을 닫아걸고 싶었지만 이미 그녀는 언니 방으로 향하는 계단을 내려가고 있었다. 위에서 아홉 번째 계단에서 삐걱대는 소리가 나던, 새아버지 집의 그 나무 계단. 용돈을 줄 때마다 어머니는 그녀를 꼭 언니 방으로 불러들였다. 용돈을 주고받는 행위는 그녀가 흥청망청 써대는 돈이 아픈 언니에게서 나오고 있다는 사실을 잊지 않게끔 하기 위한 일종의 의식이었다. 미혼모 보호시설로 그녀를 찾아오던 날에도 어머니는 굳이 언니를 휠체어에 태워 데리고 왔다. 큰딸이 보는 앞에서 아파트 매매 계약서와 거액의 돈이 꽂힌 통장을 작은딸 앞에 던져놓고 어머니는 갓난쟁이 손자에겐 눈길 한번 주지 않고 돌아섰다. 그녀는 주방으로 가서 물을 끓였다. 의자를 디디고 올라가 찬장 맨 위 칸에서 찻잔을 내렸다. 이번엔 새아버지였다. 찻잔이 손끝에 닿는 순간 몸 깊숙이 숨겨놓았던 그 밤들이 늑골을 헤집고 확, 튀어나왔다. 그 밤들. 그녀를 새아버지 방에 들여보낼 때마다 찻잔 두 개가 놓인 찻상을 들려주던 어머니. 마치 그녀가 새아버지 방에 들어가야 하는 이유가 차를 마시며 부녀간에 흐뭇한 담소를 나누기 위해서인 것처럼. 그녀는 찻잔을 포개 들고 의자에서 내려왔다. 바닥에 발바닥이 닿는 순간 다리에서 힘이 풀려 하마터면 찻잔을 떨어뜨릴 뻔했다.

"그거 어디 있지?"

세민은 부산스럽게 주방을 오가며 뭔가를 찾고 있었다. 그녀는 수돗물을 세게 틀어 찻잔을 헹구며 아들을 쳐다보았다.

"초코파이 있잖아. 어제 백화점에서 사온 거."

"그건 왜?"

"손님…… 주려고."

손님, 이라고 말하고 나서 세민은 잠깐 말을 끊은 채 눈을 꾹 감고 콧구멍을 벌름거렸다. 그건 세민이 세상에서 가장 좋아하는 체리아이스크림을 핥을 때의 표정이었다. 세민은 손님이 오는 걸 좋아했지만 이 집에 손님이 드는 일은, 안빈엄마를 제외하면, 정수기 코디네이터나 해충 방역업체 직원이 전부였다. 그나마 지금은 안빈엄마도 거의 발길을 끊은 상태였다. 그녀는 손가락으로 냉장고를 가리켰다. 세민은 냉장고를 열고 그 앞에 서서 한참 안을 들여다보았다. 눈에 잘 띄는 자리에 놓아둔 초코파이를 세민은 얼른 찾지 못하고 있었다. 목구멍이 오그라드는 듯했다. 세민이 완전히 시력을 잃게 될 날이 머지않았다고 의사는 말했었다. 뾰족한 정으로 골을 쪼갠 것처럼 그 말이 처음으로 분명하게 의식되는 순간이었다.

"아, 여기 있다!"

세민은 초코파이를 꺼내 접시에 담아 찻상에 올리고는 들뜬 표정으로 엄마를 돌아보았다. 그녀는 찻상을 거실로 내갔다. 소파에 앉아 집 안을 둘러보던 여자들이 찻상 앞으로 내려와 무릎을 꿇고 기도했다. 남자 노인은 문밖에 있을 때와 마찬가지로 서너 걸음 떨어진 곳에 양반다리를 개고 따로 앉아 있었다. 그녀는 기도하는 여자들을 쳐다보았다. 그녀의 시선을 붙든 건 기도하는 모습이 아니라 해져서 실밥이 풀린 외투 소맷부리였다. 얼마나 낡았는지 소매가 너덜너덜해져 있었다. 남자 노인의 입성도 별반 다르지 않았다.

"뭐라고 기도했어요?"

기도가 끝나길 기다렸다가 세민이 물었다. 기도하는 내내 소리 없이 달싹거리는 여자들의 입술을 주의 깊게 살펴보던 세민이었다.

"이 가정에도 복된 소식이 전해지게 해달라고."

"복된 소식이 뭔데요?"

"너 혹시 교회 다니니?"

"아뇨. 하지만 하나님이랑 예수님에 대해 웬만한 건 다 알아요."

그렇다면, 파랑이 말을 하려는데 노랑이 잠깐, 말을 끊었다.

그리고 살짝 얼굴을 찌푸린 채 저것 좀, 하며 텔레비전을 가리켰다. 세민이 잽싸게 일어나 집 안을 돌아다니며 텔레비전과 라디오를 껐다. 앵커와 가수와 쇼호스트의 목소리가 차례로 사라졌다. 그리고 고요. 박혜정은 손바닥으로 얼굴을 세게 문질렀다. 그녀가 가장 견디기 힘들어하는 게 고요였다. 조용한 순간이면 잠자고 있던 온갖 소리들이 한꺼번에 깨어나 그녀를 들까불어댔다.

"그럼 이 세상을 창조한 분에 대해서도 알고 있겠네?"

물음표와 함께 파랑의 눈썹이 둥글게 올라갔다. 싱겁다는 듯 세민이 씩 웃었다.

"그걸 누가 몰라요. 하나님이잖아요."

"아, 알고 있구나. 그럼 넌 그 사실을 믿니?"

"아뇨. 그건 그냥 지어낸 얘기고요. 전 진화론을 믿어요."

"어머, 벌써 진화론을 알아?"

"진작 다 배웠어요. 진화론 하면 찰스 다윈! 찰스 다윈 하면 《종의 기원》."

"세상에나! 벌써 그런 걸 다 알다니."

"갈라파고스 제도의 핀치 새가 없었다면 《종의 기원》이란 책은 나오지 못했어요. 그래서 갈라파고스의 핀치 새들을 '다윈 핀치'라고 불러요."

세민이 으스대는 표정으로 노랑과 파랑을 번갈아 쳐다보았다. 노랑은 진심으로 감탄한 듯 입까지 헤벌리고 있었다. 노랑의 눈동자는 팔순 노인의 것이라고 볼 수 없을 만큼 맑고 또렷

했다. 노인답지 않은 노인을 바라보는 게 박혜정의 마음을 불편하게 했다. 불쑥 권 사범이 떠올랐다. 그를 마주칠 때마다 그녀는 불편함을 넘어 꺼림칙함을 느꼈는데, 그 까닭을 비로소 깨달았다. 서른아홉이란 나이에 맞지 않던 천진무구한 표정.

"너 진짜 똑똑하다."

"고맙습니다." 세민이 자리에서 일어나 머리를 꾸벅 숙여 인사하더니 도로 앉았다. "근데요 선생님…… 아니, 아줌마. 복된 소식이 뭔지 아직 얘기 안 했어요."

"아, 그래. 복된 소식."

파랑이 세민을 향해 앉음새를 고쳐 앉았다. 그리고 웃음을 지우고 진지한 얼굴로 세민을 쳐다보았다.

"복된 소식에 대해 얘기하기 전에 음, 우주에 대해 생각해보자. 얘, 지구는 어디에 있지?"

"우주요!"

"맞아. 근데 우주는 지구의 입장에서 보면 너무너무 위험한 싸움터거든. 방사선도 있고 돌덩이 같은 게 막 날아다니기도 하고. 근데 넌 살면서 그런 걸 느끼니, 못 느끼니?"

"못 느껴요."

세민의 눈에서 무방비로 눈물이 죽 흘러내렸다. 시도 때도 없이 흘러내리는 눈물은, 눈동자가 흔들리는 것과 더불어 알비노이기 때문에 견뎌야 하는 증세였다.

"신경 쓰지 마세요. 우는 거 아니니까요."

파랑이 고개를 갸웃한 채 안쓰러운 듯 세민을 쳐다보았다.

당장에 세민의 얼굴에 불쾌한 기색이 떠올랐다. 연민의 눈길보다는 차라리 징그럽다거나 무섭다는 반응이 견딜 만하다는 세민이었다. 파랑의 시선을 걷어내듯 손바닥으로 거칠게 얼굴을 문지르고 나서 세민이 말했다.

"못 느낀다고 말씀드렸는데요. 방사선 같은 거 못 느낀다고요."

"아, 그래. 당연히 못 느끼겠지. 그건 지구가 두 개의 신비로운 갑옷을 입고 있기 때문이야. 첫 번째 갑옷은 자기장이란 건데 그게 뭐냐면…… 음, 쉽게 말하면……."

"어렵게 말씀하셔도 돼요. 전 어려운 게 좋아요."

세민이 말했다. 파랑이 빙긋 웃었다.

"지구의 중심엔 녹은 철이 공 모양을 이루면서 막 돌고 있어. 거기에서 생긴 힘이 우주 먼 곳까지 힘을 미치는데, 그걸 자기장이라고 해. 그 힘이 방사선과 태양의 위협으로부터 지구를 지켜주는 거야."

세민이 진지한 표정으로 고개를 끄덕였다.

"두 번째 갑옷은 대기야. 아까 아줌마가 우주엔 돌덩이 같은 게 막 날아다닌다고 했지? 근데 대기가 지구를 담요처럼 덮어주고 있어서 그 돌덩이들이 지구를 건드리지 못하는 거야. 참으로 신비롭지 않니?"

"정말 그러네요."

"진화론자들의 주장처럼 이 모든 게 우연이 겹쳐서 생겨났다고 하기엔 너무너무 신비롭지 않니? 완벽한 분이 완벽한 밑그림을 그려놓고 만든 게 아니라면 이토록 정교할 수 있을까?"

"글쎄요. 그건 생각을 해봐야 할 문젠데요."

"응?"

"진화론을 믿는 사람들의 말도 들어봐야 하니까요."

"세상에 어쩜…… 너처럼 똑똑한 아이는 처음 봤다."

고맙습니다. 세민이 또 자리에서 일어나 인사를 했다. 파랑이 감탄스러운 눈으로 박혜정을 쳐다보았지만 그녀는 자기장에 대해 골몰하고 있던 터라 그 시선을 의식하지 못했다. 지구 중심에서 공 모양을 이루면서 돌고 있다는 녹은 철, 그것이 도대체 얼마나 빠른 속도로 돌고 있기에 그 힘이 수천 킬로미터에 이르는 땅을 뚫고 올라와 우주 멀리에까지 큰 힘을 미칠 수 있는 걸까.

"창조론과 진화론 얘긴 다음에 더 하기로 하고 세민아, 아줌마가 꼭 하고 싶은 말은 있잖니, 진화론과 창조론 중 뭘 믿느냐에 따라……."

"잠깐만요. 근데 제 이름을 어떻게 아세요?"

세민의 눈이 동그래졌다. 내내 입을 다문 채 눈을 감고 있던 노랑과 남자 노인이 동시에 눈을 떴다. 잠깐 모든 게 멈춰버린 것 같았다. 얼마쯤 지났을까. 노랑이 도로 눈을 감으며 긴 한숨과 함께 아멘, 하고 중얼거렸다.

"엄마가 내 이름 말해줬어?"

세민이 정색하고 엄마를 쳐다보았다. 그녀는 아무 말도 하지 않았다. 이 사람들은 도대체 누구지? 어떻게 세민을 알고 있지?

그녀의 눈이 혼란스러움에 크게 벌어졌다. 세민이 엄마의 어깨를 흔들며 다그쳐 물었다. "엄마가 말해줬나니깐!"

세민의 얼굴이 벌겋게 달아올랐다. 박혜정은 파랑을 쳐다보며 건성으로 고개를 끄덕였다. 세민이 신경질적으로 고개를 흔들었다. "아니야. 엄마가 말해준 거 아니잖아."

"실은 세민이 네 얘길 들었어. 우린 매일 이 집 저 집 돌아다니니까." 파랑이 빙긋 웃었다. 하지만 웃음은 인중을 넘지 못했다. 입술은 웃고 있는데 눈과 뺨은 굳어 있었다.

"어떤 얘기요?"

"508동에 엄청 똑똑한 애가 사는데, 그 애가 박세민이라고. 근데 너랑 얘기를 나누자마자 그 똑똑한 애가 너란 걸 알았지. 어떻게 너보다 똑똑한 애가 있을 수 있겠니?"

"누구한테 들었는데요?" 세민이 도전적으로 턱을 치켜들었다.

"그건 기억이 안 나네. 워낙 많은 집을 돌아다녀서."

"내 이름 말해준 사람이 애였어요, 어른이었어요? 그 정도는 기억할 수 있겠죠?"

"아마…… 아이였을 거야."

박혜정은 여전히 파랑을 응시하고 있었다. 눈이 마주친 순간 파랑이 억지로 웃음을 지었다. 이번엔 웃음이 콧잔등을 거쳐 눈까지 올라갔다. 이 여자는 도대체 어떻게 세민을 알고 있지? 아니 그보다, 왜 거짓말을 하지?

"여자아이요, 남자아이요?"

"여자아이인 것 같아, 아마."

"걔가 저에 대해 또 무슨 말을 하던가요? 똑똑하단 말 말고요."

"……."

"알비노 얘긴 하지 않은 게 분명해요. 그 말을 했다면 절 보자마자 제가 박세민이란 걸 아셨을 테니까요."

"딴 얘긴…… 그래, 별다른 얘긴 없었어. 그냥 똑똑하단 말만……."

"아! 머리 길고 초록색으로 염색한 애, 맞죠?"

"그랬던 것 같기도 하고……."

"그럼 주이예요. 초록색 머리는 개밖에 없어요." 비로소 긴장이 풀린 얼굴로 씩 웃으며 세민이 덧붙였다. "개도 공부 잘해요. 똑똑하다고 까진 말할 수 없지만."

"공부 잘하면 똑똑한 거 아니야?"

"완전히 다른 얘기죠. 어떻게 어른이 그것도 몰라요?"

세민아! 박혜정이 낮은 목소리로 아들의 이름을 불렀다. 멈추라는 경고였다. 누군가 칭찬해주면 너무 흥분한 나머지 훌쩍 선을 넘어버리는 세민이었다. 세민이 머쓱한 얼굴로 엄마를 쳐다보며 혀로 잇몸을 핥았다. 그때였다. 얼마 전부터 눈을 감고 앉아 한숨을 내쉬던 노랑이 갑자기 목을 비틀어가며 코웃음 치는 것 같은 이상한 소리를 내기 시작했다.

"벌써 아홉 시네. 그만들 일어나지요."

남자 노인이 처음으로 입을 열었다. 당황한 표정이 역력했다. 파랑은 얼른 팔을 붙들어 노랑을 일으켜 세웠다. 남자 노인이 노랑과 파랑의 가방을 챙겼다. 파랑은 노랑을 붙든 채 현관을 향해 걸어갔다. 현관까지 가는 중에도 노랑은 연신 목을 비틀어댔다.

"벌써 가시게요? 우린 적어도 열한 시는 돼야 자는데."

세민이 얼굴을 찌푸렸다. 아무도 대답하지 않았다. 현관에 도착하자 노랑은 언제 그랬냐는 듯 말짱해져서는 팔을 붙들고 있는 파랑의 손을 뿌리쳤다.

"근데 선생님, 아니 아줌마. 아줌마는 이름이 뭐예요?"

젖은 신발에 발을 집어넣으며 파랑이 뒤를 돌아보았다. "나? 난 에스더."

기억해두겠다는 듯 세민이 입술을 움직여 에스더라고 반복해서 읊조렸다. 그러고는 도로 거실로 가서 찻상에 놓인 초코파이를 챙겨 현관으로 달려갔다.

"이거 갖고 가세요, 에스더."

에스더가 말없이 초코파이를 내려다보았다.

"또 올 거죠?"

세민이 물었다. 에스더는 눈을 내리깐 채로 가만히 고개만 까딱였다.

"언제요?"

에스더가 고개를 들었다. 그녀의 눈에 뜻밖에도 눈물이 맺혀 있었다. 눈물이 그렁그렁한 눈으로 그녀가 세민을 어루만지듯 바라보았다. 박혜정은 두 손을 꽉 맞잡았다. 불안한 예감. 피가 굳어가고 있는 것처럼 혈관 속을 느리게 흘러갔다.

"곧."

에스더는 노인들을 따라 집을 나섰다. 그들이 나가자마자 박혜정은 집 안을 돌아다니며 텔레비전과 라디오부터 켰다. 세민이 부루퉁한 얼굴로 찻상 앞에 털썩 주저앉았다.

"봐, 커피. 하나도 안 마셨잖아." 세민이 볼멘소리를 했다. "그 아줌마들, 엄마한테 분명히 물을 달라고 했어. 근데 엄마가 커피를 줬어."

그녀는 말없이 소파에 몸을 묻었다.

"난 복된 소식이 뭔지 듣고 싶었어. 근데 물이 마시고 싶은데 커피를 주니까 그냥 가버린 거잖아."

"너무 늦어서 간 거야. 벌써 아홉 시잖니."

"아니라니까. 물을 달라는데 커피를 주니까. 씨, 엄마가 자꾸 그런 식이니까 사람들이 다……."

"그만!" 그녀가 눈을 부릅떴다.

"알았어. 그러니까 내 말은…… 앞으론 누가 물을 달라고 하면 물을 주면 되는 거라고. 알았지?"

그녀는 대답하지 않았다. 가만히 앉아 있기만 했을 뿐인데도 먼 곳으로 여행을 다녀온 것처럼 노곤했다. 그 종교인들은 누굴까. 어떻게 세민의 이름을 알고 있을까. 왜 세민을 찾아왔을까. 세민은 권 사범의 이름이 요한이라고 했다. 그 이방의 이름 곁에 에스더라는 또 하나의 이방의 이름을 세워보았다. 요한과 에스더. 아무런 연관도 없는 걸까. 물음표가 심장 위에서 팔딱팔딱 뛰었다.

"그 사람들…… 또 올까?" 어깨를 축 늘어뜨린 채 세민이 찻잔을 들여다보았다. "온다고 했으니까 오겠지, 엄마?"

이번에도 그녀는 대답하지 않았다. 세민이 일어나서 제 방으로 들어갔다. 그녀는 찻상을 들고 주방으로 갔다. 왜. 왜. 왜. 물음표가 점점 더 빠른 속도로 심장 위에서 쿵쿵댔다. 그녀는 신음을 흘리며 바닥에 쪼그려 앉았다. 누군가 몸속으로 손을 집어넣어 내장을 움켜쥐는 것 같았다. 그녀는 냉장고에서 소주를 꺼냈다. 그리고 커피를 개수대에 붓고는 찻잔 가득 소주를 따라 단숨에 들이켰다. 술을 연거푸 몇 잔 더 마시고 핸드폰 단축번호 1을 눌렀다. 벨이 열 번을 울리도록 상대방은 전화를 받지 않았다. 그녀는 침실로 들어갔다. 그리고 매트리스 사이에서 열쇠를 꺼내 서랍장 맨 아래 칸을 열었다. 서랍 한쪽에 낡은 공책들이 차곡차곡 쌓여 있었다. 그녀는 맨 위에 놓인 공책을 집어 들고 침대에 누웠다.

집에 손님이 왔다. 종교인들 셋. 그 사람들은 세민을 알고 있었다. 세민을 일부러 찾아온 게 분명했다. 그는 두렵다. 왠지 그들이 권 사범과 연결되어 있을 것 같은 느낌이 든다. 아이들을 둘이나 죽인 권 사범과 종교인들과 세민이 한 덩어리로 엉켜 있는 것 같은 불안한 예감. 그는 아들이 버겁다. 버거워 죽을 것만 같다. 세민아, 넌 왜 늘 문제를 일으키니? 왜 다른 아이들처럼 조용히 살아가지 못하니? 그게 너의 생존방식이니?

그녀는 볼펜을 내려놓고 한동안 허공을 바라보았다. 한참 뒤에 그녀는 다시 볼펜을 쥐었다.

그나저나 에스더란 여자는 왜 눈물까지 보인 거지?

샤브샤브

"다 끝난 거지, 이젠?"

"그럼. 범인도 잡혔는데. 근데도 아직은 무서워. 오늘도 집에서 나오다가 쓰러질 뻔했어."

"왜?"

"흰 봉투가 현관 앞에 턱 하니 놓여 있는데, 이것저것 생각할 겨를도 없이 그냥 눈앞이 노래지더라."

"왜요?"

"왜요, 라니. 애들이 없어질 때마다 그 집 앞에 흰 봉투가 놓여 있었던 거, 몰라?"

"아, 맞다. 흰 봉투!"

"직접 본 사람이 그러는데 꼭 부고장 같더래. 어, 국물 다 졸았네? 안빈엄마, 불 좀 낮춰."

미닫이문이 열리고 종업원이 들어왔다. 쉴 새 없이 이어지던 대화가 잠깐 끊겼다. 종업원이 냄비에 육수를 붓고 앞접시에 소스를 따르는 동안 여자들은 눈곱을 떼거나 핸드폰을 열어보거나 했다. 이 식당은 아파트 정문 맞은편에 있는 샤브샤브 집으로, 문이 달린 방들이 있어 엄마들이 모임 장소로 즐겨 찾는 곳이었다.

"그나저나 죽은 애들 말이야. 아까워, 너무. 한결같이 탐나도록 잘난 애들이었는데……."

주이엄마가 말끝에 한숨을 내쉬었다. 안빈엄마가 그 말을 받았다.

"자기들은 내 심정 몰라. 두 번째로 그 일 터지고 나선 정말 하루도 다리 뻗고 자본 적이 없다. 죽은 애들이 둘 다 주이엄마 말마따나…… 아니 뭐, 우리 안빈이 자랑하려는 게 아니라, 톡 까놓고 말해서 우리 아들이 어디 내놔도 빠지지 않는 아이인 건 사실이니까."

말을 마치고 안빈엄마는 대각선으로 맞은편에 있는 박혜정을 힐끗 쳐다보았다. 그녀는 고기를 한 점씩 집어 냄비에 넣을 뿐 아무 말이 없었다.

"말이 좀 그렇다? 그럼 우리 주이랑 채영인 빠지는 애들이란 거야 뭐야?" 주이엄마가 샐쭉한 표정으로 턱을 치켜들었다.

"주이랑 채영인 여자애들이잖아. 죽은 애들이 다 어떤 애들인지 몰라? 5학년 남자애들. 그것도 반장들만 골라서!"

"맞다. 더군다나 안빈이가 반장이니까……. 그 사실을 깜빡했네, 미안!"

"몰라!"

"알았어. 오늘 밥은 그래, 딸만 둔 덕에 두 다리 쭉 뻗고 잤던 내가 산다. 됐지?"

주이엄마의 말에 안빈엄마가 까르르 웃더니 갑자기 정색하며 손으로 얼굴을 더듬었다. "어머, 나 지금 웃었지? 나 정말 웃은 거 맞지? 웃다니. 세상에! 이게 도대체 얼마 만이니?"

세 여자가 동시에 웃음을 터뜨렸다. 웃지 않는 건 박혜정뿐이었다.

"참, 아까 전화로 했던 말이 뭐예요? 개학하자마자 학예회 한다고요?" 젓가락으로 샐러드를 버무리며 채영엄마가 물었다.

"대표회의에서 급하게 결정된 거야. 그동안 그놈의 살인사건 때문에 학교 분위기가 영 말이 아니었잖아. 학예회로 분위기 좀 바꿔보자는 얘기지."

"아무거나 하고 싶은 거 하면 되는 거예요?"

"너무 겹치면 재미없잖아. 시간 없어서 그냥 대표엄마들끼리 제비뽑기로 정했는데, 춤도 있고 합창도 있는데 우리 반은 하필…… 연극으로 결정됐어."

하필, 하고 말하며 안빈엄마는 자기 손바닥을 내려다보았다. 이놈의 손이 그렇지. 한 번도 제대로 된 걸 뽑아본 적이 없는 손이었다. 그러니 그 많은 남자 중에 안빈아빠를 골랐겠지. 고르고 고르다 설익은 과일 집는다더니, 안빈아빠가 딱 그 경우였다. 그녀는 저도 모르게 한숨을 내쉬었다. 주이엄마가 그녀를 쳐다보았다.

"웬 한숨? 이왕 하는 거 춤이나 노래보다 연극이 낫지 않아?"

"시간 많이 뺏기니까 그렇지. 당장 9월 초에 토익 브리지 테스트도 있는데."

"안빈이 6월에도 토익 시험 보지 않았어요?"

채영엄마의 말을 무시한 채 안빈엄마는 잠자코 박혜정을 쏘아보았다. 6월에 연달아 있었던 토익과 텝스 시험에서 안빈은 박세민보다 낮은 점수를 받았다. 출판사에서 주관하는 학력평가에서도 안빈은 두 번 다 박세민에게 뒤졌다. 가장 견딜 수 없는 것은 수학경시대회에서 박세민이 안빈을 제치고 혼자 본선에 오른 거였다. 본선에서 박세민이 상을 받지 못한 게 그나마위안이 되긴 했지만. 번번이 박세민에게 지다가 수학경시대회 결과마저 그렇게 나오자 안빈은 공부에 의욕을 잃었다. 그뿐만이 아니었다. 안빈은 박세민 때문에 스트레스를 받아 반 년 동안 정신과 치료까지 받기도 했다. 거기까지만 해도 미치고 팔짝뛸 판인데 안빈아빠까지 박혜정에게 홀딱 빠져 정신을 못 차리고 있었다.

도대체 저 여자는 전생에 나랑 무슨 악연이었기에 날 이렇게 못 살게 구는 거지? 안빈엄마는 박혜정을 이리로 이사 오도록부추긴 자신이 원망스러웠다. 하지만 다 지난 일이었다. 문제는지금부터였다. 그녀는 이를 악물었다. 11월에 수학경시대회 후기시험이 잡혀 있었다. 본선에서 수상을 못했으니 박세민도 또응시할 게 분명했다. 이번엔 죽어도 박세민 따위에게 질 수 없다. 잠 못 자는 약을 먹여서라도 기필코 안빈이 금상을 받도록만들 것이다. 그 뒤에 박혜정 모자가 제 발로 이 동네를 뜰 수밖에 없게끔 만들어야지.

"학예회가 언젠데요?" 채영엄마가 물었다.

"9월 마지막 주 금요일."

"다음 주가 개학이니까 어머, 꼭 한 달밖에 안 남은 거네. 개학하자마자 연극연습 시작해야겠어요."

"연극배우 시킬 것도 아니고…… 대충 때우면 되는 거지, 그런 거에 목숨 걸 일 있어?"

공연히 채영엄마에게 신경질을 부리면서도 안빈엄마는 연신 박혜정을 힐끗거렸다. 그녀는 무표정한 얼굴로 냄비에 고기를 집어넣고 있었다. 주이엄마도 박혜정을 못마땅한 눈으로 쏘아보았다.

"그만 좀 해라. 아직 국물 끓지도 않았잖아." 주이엄마가 집게손가락으로 식탁을 톡톡 쳤다.

"그래, 세민엄마. 고깃국 끓이는 것도 아니고. 샤브샤브 처음 먹어봐?"

안빈엄마의 타박이 이어졌다. 박혜정은 고개를 들었다. 세 여자의 시선이 자신을 향해 한 점으로 모여 있었다. 그녀는 웃기 위해 입술을 벌렸다. 그 순간 콧마루가 찌릿하며 뭔가가 흘러내리는 느낌이 들었다. 어, 코피! 주이엄마가 손가락으로 그녀를 가리켰다. 그녀는 코를 감싸쥐고 방 밖으로 나갔다.

"뭐야, 저 여잔. 도대체 누가 저 여자를 부른 거야?"

"나야. 알아서 빠져주면 좋지만, 어쨌든 임원 엄마니까 연락은 해야지."

"오늘 모이자고 한 건 학급일 때문이 아니야. 그동안 마음고생들 했으니까 같이 바람 좀 쐬고 오자고, 그거 의논하려고 보잔 거란 말이야."

"진작 얘길 하지. 알았으면 미쳤다고 저 여잘 불렀겠어, 내가?"

"그나저나 저 여자는 밤에 뭐 하기에 코필 다 흘려? 설마 우리처럼 애들 걱정으로 잠을 설쳤을 리는 없고."

"내 말이! 그동안 아무 걱정 없이 나다닐 수 있었던 건 전교생을 통틀어 박세민밖에 없었을 거다."

"그건 또 왜요?"

"그걸 몰라 물어? 설마 세민이가 범인이 주목할 만큼 잘난 애라고 생각하는 건 아니지?"

"그것도 그거지만, 우리 안빈이가 그러는데 권 사범 그 새끼랑 박세민이랑 아주 특별한 사이래."

"정말요?"

"죽은 애 있잖아, 상훈이. 걔가 도장에서 박세민일 좀 놀렸나 봐. 뭐 심하게 그런 것도 아니고 그냥 딴 애들 수준으로 말장난 좀 친 건데, 그러다가 재수 없게 권 사범 눈에 띄었다네. 그걸 갖고 그 미친 새끼가 거품을 무는데, 말도 마, 미친개도 그렇게 미친개가 따로 없더래."

"세상에! 상훈엄마가 가만있었대?"

"그 여자가 어디 가만있을 사람이야? 그 길로 팔 걷어붙이고 가서 도장을 완전 쑥대밭을 만들어놨대. 그 일 있고 얼마 뒤에 상훈이가 그렇게 된 거잖아."

"두 번째로 죽은 애…… 걔 이름이…….”

"민성이. 걔도 박세민이랑 완전 상극이었잖아.”

"근데 왜 권 사범을 의심하지 않았지?”

"그까짓 걸로 애를 죽였을 거라고 상상이나 했어, 어디?”

"솔직히 박세민 안 놀린 애가 어디 있어? 걔 좀 놀렸다고 죽였다 치면 학교가 텅텅 비어야 맞게?”

여자들이 또 웃었다. 박혜정은 문 앞에 가만히 서 있었다. 코피가 흘러내릴까봐 고개를 젖힌 채 발로 바닥을 더듬어 신발을 찾느라 시간이 지체되는 참에 문틈으로 새어나온 아들의 이름이 그녀를 붙든 거였다. 다른 사람의 입을 통해 발음된 아들의 이름은 너무 가벼워서 낯설었다.

"그나저나 바람 쐬러 어디 가죠?”

"양평에 있는 우리 별장.”

박혜정은 코를 감싸쥐고 있던 손을 풀었다. 손금을 따라 피가 진하게 고여 있었다. 아들의 눈동자가 손바닥 위로 겹쳐졌다. 실핏줄이 다 드러나 보이는 분홍빛 홍채와 빨간 동공. 그 눈으로 보는 세상은 이 피처럼 붉은 빛일까.

"언제 가?”

"다다음 주 토요일. 그날이 우리 주이 생일이거든.”

목으로 핏덩이 같은 게 넘어갔다. 데이비드 카퍼필드 있잖아. 어제 아들이 했던 말이 떠올랐다. 논술 선생님이 그러는데 그 사람, 만리장성이랑 자유의 여신상을 사람들이 보는 앞에서 사라지게 만든 굉장한 마술사래. 주머니를 텅 비게 만드는 마

38

술을 써서 강도를 따돌린 적도 있대. 정말 끝내주지? 그 말끝에 세민은, 엄마가 마술사라면, 그래서 세상에서 꼭 한 가지를 사라지게 할 수 있다면 뭘 없애고 싶어? 하고 물었다. 그녀는 손바닥을 살짝 오므렸다. 피가 손금을 따라 진득하게 흘러내려와 손바닥 한복판에 고여들었다. 그녀는 물끄러미 그 피를 쳐다보았다. 엄마에게 그 질문을 던지던 순간 아들이 떠올렸던 것은 무엇일까. 세상에서 꼭 한 가지를 없앨 수 있는 능력이 주어진다면 세민은 무엇을 없애고 싶을까. 그 나이에, 열두 살밖에 안 된 나이에 세상에서 영원히 사라지게 하고 싶은 걸 곰곰이 궁리했을 아들을 떠올리자 온몸의 피가 싹 빠져나가는 것 같았다. 그녀는 손으로 벽을 짚었다. 곧 방에서 또 한 번 웃음이 터져나왔다. 그녀는 방을 향해 고개를 돌렸다. 그리고 입술만 달싹거려 어제 아들 앞에서 하지 못했던 답을 말했다.

"네가 없애고 싶은 그것."

*

"우리끼리만 가자고?"

"신랑들 데려가면 술상 차리고 술국 끓여댈 게 뻔한데, 그게 어디 쉬는 거야?"

"그래도 토요일인데, 신랑들한테 혼자 집 보라고 하기 좀 미안하잖아."

식당을 나서자마자 여자들은 주이네로 자리를 옮겼다. 거기에 박혜정은 없었다. 팔십 평이 넘는 주이네 집은 언제 봐도 깨끗하고 화려했다. 벽마다 그림이 걸려 있고 조명까지 그럴 듯해서 가정집이라기보다는 화랑 같았다.

"그렇게 눈에 밟힐 것 같으면 안빈아빠만 데려가든지."

"누가 나 땜에 그래? 주이네 걸려서 그렇지."

"우리가 왜?"

"주이아빤 내내 혼자 계시다가 주말에만 오시잖아. 더군다나 그날이 주이 생일이라며?"

안빈엄마는 말을 던져놓고 그림을 보는 척하면서 곁눈질로 주이엄마를 살폈다. 주이엄마가 우울증을 앓고 있다는 걸 그녀는 알고 있었다. 주이네 집에 들렀다가 식탁 위에 놓인 약 봉투를 보았던 것이다. 그녀는 핸드폰으로 약 봉투를 사진 찍어 집에 오자마자 인터넷으로 검색했다. 주이엄마가 먹는 약이 항우울제와 항불안제, 그리고 수면유도제라는 것을 알아내는 데까지는 채 5분도 걸리지 않았다.

"별 걱정을 다 한다. 주이아빠 다다음주 내내 출장 가서 한국에 없어. 그렇지 않아도 주이 생일날 같이 놀아주지 못한다고 아주 끌탕을 한다, 끌탕을!"

복숭아를 깎으며 주이엄마가 방긋 웃었다. 눈과 입이 따로 노는 듯한, 어딘지 어색한 구석이 느껴지는 웃음이었다. 안빈엄마는 눈을 가늘게 좁혀 뜨고 주이엄마를 톺아보았다. 주이엄마와 우울증이라. 돈 문제일 리는 없고 딸들이 말썽을 피우는 것도 아니고, 그렇다면 남은 건 남편뿐인데. 남편 문제라면 열에 아홉은 여자문제일 텐데 그걸 어떻게 떠본다? 그 순간 그녀는 퍼뜩 박혜정을 떠올렸다.

"참! 자기들, 그거 알아?"

"또 뭐?"

"박세민네 있잖아. 저번에 잠깐 걔네 집에 갔었거든. 근데 그집 베란다 빨래걸이에 옷이 죽 널려 있는데 남자어른 옷이 하나도 없는 거 있지."

"그게 뭐?"

"끝까지 들어봐. 그래서 내가 살짝 옷장을 열어봤잖아. 근데 거기에도 와이셔츠 한 장이 없는 거야. 마지막으로 확인 사살하는 심정으로 신발장을 봤는데…… 글쎄, 거기에도 남자구두 한 켤레 없더라."

없더라, 에서 안빈엄마는 음향효과를 위해 손뼉까지 짝, 쳤다. 그러나 반응은 신통치 않았다. 채영엄마는 나른한 얼굴로 체리만 집어 먹을 뿐 말이 없었고 주이엄마도 여전히 복숭아를 깎으며 우리처럼 주말부분가보지 뭐, 하고 심드렁한 목소리로 대꾸할 뿐이었다.

"주말부부라고 해도 그렇지, 집에 옷 한 벌 없다는 게 말이 돼? 응?"

"뭐 사별했을 수도 있고."

"그건 아니야. 접때 공개수업 때 박세민이 그랬잖아. 자기 아빠는…… 자기 아빠……."

안빈엄마는 입을 헤벌린 채 한동안 말을 잇지 못했다. 박세민과 아빠라는 두 개의 낱말이 부딪치는 순간 박혜정의 서랍장에서 발견한 낡은 공책과 그녀의 몸통 앞면을 메우다시피한 흉터가 동시에 떠올랐다. 몸도 못 가눌 만큼 술에 취한 그녀를 집에 데려다주었던 날이었다. 화장을 지우다 말고 박혜정은 침대로 다가가더니 매트리스 사이에 손을 집어넣어 열쇠를 꺼냈다. 그러더니 침대 옆에 쪼그리고 앉아 맨 아래 서랍장 열쇠구멍에 열쇠를 꽂으려고 애쓰다가 그대로 모로 쓰러져 잠이 들었다. 안빈엄마는 열쇠를 집어넣어 서랍장을 열었다. 서랍 한쪽에 차곡차곡 쌓여 있는 낡은 공책들. 대여섯 권을 꺼내 읽었다. 솎아내듯 중간 중간 한 권씩 빼낸 건데도 일관된 분위기와 흐름이 있었다. 하루하루 꾸역꾸역 살아가는 어린아이가 버릇처럼 몸을 자해하는 사춘기 아이가 되더니 자기 자신을 타인인 양 몇 걸음 떨어져 구경하는 어른이 되었다. 내용으로 봐선 일기 같았지만 날짜가 있는 것도 아니었고 무엇보다 서술자가 '나'가 아닌 '그'였기 때문에 잘 만들어지지 못한, 재미없고 지루한 소설쯤으로 여기고 말았다. 박혜정의 벗은 몸을 본건 그로부터 적어도 일 년은 지난 뒤였다. 학대의 흔적으로 가득한 몸통을 봤을 때만 해도 그 몸과 공책이 연관이 있을 거라는 생각은 하지 못했다. 그런데 지금 갑자기, 스파크가 튀기듯 머릿속이 번쩍하며, 그 상처가 타인으로부터 받은 학대가 아니라 자해일 수도 있다는 생각이 들었다. 그도 그럴 것이 몸통 앞면에만 흉터가 가득했고 등과 엉덩이는 말짱했다. 그게 자해라면 공책에 기록된 내용들은 소설이 아니라 일기인지도 몰랐다.

아니, 일기일 공산이 컸다. 취해 잠든 박혜정의 옆방에 누워 그 공책들을 읽던 그 밤에도 안빈엄마는 수없이 고개를 갸우뚱거렸었다. 꾸며낸 이야기라고 하기엔 '그'라는 서술자가 너무 담담했기 때문이었다. 담담할 수 없는 이야기를 시종일관 너무도 담담하게 풀어놓고 있기 때문이었다. 그게 일기라면, 일기가 맞다면, 매일매일 술을 마시고 담배를 피우고 자기 몸을 칼로 긋고 찌르는 사춘기 아이는 소설 속의 허구의 인물이 아니라 십대의 박혜정인 거였다. 그렇게 가정해보니 따로따로 흩어져 있던 퍼즐조각들이 당장 하나의 그림으로 꿰맞춰졌다. 성인 남자의 흔적 하나 없는 세민의 집. 남편에 대해 물을 때마다 방어하듯 굳은 표정으로 함구해버리는 박혜정. 엄마의 성을 따른 세민. 게다가 세민이 앓고 있는 알비노까지. 안빈엄마의 벌어진 입이 더 크게 벌어졌다. 이건 정말이지 놀라운 발견이었다. 그 공책이 일기장이란 것만 확실하다면 박혜정 모자를 내쫓는 건 일도 아니었다. 제아무리 산전수전 다 겪은 이무기 같은 박세민일지라도 제 출생의 비밀을 알게 되면 한 방에 무너지고 말 것이었다.

"갑자기 왜 그래, 자기야?"

주이엄마가 안빈엄마를 쳐다보았다. 아무것도 아니라고 대답하고 안빈엄마는 표정을 수습하기 위해 일단 화장실로 들어갔다. 수돗물을 틀어놓고 그녀는 거울을 바라보았다. 자기 자신이 갑자기 누군가의 인생을 쥐락펴락할 수 있는 존재가 된 것 같았다. 그녀는 찬물로 얼굴을 적시며 차분해지자 하고 혼잣

말을 했다. 일단 박혜정 모자의 일은 접어두자. 지금 타깃은 박혜정과 박세민이 아니라 주이엄마였다. 기고만장해서 위아래도 없이 설쳐대는 저런 여자를 통제하기 위해선 약점을 틀어쥐는 것 말고는 방법이 없다. 지금도 보라지. 네 살이나 많은 언니한테 자기야가 뭐니, 자기야가. 그녀는 심호흡을 하고 화장실을 나왔다.

"아까 우리, 무슨 얘기 하고 있었지?"

자리에 앉으며 안빈엄마가 물었다. 주이엄마가 대답했다.

"세민이네 얘기."

"세민이네?"

"자기가 그랬잖아. 사별은 아니라고."

"아, 그래그래. 사별일 리는 없어. 저번 공개수업 때 걔가 자기 아빠는 뭣이 어쩌고저쩌고 하면서 엄청 자랑했던 거, 자기들도 같이 들었잖아. 과거형 아닌 거 보면 사별은 아니지, 절대로."

"주말부부도 아니고 사별도 아니면…… 이혼?"

채영엄마가 꼭 맞는 타이밍에 이혼이란 낱말을 내뱉어주었다. 안빈엄마는 애정이 듬뿍 담긴 눈으로 채영엄마를 쳐다보았다. 그녀가 이렇게 예뻐 보이기는 처음이었다. 너무 짙고 굵어서 앵그리버드라고 놀리던 눈썹문신마저도 사랑스러워 보였다.

"그치? 아무리 생각해봐도 그것밖에 없어."

"요즘 세상에 이혼이 대수야? 그나저나 자기가 깎아봐. 미끄덩거려서 못하겠다." 주이엄마가 깎다 만 복숭아를 과도와 함께 안빈엄마에게 건네고 물휴지로 손을 닦았다.

"이혼이 대수라서가 아니라 세민엄마가 너무 딱해서 그렇지. 하긴 뭐, 아들도 그 모양인데다가 마누라까지 허구한 날 술이니. 멀쩡한 가정 놔두고도 기회만 닿으면 한눈파는 게 남잔데, 솔직히 어떤 남자가 그런 집구석에 마음을 붙이겠어. 안 그래?"

그러게, 하고 건성으로 대꾸하면서 주이엄마는 얼른 그거나 마저 깎으라는 듯 턱짓으로 복숭아를 가리켰다. 안빈엄마는 복숭아를 깎으며 주이엄마를 힐끗거렸다. 아무리 뜯어봐도 뜨끔해하거나 당황해하는 기색은 찾을 수가 없었다. 내가 잘못 짚은 건가? 아냐, 그럴 리가 없어. 주이아빠한테 딴 여자가 생긴 게 분명해.

"주이아빠 같으면 그런 상황에서 바람 안 나고 배기겠느냐고? 응?"

"자기, 은근히 집요한 데가 있다?"

안빈엄마의 말에 주이엄마가 양미간을 찌푸렸다. 주이엄마의 목소리에 살짝 날이 선 것을 놓칠 안빈엄마가 아니었다. 옳지, 드디어 입질이 시작되는군. 그녀는 무릎을 들썩여 주이엄마에게 바짝 다가앉았다. "그게 아니라 내 말은……."

"나 먼저 일어날게요. 졸려서 안 되겠어요."

입이 찢어져라 하품을 하며 채영엄마가 자리에서 일어났다. 안빈엄마가 다급하게 채영엄마의 원피스 자락을 붙들었다. "잠깐만, 채영아. 주이네 에스프레소 머신 바꿨는데 커피 한 잔은 마시고 가야지."

"미안해요, 언니. 커피고 뭐고 졸려 죽겠어요."

"그럼 채영아, 소파에서 잠깐 눈 좀 붙여."

"아뇨. 저 먼저 갈 테니까 제 몫까지 드시고 오세요."

채영엄마가 핸드백을 덜렁거리며 현관을 향해 걸어갔다. 다된 밥에 재를 뿌려도 유분수지. 안빈엄마는 입술을 앙다물고 채영엄마의 뒤통수를 노려보았다. 채영엄마는 머리를 틀어 올리고 원피스로 한껏 멋을 낸 차림이었다. 하지만 뭘 입어도 그녀가 입으면 다 펑퍼짐한 홈드레스 같았다. 안빈엄마는 그녀를 돌려세우고 그 사실을 알려주고 싶어서 입이 근질거렸다.

"나도 졸리다. 너무 많이 먹었나봐." 주이엄마도 채영엄마를 따라 하품을 했다.

"아직 학예회 얘기도 안 했잖아. 개학이 코앞인데……."

채영엄마는 이미 현관에 가 있었다. 주이엄마도 안빈엄마의 말에 대꾸도 없이 슬리퍼를 짤짤 끌며 현관으로 가고 있었다. 혼자라도 버텨보려고 했지만 어쩔 수가 없었다. 안빈엄마는 부루퉁한 얼굴로 그녀들을 따라 주이네를 나섰다. 되는 일이 없으려니 엘리베이터까지 대기하듯 주이네 집 앞에 멈춰 서 있었다. 안빈엄마는 채영엄마를 따라 엘리베이터에 올라탔다.

"자긴 다다음 주 금요일부터 일요일까지 일 빼놓고. 알았지?"

주이엄마가 말하는 순간 엘리베이터 문이 닫히기 시작했다. 얼른 열림 단추를 누르고 안빈엄마가 물었다. "금요일은 왜?"

"같이 장봐야지."

"금요일은 어려울 것 같은데. 우리 매장 매니저가 금요일마다……."

주이엄마가 말을 끊었다. "이참에 그만 둬. 꼴랑 최저시급 받는 거, 그거 몇 푼이나 된다고 저녁마다 애를 혼자 방치해놔?"

주이엄마가 계속 떠들어댔지만 꼴랑이란 말 뒤부터는 다 백색소음이었다. 안빈엄마는 열림 단추에서 손가락을 뗐다. 엘리베이터 문이 닫혔다. 꼴랑? 너 지금 꼴랑이라고 했니? 주이엄마가 여전히 거기 있기라도 한 것처럼 그녀는 눈을 가늘게 뜨고 정면을 쏘아보았다. 엘리베이터가 1층에 도착했다. 로비를 나섰다. 볕이 뜨겁다 못해 따가웠다. 채영이네 집은 주이네 바로 옆 동이었다.

"언니, 들어가세요."

"가서 잠이나 아주 원 없이 자버려."

언니도 참. 채영엄마가 까르르 웃으며 공동현관으로 들어갔다. 안빈엄마는 철도변을 따라 타박타박 걸었다. 이놈의 아파트는 평수 별로 아파트를 배치해놓았다. 가장 평수가 큰 주이네 동을 한복판에 세워놓고 그 동과 멀어질수록 점점 작은 평수를 늘어놓는 식이었다. 30평대인 안빈이네 집은 철도변에 있었다. 그나마 위안이 되는 건 철도와 나란히 놓인 덕에 앞을 가로막는 건물이 없어 온종일 볕 하나는 푸지게 든다는 점이었다.

집에 들어가자마자 그녀는 아들 방으로 갔다. 창문을 다 열어놓았는데도 문을 여는 순간 건초냄새가 훅 끼쳐왔다. 토끼는 그녀를 쓱 돌아보더니 굴같이 생긴 집으로 쏙 들어가버렸다. 얼굴이 구겨졌다. 토끼를 키운 지 일 년이 다 되도록 한 번도 귀엽다거나 사랑스럽다는 생각을 해본 적이 없었다. 그런데도 안빈은 토끼만 보면 좋아서 입이 벌어졌다. 눈길 한번 주지 않는 토끼를 졸졸 따라다니며 한 번만 쳐다봐달라는 듯 토빈아, 토빈아, 불러대는 안빈을 보고 있으면 안쓰럽고 애처롭다 못해 짜증이 일었다.

그녀는 문을 닫고 거실로 갔다. 선풍기 머리를 잔뜩 숙여놓고 거실 바닥에 활개치고 누웠다. 출근시간이 다섯 시니까 아직은 시간이 있었다. 그녀는 핸드폰에 알람을 설정해놓고 눈을 감았다. 막 잠이 들려는 순간 핸드폰이 울렸다. 주이엄마였다.

"아까 얘기하려다가 채영엄마 있어서 안 했어."

"뭔데?"

"혹시 안빈이 중국어 가르칠 생각 없어? 내가 실력 있는 원어민 선생 소개받았거든."

"북경 사람이야?"

"북경대에서 중국어 전공한 백 프로 북경인. 자기도 참, 내가 설마 우리 주이한테 중국 사투리 가르칠까봐서?"

주이엄마의 방만한 웃음소리가 전화기 바깥으로 흘러넘쳤다. 안빈엄마는 눈살을 찌푸렸다.

"근데 싸진 않아. 팀비로 백오십 맞춰달래. 셋이서 하면 오십씩인데……."

주이엄마가 말을 멈추었다. 안빈엄마는 오십만 원을 최저시급으로 나눠보았다. 주이엄마가 말을 이었다.

"바쁜 애들 셋이나 시간 맞추려면 골치 아프니까 그냥 주이랑 안빈이랑 둘만 하는 게 어때? 칠십오씩 갈라내기도 우스우니까 내가 팔십 낼게 자기가 칠십 내."

안빈엄마는 얼른 대답하지 못했다. 중국어를 가르치고 싶은 마음은 진작부터 있었지만 수학경시대회 준비를 하려면 학원 수업만으로는 부족했다. 경시대회 전문강사를 붙여야 하는데, 그 과외비 마련도 허리가 휠 지경이었다.

"정 부담스러우면 내가 백 낼 테니까 자기가 오십만 내."

"그래도 괜찮겠어?"

말을 내뱉고 나서 안빈엄마는 바로 후회했다. 그렇지 않아도 돈으로 드러내놓고 유세를 떠는 주이엄마였다. 주이엄마는 나이가 네 살이나 어리면서도 꼬박꼬박 말을 놓았다. 친해지면 적당히 말을 놓는 게 주이엄마뿐인 건 아니지만 그 여자가 그러는 건 유독 아랫사람한테 하는 하대 같아서 불쾌했다. 아까 식당에서만 해도 그랬다. 언니라고 하면 좀 좋아, 꼭 자기야 자기야 하면서 불 좀 줄여라, 종업원 불러라 하고 일일이 부려먹는 꼴이라니. 자기 집에 간 손님에게 복숭아를 깎으라고 하는 건 또 어떻고. 그런데도 멀리할 수 없는 까닭은 모든 정보가 다 그녀에게 수렴되었다가 재분배되기 때문이었다. 좋은 학원, 좋은 과외선생의 목록뿐만 아니라 각종 어학연수 프로그램까지 A급 정보는 다 틀어쥐고 있는 그녀였다.

"뭐야, 엄만. 문도 안 열어주고."

안빈엄마는 깜짝 놀라 고개를 들었다. 안빈이 골난 얼굴로 가방을 거실바닥에 내팽개쳤다. 그녀는 서둘러 전화를 끊었다.

"아들. 학원에서 무슨 일 있었어?"

"몰라. 박세민 그 재수 없는 새끼가."

"엄마가 나쁜 말 쓰지 말랬지!"

"엄만 아무것도 모르면서 씨…… 걔가 오늘 무슨 짓을 했는지 알기나 해?"

"왜? 무슨 일이 있었는데?"

"저번에 본 영어시험 있잖아. 지 성적이 나보다 좋다고 애들 있는 데서 막……."

"그러게 왜 딴 애도 아니고 그런 애한테 져? 응?"

안빈엄마는 거기서 입을 다물었다. 정신과 의사가 절대 해서는 안 된다고 경고한 게 바로 이 말이었다. 안빈은 작년에 반 년 동안 정신과 치료를 받았다. 박세민이 전학 온 뒤부터였다. 토끼를 키우면서 많이 좋아져서 약을 끊었는데 올해 들어 박세민과 같은 반에 배정되면서 상태가 안 좋아졌다. 하지만 다시 약을 먹일 생각을 하면 끔찍했다. 약 기운에 축 늘어져 있는 아들을 지켜본다는 게, 그 시간을 또 한 번 반복한다는 게 엄두가 나지 않았다.

"그 새끼가 또 뭐랬는 줄 알아? 내 꿈이 의사라니까 자긴 보건…… 뭐라더라, 그 새끼가 막 잘난 척하면서 뭐라고 했는데. 하여간 뭐 그런 장관이 될 거래. 의사가 보건 어쩌고 하는 장관 밑에 있는 거 맞아, 엄마?"

"아주 꼴값을 바가지로 떨고 앉았네. 아니, 말이야 바른 말로 누가 절 장관을 시켜준다니? 스튜어디스 하나 뽑을 때도 관상을 보는데 하물며 한 나라의 장관을 그냥 뽑을까봐? 예전부터 알비노는 아주 불길한 징조로 여겨졌기 때문에…….”

안빈엄마는 말을 멈췄다. 알비노를 상서로운 존재로 보기도 했다는 말은 그냥 삼켰다. 자존심이 강하다는 건 무시당할 조건을 타고 난 세민에겐 너무 치명적인 약점이란 게 그녀의 생각이었다. 그녀는 고교동창을 떠올렸다. 소아마비인 그 아이는 같은 반 친구들로부터 왕따를 당했다. 불구인 몸 때문이 아니라 그런 몸에도 불구하고 너무도 당당했기 때문이었다. 친구들이 불편한 다리를 동정할 때마다 그 아이는 대꾸했다. 내 목발은 네 안경과 같은 거야. 그건 친구들의 몫으로 남겨둬야 하는 대사란 걸 그 아이는 몰랐다. 착한 사람이 될 수 있는 기회를 번번이 눈앞에서 박탈당한 친구들은 그 아이에게 호의적일 수가 없었다. 박세민도 마찬가지였다. 처지를 인정하고 무릎 꿇게 만들고 싶은 무언가를 분명 갖고 있었다.

“그냥 확, 학원 그만둘까?”

안빈이 제 방으로 들어가 쾅, 문을 닫았다. 따라 들어가려는 참에 전화벨이 울렸다. 남편이었다. 그녀는 시무룩한 목소리로 다다음 주 주말 여행계획을 전했다. 학급임원들 단합대회라고 했더니 박혜정도 가는 거라고 생각했는지 남편의 목소리가 대번에 밝아졌다.

“잘됐네. 그렇지 않아도 바람 좀 쐬고 싶었는데.”

반색하는 남편에게 그녀가 소리를 내질렀다. “따라가긴 어딜 따라가? 당신은 미리 신청해서 주말에 당직이나 서. 그 수당 보태도 남들 사는 거 흉내도 낼 수 없는 처지란 거 몰라?”

전화를 끊고 그녀는 아들이 듣지 못할 만큼 작은 소리로 온 갖 욕을 퍼부었다. 그러나 그러면 그럴수록 맥이 빠졌다. 그녀는 소파에 주저앉아 멍하니 허공을 바라보았다. 방학마다 철거민의 자녀들을 비닐하우스에 모아놓고 공부를 가르치던 대학 시절이 떠올랐다. 그 시간에서 얼마나 멀리 흘러와버린 걸까, 나는. 생각을 끊어내듯 그녀는 자리에서 벌떡 일어났다. 그리고 스스로에게 다짐을 두듯 소리 내어 말했다. 다 이렇게 사는 거야. 누군 뭐 별스럽게 살아? 땅에 발을 디디고 사는 이상 어쩔 수 없는 거라고! 그녀는 다시 핸드폰을 들었다. 기분이 이럴 땐 박혜정이 특효약이었다. 세민엄마의 주눅 든 목소리를 듣고 나면 더럽고 한심한 기분쯤은 한 방에 날아가버릴 터였다. 하지만 벨이 한참을 울리도록 박혜정은 전화를 받지 않았다. 핸드폰을 내려놓으려다가 그녀는 채영엄마를 떠올렸다.

"좀 잤어?"

"얼마나 피곤했는지 정신없이 잤네요."

"있잖아, 채영아. 나 원래 남 얘기하는 거 딱 질색인 사람인데……."

채영엄마가 추임새 넣을 시간을 주기 위해 그녀는 잠깐 말을 끊었다. 하지만 기다려도 채영엄마에게선 아무 말도 나오지 않았다.

"세민엄마 욕하자는 게 아니라 자기가 너무 걱정돼서 그래. 그러니 내 말 오해하면 안 된다? 아까 주이네서 얼핏 말했지만 세민엄마 완전 알코올중독이야. 저번에 뭐 물어보려고 전화했다가…… 말도 마, 혀 꼬인 소리로 사랑한다면서 울어대기 시작하는데, 애들 말대로 완전 멘붕이었다니깐.”

그녀는 말을 멈추었다. 하지만 이번에도 채영엄마는 아무런 대꾸가 없었다.

“그게 다가 아니야. 사실 이 얘기 해주려고 전화한 건데…… 자기네 이사 오기 전에 동건이라고 있었어. 동건엄마가 세민엄마 불쌍하다고 엄청 챙겼거든. 그랬더니 세민엄마가 동건아빠한테 대놓고 끼를 부리더래요. 그래서 상종을 안 하니까 그 여자가 완전 스토커로 돌변해서 동건엄마를 괴롭히기 시작하는데, 완전 호러영화였다니깐!”

사실대로 말하자면 추근댄 건 박혜정이 아니라 동건아빠였다. 방금 한 말은 동건엄마의 말을 그대로 옮긴 것에 불과했다. 누가 봐도 뻔한 거짓말을 궁색하게 늘어놓는 동건엄마를 비웃는 사람들을 보며 안빈엄마는 남편에게 고맙다는 생각을 다 해보았다. 신혼 때부터 잊을 만하면 한 번씩 바람을 펴댄 안빈아빠지만, 그래서 상처를 받고 받다가 이젠 무뎌져서 박봉일망정 월급만 따박따박 갖다주면 더는 바랄 게 없는 사이가 된 지 오래지만, 적어도 남편은 동건아빠처럼 한동네 여자를 집적대서 그녀를 여자들 입방아에 오르내리게 한 적은 없었다. 그런데 바통터치를 하듯 동건네가 뜨자마자 안빈아빠가 박혜정에게 푹 빠져버린 거였다.

박혜정을 향한 남편의 감정을 확인하게 된 건 지난 1학기 공개수업 때였다. 아들의 학교생활에 별 관심도 없던 남편이 공개수업에 참석하겠다고 휴가까지 냈다. 사진기를 들고 설쳐대는 남편에게서 향수 냄새가 폴폴 풍길 때까지만 해도 설마설마 했다. 하지만 남편은 계속 박혜정을 힐끗거렸고 그쪽에서 부탁한 것도 아닌데 박세민이 발표하는 모습까지 일일이 사진을 찍어대더니 그걸 전송해주겠다는 구실로 박혜정의 핸드폰 번호를 따냈다. 역시나 안빈을 찍은 스무 장의 사진들 속엔 모두 어려운 각도로 잡아낸 박혜정의 모습이 담겨 있었다.

"세민엄마 화냥기는 정말이지…… 아무튼 그래서 동건네가 결국 이사까지 간 거잖아. 그러니 채영엄마도 괜히 그 여자한테 친절하게 굴지 말고……."

"죄송한데요, 언니. 지금 손님이 와 있어서……."

"그러면 그렇다고 진작 얘기하지. 그럼 손님 보내고 자기가 다시 전화하든지."

안빈엄마는 핸드폰을 소리 나게 탁자에 내려놓았다. 여태 자다가 일어났다면서 손님은 무슨 손님. 분위기 파악 못하는 것까진 봐주겠는데 혼자서만 착한 척하는 꼴이라니. 이사 온 지 반년밖에 안 된 주제에 나한테 밉보이면 이 동네에 발붙이고 살기 힘들다는 것조차 아직 파악이 덜 된 모양이지? 기분이 더 엉망이 되어버렸다. 아무래도 박혜정이 필요했다. 그녀와 통화라도 해야 이 기분을 떨칠 수 있을 것 같았다.

"아, 언니!" 박혜정이 들뜬 목소리로 전화를 받았다.

"뭐해?"

불필요한 질문이었다. 박혜정이 저런 음성으로 전화를 받는

다는 건 취했다는 거였다. 식당에서 나와 집으로 가자마자 혼자 술을 마시기 시작한 모양이었다.

"지금 뭐하냐면…… 음……."

꼬인 혀를 애써 풀어가며 박혜정이 말했다. 그녀답다고 안빈 엄마는 생각했다. 누군가 박혜정이 어떤 사람이냐고 묻는다면 안빈엄마는 생각하고 말고 할 것도 없이 뭐든 진지하게 받아들 이는 사람이라고 대답할 것이다. 놀리는 말인 줄도 모르고 사람 들이 웃으면 웃을수록 더 열심히 설명할 것 같은 사람. 미안하 다는 말을 대신할 웃음을 늘 입안에 고여두고 있는 사람.

"그날 생각하고 있었어요. 언니도 그날…… 기억하죠?"

박혜정이 바람 빠지는 소리로 웃다가 딸꾹질을 했다. 술주정 을 듣기 위해 전화 건 게 아닌데 괜히 전화했다 싶었다. 그때 마 침 안빈이 학원 가방을 메고 거실로 나오며 배고프다고 성화를 부렸다. 안빈엄마는 바로 다시 걸겠다고 말하고 전화를 끊었다. 안빈은 엄마가 꺼내준 간식을 가방에 욱여넣고는 빵을 물어뜯 으며 신을 신었다.

"아들. 모르는 거 있으면 선생님한테 바로 질문하고!"

안빈은 볼이 미어지게 빵을 우적거리며 인사도 없이 집을 나 섰다. 그녀는 삼십 분 뒤로 알람을 맞춰놓고 다시 소파에 누웠 다. 얼른 저녁밥을 지어놓고 출근 준비를 해야 했지만 만사가 귀찮았다. 발가락으로 단추를 눌러 선풍기 바람을 약하게 해놓 고 눈을 감았다. 막 잠 속으로 빠지려는 순간 방금 전에 박혜정 이 한 말이 떠오르며 저도 모르게 눈이 떠졌다. 그날? 박혜정이 혼자 술을 마시며 추억한 '그날'은 도대체 어떤 날이지?

안빈엄마가 박혜정을 처음 만난 건 사 년 전이었다. 그녀는 안빈엄마가 일하는 매장의 고객이었다. 백화점에 입점한 아동복 중에서도 특히 값비싼 상표였지만 그녀는 가격표를 확인하지 않고 여섯 벌을 골랐다. 책가방도 샀다. 치수로 봐서는 초등학교에 입학하는 아이가 입을 옷이었지만 그녀는 아무리 봐도 서른을 넘기지 않았을 것 같았다. 초등학교 입학하는 조카 선물 사시나봐요? 옷을 포장해주며 안빈엄마가 말을 건넸다. 그녀는 어색하게 웃기만 할 뿐 아무 말도 하지 않았다.

한 달쯤 뒤에 박혜정은 매장에 와서 이번에도 옷을 척척 골라 계산대로 들고 왔다. 그녀는 쇼핑백을 받아 들고 멈칫거리다가 뜬금없이, 아들이에요, 하고 말했다. 무슨 말인지 몰라 안빈엄마가 의아한 눈으로 쳐다보자 그녀는, 조카가 아니라 아들 옷이라고요, 아들이 초등학교에 입학했거든요, 하고 말했다. 질문을 받았을 때 바로 대답하지 못해서 한 달 내내 몹시 마음에 걸렸다는 표정이었다. 그래서 안빈엄마는 과장된 목소리로 어머, 우리 아들도 이번에 초등학교에 입학했어요, 하고 반갑게 말했다. 그리고 바로 덧붙여 말했다. 궁금한 게 있으면 언제든지 물어봐요, 조카들이 많아서 남자애들에 관한 건 빠삭해요. 그녀는 고개를 갸웃한 채 안빈엄마의 얼굴을 빤히 들여다보다가 한참 만에 입을 열었다. 어떻게 물어보면 되는데요? 안빈엄마는 핸드폰을 꺼내들고 그녀에게 전화번호를 불러달라고 했다. 그리고 그 자리에서 그녀가 불러주는 열한 자리의 숫자를 키패드에 눌렀다. 곧 그녀의 핸드폰이 울렸다. 그 번호를 저장해두면 된다고 말하려는 참에 그녀가 전화를 받았다. 얼떨결에 안빈엄마도 핸드폰을 들었다. 계산대를 사이에 두고 두 여자는 핸드폰을 귀에 댄 채 서로 마주 보았다. 박혜정의 눈꺼풀이 바르르 떨렸다. 당장 울음이라도 쏟아낼 것 같은 얼굴이었다. 안빈엄마는 그 상황이 어색해서 안빈이 엄마라고 저장해두시면 돼요, 라고 말했다. 그 순간 박혜정의 얼굴에 퍼지던 환한 웃음.

그 뒤로 박혜정은 종종 백화점에 왔다. 그녀는 한 번도 같은 옷을 입고 온 적이 없었다. 구두나 가방도 늘 바뀌었다. 안빈엄마에게 옷이란 인생의 가장 높은 꼭짓점에 걸려 있는 어떤 것이었다. 만나는 사람들 얼굴은 기억하지 못해도 그들의 옷차림은 세세한 것까지 다 기억하는 그녀였다. 꼭 성공해서 통닭 한 마리를 통째로 먹을 수 있는 어른이 되겠다고 다짐했다는 어느 개그맨의 이야기에 그녀는 웃지 못했다. 그녀도 그랬다. 그녀에겐 성공의 지표가 통닭이 아니라 옷이었다. 옷을 팔러 보따리를 들고 어머니와 함께 친구네 집에 갈 때마다 그녀는 학원에 간 친구를 대신해서 친구 엄마가 고른 옷을 입었다. 그 어여쁜 옷을 벗어놓고 친구네 집을 나설 때마다 그녀는 쏟아질 것 같은 울음을 참느라 입술을 깨물어야 했다. 박혜정은 그녀가 닿을 수 없는 꼭짓점에 도달한, 심지어 그것을 일상으로 누리는 사람 같았다. 그녀는 박혜정이 부러웠다. 박혜정의 어딘지 부족해 보이는 점들마저, 그러니까 아무것도 아닌 일에 골몰하는 모습마저도 부와 여유로움을 강조하기 위한 역설법적인 속성 같았다. 박혜정도 그녀에게 호감을 느끼는 것 같았다. 매장을 드나든 지 서너 달쯤 지났을 때 박혜정은 자기 생일이라며 같이 밥을 먹어줄 수 있겠느냐고 조심스럽게 물어왔다. 그날을 시작으로 두 사람은 카페나 식당에도 가고 강가나 휴양림으로 나들이도 갔다. 몇 번인가 박혜정의 집에도 갔다.

　이 년이 지났다. 3월 중순의 어느 오후, 안빈엄마는 병원에서 걸려온 전화를 받았다. 박혜정이 길거리에서 쓰러져 응급실로 실려왔는데 핸드폰 단축번호 1이 안빈엄마로 저장되어 있다고 했다. 그녀는 한달음에 병원으로 달려갔다. 깨어나자마자 박혜정은 이사를 가야겠다고 했다. 세민이 학교에서 심하게 왕따를 당하고 있다고 했다. 그녀는 자기네 아파트 단지로 오라고 그녀를 부추겼다. 박혜정이 이사 오고 얼마 동안은 그녀의 인생에서 다시 없이 즐거운 나날이었다. 안빈이를 학교에 보내자마자 박혜정에게로 가서 같이 아침 겸 점심을 먹고 커피를 마셨다. 몇 번인가 술을 마시고 박혜정의 집에서 자기도 했다. 그러나 딱 석 달이었다. 박세민 때문에 안빈이 정신과 치료까지 받는 지경에 이르게 되면서 박혜정 모자에 대한 감정은 돌이킬 수 없는 증오로 치뻗었다. 그런데 오늘은 술에 풀린 박혜정의 목소리를 들어서인지 옛날 생각이 끝없이 이어졌다. 그나저나 박혜정이 말한 '그날'은 어느 날일까. 그녀는 이 더운 날 혼자 낮술을 마시며 어떤 날을 되작거리고 있었던 걸까.

　착하고 순한 여자. 무슨 말 한마디만 하면 눈물부터 뚝뚝 흘리는 여린 사람. 그런 그녀에게 자신이 너무 고약하게 굴고 있다는 죄책감이 들었다. 그러나 그 순간 손님이 해주었던 이야기가 퍼뜩 떠오르며 그녀는 저도 모르게 자리에서 벌떡 일어났다.

어느 날 매장에서 나가는 박혜정을 보고 손님이 말했다. 저 여자 아들이 알비노라 학교에서 왕따를 당했어요. 걔 왕따 주동한 애가 셋이었는데 저 여자가 그 애들한테 사과하라고 그러니까 그 엄마들이 왕따 시키는 것도 리더십이다, 우리 애한테 이런 말할 시간 있으면 당신 애나 똑바로 가르쳐라, 이랬다네요. 그랬더니 저 여자가, 맨날 천사처럼 웃기만 하던 저 여자가요, 딴사람이 된 것처럼 싹 변해서는 매일 저녁마다 그 집 앞으로 가서 몇 시간 동안 베란다 쪽을 올려다보고 그랬대요. 정말 매일, 하루도 안 거르고요. 비 오는 날은 우산까지 쓰고 나와서 쳐다보고 그랬다니 얼마나 소름 끼쳤겠어요. 반 년 넘게 시달리다가 결국 그 엄마들이 싹싹 빌었대요. 근데 더 무서운 건요, 그게 다가 아니란 거예요. 저 집이 이사 가고 보름이나 지났을까, 그 애 중에 하나가 사고를 당한 거예요. 그리고 얼마 뒤에 또 한 애가 똑같은 사고를 당하더니 얼마 있다가 마지막 애마저…… 그러니까 왕따 주동한 애 셋이 다 교통사고를 당해서 평생 불편한 몸으로 살 수밖에 없는 처지가 됐어요. 우연이라고 하기엔 너무 섬뜩하지 않아요?

이 이야기를 왜 이렇게 까맣게 잊고 있었을까. 그녀는 박혜정에 대해 한 가지를 더 추가했다. 뭐든 진지하게 받아들이는 사람. 놀리는 말인 줄도 모르고 사람들이 웃으면 웃을수록 더 열심히 설명할 것 같은 사람. 미안하다는 말을 대신할 웃음을 늘 입안에 고여두고 있는 사람. 그러나 아들 문제에 꽂히면 딴 사람이라도 된 것처럼 무섭고 집요해지는 사람. 그건 한마디로 요약한다면 요령부득인 성격이란 얘기였다.

알람이 울렸다. 그녀는 다시 삼십 분 뒤로 알람을 맞춰놓고 눈을 감았다.

폐가

　오후 네 시. 학원을 나서며 세민은 선글라스를 꼈다. 이맘때의 빛은 눈이 부실 정도는 아니었지만 해가 완전히 넘어가기 전까진 마음 놓고 맨눈으로 나다닐 수가 없었다. 세민은 횡단보도 앞에 섰다. 맞은편에 또래로 보이는 아이가 서 있었다. 저 아이의 눈에 비친 나는 어떤 모습일까. 이 무더위에 긴팔 긴바지를 입고 짙은 선글라스까지 끼고 있는 아이.

　신호등이 바뀌었다. 세민은 횡단보도를 건넜다. 중간지점에서 아이와 엇갈릴 때 문득 저 아이와 내가 같은 시간을 살고 있는 걸까, 하는 의문이 들었다. 세민은 고개를 흔들었다. 보통 아이들의 시간이 있고 알비노의 시간이 따로 있다. 아까 영어학원에서 안빈이 했던 말은 틀린 말이 아니었다. 쉬는 시간에 칠판을 쳐다보며 멍때리고 있는데 안빈이 맞은편에서 큰 소리로 세민을 불렀다. 생각해봤는데 박세민, 네가 장관이 되는 날은 절대로 없어. 왜냐면 넌 그 전에 죽을 거니까. 너처럼 심한 알비노는 서른 살까지만 살아도 오래 사는 거라는 거, 너도 알지? 안빈은 혀를 쑥 내밀고 헐떡대다가 픽 고꾸라지는 시늉을 했다. 아이들이 책상을 두드리며 웃어댔다. 물론 가만히 당하고 있을 세민이 아니었다. 세민은 당장 토익점수로 응수했다. 세민이 애들 앞에서 자신과 안빈의 영어점수를 공개하자 안빈은 당장 입을 다물었다. 거기서 한마디라도 얹었다가는 다른 영어점수와 수학점수까지 줄줄이 까발릴 세민이란 걸 안빈은 너무도 잘 알고 있을 터였다. 하지만 시무룩한 안빈을 보면서도 승리감은 들지 않았다. 아니, 승자는 안빈이었다. 안빈 말대로 자신은 남들만큼 오래 살 수 없다는 사실을 세민도 알고 있었다. 진료가 끝날 때마다 의사는 엄마와 눈빛을 교환하며 말끝을 흐리곤 했다. 그 말줄임표를 세민은 다 읽었다. 자신이 오래 살 수 없다는 것. 그리고 곧 실명할 거라는 것. 진료실을 나올 때마다 세민은 언젠가 엄마의 책에서 읽은 수명에 관한 언급을 떠올렸다. 갈라파고스땅거북은 이백 년을 살지만 나비의 평균 수명은 고작 한 달이다. 그렇지만 평생을 산다는 점에 있어선 다르지 않다. 태어나서 숨이 다할 때까지 똑같이 생로병사를 겪어내는 것이다. 다시 말해 나비의 하루는 갈라파고스땅거북의 2400일과 같다. 세민이 이해한 게 맞다면 대충 그런 내용이었다. 세민은 하늘을 올려다보았다. 선글라스 때문에 하늘이 짙은 황토 빛깔로 보였다. 그렇다면 나의 하루는 보통 아이들의 사흘과 같은 거겠지. 그나저나 엄마는 왜 그 대목에 밑줄을 그어놓았을까. 엄마도 내 생각을 했을까. 그래서 밑줄이 잔

물결 치듯 가늘게 떨렸던 걸까.

세민은 아파트 단지로 들어섰다. 하지만 집으로 들어가고 싶지 않았다. 아파트 산책로를 따라 다섯 바퀴나 돌았지만 여전히 집에 들어갈 마음이 생기지 않았다. 이 기분으로 엄마 얼굴을 보고 싶지 않았다. 솔직히, 이런 생각은 하고 싶지 않지만, 엄마가 원망스러웠다. 말싸움에서 수세에 몰린다 싶을 때마다 안빈이 꼭 하는 말이 있었다. 야, 박세민. 너 임신했을 때 니네 엄마 마약했지? 그랬을지도 모를 일이었다. 아니, 그랬을 것이다. 마약이 아니더라도 그에 상응하는, 어쩌면 그것을 훨씬 능가하는 뭔가가 분명히 있었을 것이다. 그렇지 않고서야 서양인도 아닌 동양인인 자신이, 더군다나 서양인에게도 극히 드물게 나타난다는 새빨간 눈을 갖고 태어났을 리는 없을 것이다. 도대체 엄마, 무슨 짓을 하고 산 거야?

어디니? 엄마로부터 문자가 왔다. 지금 들어가. 세민은 문자를 썼다가 지우고 상관 마,라고 고쳐 썼다가 그것도 지웠다. 화가 났다. 시력이 나빠지면서 화가 솟구칠 때가 많았다. 처음엔 엄마한테 화가 났다가 시간이 지날수록 점점 엄마한테 화를 내는 자신에게 화가 났다. 사람들은 모두 세민의 몸뚱이가 방사선이라도 내뿜는 것처럼 다가오기를 꺼렸다. 세민이 만진 건 뭐든 세균에 감염되었다고 쓰레기통에 던져버리는 아이들도 많았다. 세민은 혼자서 인형놀이도 잘했다. 1인 2역은 물론이고 혼자 열 사람 역할도 거뜬히 해냈다. 그런 건 어떻게든 견딜 수 있었다. 하지만 눈이 먼다는 건 차원이 다른 문제였다. 차원이 다른 외로움.

　……지금까지와는 차원이 다른 외로움. 재작년 여름이 떠올랐다. 엄마와 경포대에 갔던 날이었다. 땡볕 때문에 세민은 해변에 나가지 못하고 차 안에 앉아 바다를 내다보며 라디오를 듣고 있었다. 진행자 둘이 천국과 지옥에 대한 이야기를 주고받았다. 천국도 지옥도 긴 숟가락으로 밥을 먹어야 하는 상황인 건 같은데, 천국은 긴 숟가락으로 서로의 입에 넣어주기 때문에 모두가 배부를 수 있는 반면 지옥은 자기 입에만 넣으려고 하다가 모두 배를 곯게 된다고 했다. 세민은 소리 내어 웃었다. 도대체 저런 이야기를 지어내는 사람들은 누구며 저런 이야기에 감동이나 교훈을 얻는 사람들은 누굴까 궁금했다. 킬킬거리는 세민을 엄마가 의아한 눈으로 돌아보았다. 엄마의 시선을 외면한 채 세민은 고개를 틀고 해변을 바라보았다. 셀 수도 없이 많은 아이들이 바닷물에 들어가 첨벙대며 웃고 소리 지르고 있었다. 그 모습을 하염없이 바라보다가 세민이 입을 열었다. 엄마도 알지? 천국을 바라보고 있는 곳, 거기가 지옥이란 거. 엄마의 눈이 슬픔으로 커지더니 점점 더 새카매졌다. 엄마의 눈빛을 보며 이건 열 살짜리가 할 말이 아니란 걸, 그러니까 자신은 열 살 아이의 삶을 살고 있지 못하단 걸 알았지만 그건 세민의 힘으로 어쩔 수 있는 게 아니었다. 어둡고 칙칙한 구석에 박혀 화사하고 명랑한 세상을 넋 놓고 바라보며 살도록, 그렇게 살 수밖에 없도록 태어난 거였다. 그런데 이제 머지않아 눈까지 멀게 되는 거였다. 천국을 바라보고 있는 곳이 지옥이라면, 지옥을

64

바라보고 있는 곳은, 그 지옥마저 부러워서 침을 삼키며 바라봐야 하는 곳은 뭐라고 이름 붙여야 할까.

가슴이 뻐근하게 아파왔다. 폐를 꽉 움켜쥐고 있는 것처럼 숨도 제대로 쉴 수가 없었다. 화단 경계석에 쪼그리고 앉아 세민은 숨을 크게 들이마셨다 내쉬기를 반복했다. 다행히도 곧 숨길이 틔었다. 일어났다. 그리고 가슴을 펴는데 자신을 쳐다보는 시선이 느껴졌다. 저만큼 앞에서 노부부가 나란히 서서 세민을 바라보고 있었다. 눈이 마주쳤는데도 딱히 시선을 피하려고 하지도 않았다. 모르는 사람끼리 눈길이 마주치면 얼른 고개를 돌리는 게 예의 아닐까.

지금 같은 상황에 처할 때마다 세민은 동물원의 동물이 된 것 같았다. 글쎄, 엄마 말대로 괜한 피해의식일까. 결국 먼저 고개를 돌린 건 세민이었다. 세민은 급히 가야 할 곳이 있는 것처럼 성큼성큼 걷기 시작했다. 얼마큼 걷다가 뒤돌아보니 노부부의 모습이 보이지 않았다. 그런데도 사람들이 자신을 몰래 구경하고 있는 것 같은 생각이 들었다. 한번 이런 생각에 사로잡히면 쉽게 벗어날 수가 없었다. 얼굴에 엉겨붙는 시선을 걷어내듯 세민은 신경질적으로 얼굴을 문질렀다. 어디로 가지? 퍼뜩 폐가가 떠올랐다. 요한이 잡혀 들어간 뒤로는 한 번도 폐가를 찾은 적이 없었다. 세민은 빠르게 걸었다. 어서 폐가에 숨고 싶었다.

폐가에는 여전히 폴리스라인이 둘러 쳐져 있었다. 세민은 노란 줄에서 한 걸음 떨어져 폐가 안을 들여다보았다. 숨을 헐떡이며 여기까지 왔으면서도 막상 폐가에 이르자 들어가고 싶은 마음이 사라졌다.

　요한과 같이 출입하기 전부터도 폐가는 세민에게 특별한 장소였다. 전학을 가지 않겠다고 고집을 피우긴 했지만 이삿날이 다가올수록 어쩌면 새 학교는 다를지도 모른다는 기대감이 커졌던 것이 사실이었다. 하지만 똑같았다. 반 아이들이 배틀이라도 하듯 경쟁적으로 알비노에 대해 검색한 내용들을 떠들어대기 시작한 건 세민이 전학 오고 채 일주일도 지나기 전부터였다. 보름쯤 지나자 반 아이들 전체가 알비노에 관해 박사라도 된 것 같았다. 아이들이 쏟아낸 그 많은 정보 중에 식물도 알비노가 있다는 것이, 알비노 식물은 광합성을 할 수 없기 때문에 금방 죽고 만다는 것이 다른 정보들보다 더 깊숙이 세민의 가슴을 찔렀다. 탄자니아 같은 나라에선 알비노 아이들의 몸이 비싸게 거래된다는 기사보다도, 최초의 동물원에 인간 알비노가 수용되어 있었다는 걸 읽던 순간보다도 알비노 식물 이야기가 더 가슴 아픈 까닭을 세민 자신도 이해할 수 없었다. 이해할 수 없는 채로 그냥 맥이 빠졌다. 더는 싸우고 싶지도 않았다. 어디로 도망갈 곳조차 없는 느낌. 안빈으로부터 알비노 식물에 대한 이야기를 들은 날, 세민은 학교에서 나오자마자 집 대신 폐가로 갔다. 그 앞을 몇 번 지나치긴 했지만 안으로 들어간 건 그때가 처음이었다. 경첩이 떨어져나가 위태롭게 매달린 대문을 슬쩍 밀고 폐가에 들어선 순간 세민은 훅, 울음을 터뜨렸다. 느닷없이 시작된 재채기처럼, 무방비로 터진 울음이었다. 세민은 우는 아이가 아니었다. 세민에게 있어 울음은, 혼자 있을 때조차도 극력 참아야 하는 무엇이었다. 울음 밑은 짧았지만 그렇게라도 울고 나자 가슴이 좀 후련해졌다. 그때부터 세민은 울적하거나 답답할 때면 폐가로 갔다. 세민에게 폐가는 특별한 장소였다. 그래서 요한이 신을 벗고 엎드려 땅에 입을 맞추라고 했을 때도 아무런 거부감이 들지 않았다. 거부감은커녕 이 공간에 마땅한 의식이라는 생각이 들었다. 요한은 이곳이 성소, 즉 거룩한 땅이라고 했다.

세민은 돌아섰다. 아무래도 오늘은 마음이 내키지 않았다. 그러나 둔덕을 반쯤 내려갔다가 세민은 다시 폐가로 올라갔다. 왠지 그냥 내려가서는 안 될 것 같았다. 노란 줄에 닿지 않기 위해 세민은 앉은뱅이걸음으로 폐가 안으로 들어갔다. 신을 벗고 바닥에 입을 맞추었다.

세민은 몸을 일으켰다. 그리고 뒤꿈치에 힘을 주어 맨발로 풀밭을 걸었다. 첫 걸음을 내딛는 순간부터 세민은 버릇처럼 걸음수를 헤아렸다. 눈이 나빠지면서 생긴 버릇이 두 가지였다. 만져보는 것. 보폭으로 거리를 재는 것. 형태를 분간하지 못할 정도로 눈이 나빠진 건 아닌데도 손으로 만져봐야 제대로 본 것처럼 마음이 놓였다. 거리도 마찬가지였다. 교실 문에서 세민의 책상까지는 열네 걸음, 거기에서 교탁까지는 여덟 걸음.

풀밭을 가로지르며 보폭수를 헤아리다가 세민은 걸음을 멈추고 주머니에서 핸드폰을 꺼냈다. 엄마로부터 또 문자가 왔다. 어디니? 세민은 가만히 그 문자를 내려다보았다. 얼마 지나자 액정이 저절로 새까맣게 꺼졌다. 이곳을 어디라고 해야 옳을까. 세민 자신과 요한에겐 성스러운 곳이지만 둘을 제외한 사람들에겐 아이 둘이 살해당한 으스스한 빈집일 뿐인 이곳. 성소와 살해현장이란 두 이름 사이의 아찔하도록 가파른 낙차. 세민이 의아한 게 바로 그거였다. 요한은 왜 성소에서 아이들을 죽였을까. 신을 벗고 입을 맞춰야 하는 그 성스러운 땅에서, 하필 왜 그런 곳에서 아이들을 죽인 것일까. 요한은 신중한 사람이었다. 말 한마디도 허투루 내뱉는 사람이 아니었다. 그렇다면 두 아이를 의도적으로 성소로 데리고 와서 살해했다는 말이 된다.

핸드폰을 바지 뒷주머니에 찔러넣고 세민은 신경질적으로 머리를 마구 헤집어댔다. 모든 게 자신으로부터 비롯된 일이었다. 요한이 소원을 떠올려보라고 말했을 때 그따위 것을 소원이라고 떠올려서는 안 되는 거였다. 하지만 그게 정말일까. 요한이 내가 마음속에 떠올린 소원을 읽고 그 소원을 들어주기 위해 아이들을 죽인 게 사실일까. 어떻게 그런 일이 가능할까. 아이들이 죽은 건 하나도 슬프지 않았다. 죄책감도 들지 않았다. 죽어 마땅한 아이들이었다. 하지만 요한은 죽어도 되는 사람이 아니었다.

주머니에서 또 핸드폰이 진저리를 쳤다. 또 엄마의 문자. 이곳이 금지된 곳이란 사실 때문인지 엄마가 꼭 자신이 여기 있는 걸 알고 빨리 나오라고 다그치는 것 같았다. 세민은 답 문자를 보내고 폐가를 빠져나왔다. 지금 가.

집에 왔다. 엘리베이터에서 내리자마자 현관 앞에 놓인 꽃바구니가 보였다. 세민은 현관문을 열었다. 텔레비전 소리와 라디오 소리가 뒤섞여 흘러나왔다. 소파에 누워 있던 엄마가 인기척에 눈을 떴다.

"엄마, 이거!"

세민은 엄마에게 꽃바구니를 들어 보였다. 엄마가 얼굴을 찌푸리더니 밖에 내다놔, 하고 말했다.

"누가 보낸 건데?"

"그냥…… 도로 갖다놔."

세민은 엄마가 시키는 대로 꽃바구니를 현관 밖에 내다놓고 들어와 샤워를 했다. 욕실에서 나왔을 때 엄마는 식탁에 저녁을 차리고 있었다. 세민은 식탁에 앉았다. 엄마에게서 짙게 술냄새가 풍겼다.

"술 마셨어?"

엄마가 고개를 끄덕이며 방긋 웃었다. 방긋,이라고밖엔 달리 표현할 말이 없는 웃음. 엄마 속에 있는 어린아이를 본 것 같았다. 아무리 물어도 엄마는 절대로 어린 시절에 관한 이야기를 하지 않았다. 세민이 알기로 엄마는 한 번도 돈을 벌기 위해 일한 적이 없었다. 그런데도 엄마와 세민은 늘 풍족했다. 이 돈이 어디서 나오는 거냐고 묻자 엄마는 부모로부터 받은 유산이라고 했다. 부모가 있다는 얘기는 엄마가 하늘에서 뚝 떨어진 아기는 아니었단 뜻이었다. 엄마는 어떤 아이였을까.

엄마가 세민 옆자리에 앉았다. 세민은 숟가락을 들었다. 밥을 뜨면서 보니 엄마는 턱을 괸 채 눈을 감고 있었다.

"들어가서 자, 엄마."

"아니야."

"혼자 먹어도 괜찮아. 들어가서 자."

"그럼 다 먹고 엄마 깨워."

엄마가 침실로 들어갔다. 세민은 밥을 먹고 방에 들어가 세 시간 동안 꼼짝 않고 학원 숙제를 했다. 세민은 엄마 방으로 들어갔다. 부스스 눈을 뜨며 엄마가 아가, 하고 세민을 불렀다. 세민은 엄마가 아가라고 불러주는 게 좋았다. 영원히 떠나지 않을 거라는 약속처럼 들렸다. 세민은 손바닥으로 엄마의 뺨을 어루만졌다. 엄마의 얼굴에 손가락이 닿는 순간 손끝에서부터 눈물이 차오르는 것 같았다. 아까 잠깐이지만 엄마를 미워했던 게 마음 아팠다. 이 세상에 엄마와 세민, 둘뿐이었다. 두 사람 중 한 명은 강해야 했다. 엄마는 강한 사람이 아니므로 결국 그건 나여야 한다고 세민은 생각했다. 엄마가 다시 잠들었다. 언제 봐도 엄마는 예뻤다. 거리에 나가면 수많은 남자들이 걸음을 멈추고 엄마를 뒤돌아보았다. 그럴 때마다 세민은 얼른 엄마 손을 잡곤 했다. 이 아름다운 꽃에 세민 같은 치명적인 독이 있다는 걸 똑똑히 봐두라는 듯. 그런데 꽃바구니는 누가 자꾸만 보내는 거지? 신경 쓰지 않으려고 해도 신경이 쓰였다. 벌써 몇 번째인지 몰랐다. 세민이 본 것만 해도 네 번이었다. 그때마다 엄마는 누가 보낸 건지 확인도 하지 않고 꽃을 뽑아 쓰레기봉투에 담았다. 엄마의 그 신경질적인 반응에 마음을 놓긴 했지만 그래도 신경은 쓰였다.

　텔레비전 소리를 조금 줄이고 세민은 엄마 방을 나와 제 방으로 들어갔다. 창문을 열었다. 나흘 후면 개학이었다. 이렇게 여름도 갈 것이다. 빠른 속도로 나빠지는 눈 때문인지 올해 들어서는 봄도 여름도 이 세상에서 보내는 마지막 계절인 것처럼 느껴지는 순간이 더러 있었다. 안빈이 떠올랐다. 알비노 식물은 광합성을 못하기 때문에 금방 죽는다고 말할 때의 그 의기양양한 표정이라니. 그나저나 나는 왜 이런 몸으로 세상에 나왔을까. 혹시 내가 마법에 걸려서 개구리로 변한 왕자님인 건 아닐까. 아니, 그보다 안빈이 그런 말을 지껄여댈 때 난 어떤 표정으로 그 앞에 있었을까. 설마 패자의 표정은 아니었겠지?

　세민은 책상에 앉아 일기장을 펼쳤다. 오늘,이라고 써놓고 세민은 고개를 들어 천장을 올려다보았다. 하루가 가고 있었다. 세민에겐 늘 하루가 길었다. 다른 아이들도 이럴까. 아닐 것 같았다. 내 하루는 다른 아이들의 사흘이니까, 그 사흘을 하루로 압축해서 살아내는 거니까 같을 수가 없겠지.

　세민은 책상 서랍 맨 아래 칸을 열어 소주병을 꺼냈다. 그리고 뚜껑을 열어 몇 모금 삼킨 뒤에 일기를 쓰기 시작했다. 일기를 다 쓰고 나서 머리카락을 하나 뽑아 갈피에 꽂아놓고 공책을 덮었다. 세민은 일기장을 엄마가 찾기 쉽도록 맨 위 서랍에 넣었다. 하지만 엄마가 아들의 일기를 읽는 일은 없을 거라는 걸 세민은 알고 있었다. 엄마는 한 번도 세민의 일기를 읽은 적이 없었다.

세민은 소주를 벌컥벌컥 들이켜고 불을 껐다. 침대에 누워 머릿속으로 계단을 그렸다. 나선형으로 돌며 끝없이 이어지는 계단. 세민은 천천히 그 계단을 내려갔다. 요한이 보고 싶었다. 누군가가 보고 싶어서 가슴이 미어지는 것 같은 느낌은 처음이었다. 세민은 두 손을 포개 가슴에 얹었다. 그리고 요한이 앞에 있기라도 한 것처럼 소리 내어 말했다. 눈이 먼다고 생각하면 앞이 캄캄해요. 세민은 그의 목소리를 흉내내어 대답했다. 눈이 멀면 당연히 앞이 캄캄하겠지. 세민은 웃었다. 생각할수록 우스워서 점점 더 크게 웃었다. 그래, 요한이라면 그렇게 말했을 것이다. 그가 농담을 할 줄 알면 좋겠다고 생각했던 적도 많지만 그가 농담을 아예 할 줄 모르는 사람이라 웃길 때도 많았다.

세민은 다시 계단을 내려갔다. 저 아래에 요한이 있었다. 어서 업히라는 듯 등을 보이고 서 있었다. 세민은 빠른 걸음으로 계단을 내려갔다. 마지막으로 둘이 함께 폐가에 갔던 날 그는 세민을 등에 업고 노아 이야기를 들려주었다. 요한에 의하면 노아는 알비노였다. 성경에 분명히 그렇게 써 있다고 했다. 노아의 몸은 눈과 같이 희고 머리카락은 양털 같고 눈은 아름답다고. 그는 말했다. 그러니까 여호와는 세상을 구원할 주인공으로 바로 너 같은 사람을 선택한 거야. 그게 무슨 뜻인지 알겠지? 세민은 그 이야기가 좋았다. 세상 모든 사람이 아는 유명인에 빗대어진다는 건 신나는 일이었다. 그의 등에 업혀 노아의 방주 이야기를 듣는 내내 뱃속에서 거품처럼 웃음이 뽀글거려 온몸이 간지러울 지경이었다. 하지만 지금은 그가 곁에 없었다. 사람을 둘이나 죽였으니 보나마나 사형당할 거라고 아이들이 말했다. 사형이란 낱말이 떠오르는 순간 요한이 사라졌다. 세민은 계단에 풀썩 주저앉았다. 사형집행까진 얼마나 시간이 남았을까. 세민의 가슴 속에서 스톱워치가 재깍거렸다. 가슴이 깨질 것 같았다.

잠이 오지 않았다. 시계를 보니 벌써 자정이 다 되어가고 있었다. 자야 했다. 세민은 다시 계단을 머릿속에 그렸다. 하지만 암만 계단을 내려가고 또 내려가도 잠이 오지 않았다. 세민은 책상 서랍에서 소주병을 꺼냈다. 그리고 병을 마저 비우고 침대에 누웠다. 눈을 감는 순간 갑자기 요한의 목소리가 천둥처럼 울렸다. 여호와는 세상을 구원할 주인공으로 바로 너 같은 사람을 선택한 거야. 그게 무슨 뜻인지 알겠지?

온몸에 전율이 일며 머리털이 쭈뼛 섰다. 그땐 왜 이 말을 별 생각 없이 듣고 넘겼을까. 그 말을 마치고 요한은 무릎을 굽히고서 한참 동안 세민의 눈을 들여다보았다. 그때 그의 얼굴엔 세민의 가슴을 쿵, 내려앉게 만든 어떤 표정이 떠올라 있었다. 뒷걸음질치는 동시에 와락 안기고 싶게 만드는, 세민으로서는 도저히 해독할 수 없는 표정이었다.

세민은 벌떡 윗몸을 일으켜 앉았다. 더 생각하고 싶지 않았다. 아무래도 오늘은 취하도록 술을 마셔야 잘 수 있을 것 같았다. 세민은 불을 켜고 침대에서 내려와 옷장 깊숙한 곳에 넣어둔 배낭을 꺼냈다. 그리고 지퍼를 열고 소주를 한 병 집어들었다.

당신을 처음 만난 날을 기억해요. 함박눈이 내리는 2월이었어요. 날짜도 정확히 기억해요. 왜냐하면 그날이 내 열 번째 생일이었으니까요. 생년월일과 이름이 적힌 종이와 함께 난 보육원 앞에 버려져 있었대요. 김장미. 어쩌자고 부모님은 나에게 장미란 이름을 지어주었을까요. 장미처럼 아름답고 향기롭게 살아가라는 뜻이겠지만 첫돌도 맞기 전에 부모에게 버려진 아이가 어떻게 아름답고 향기로울 수가 있겠어요. 잠깐 말이 샜어요. 내가 이래요. 이야기를 하다 보면 떠오르는 대로 마구 떠들어대느라 정작 하려고 했던 말을 까먹기 일쑤예요.

다시 당신을 만난 날로 돌아갈게요. 그날 아침, 난 일찍부터 창문에 붙어 서서 하염없이 바깥을 내다보고 있었어요. 누구에게도 말은 못했지만, 생일만 되면 혹시 부모님이 날 찾아오지 않을까 하는 기대가 있었던 게 사실이에요. 하지만 정오가 지나고 점심시간이 지나도록 대문은 꿈쩍도 하지 않았어요. 점심도 먹는 둥 마는 둥 숟가락을 내려놓자마자 또 창가에 붙어 있긴 했지만 실은 열한 시도 되기 전에 이미 난 기대를 접고 있었어요. 가파른 언덕배기에 있는 보육원까지 올라오기에 눈이 너무, 정말이지 너무 많이 쏟아지고 있었으니까요.

그러면서도 창가를 떠나지 못한 건 눈물 때문이었어요. 글렀다 생각한 순간부터 눈물이 흐르기 시작해서 수도꼭지를 틀어놓은 것처럼 쉬이 멎지를 않는 거예요. 요한, 보육원 아이들이 가장 수치스러워 하는 게 뭔지 아세요? 모를 거예요. 어떤 집단의 미묘한 성질을 가장 모르는 사람이 바로 당신 같은 사람이거든요. 안에 있는 것도 아니면서 그렇다고 딱히 외부인도 아닌, 딱 문지방에 서 있는 사람. 왜냐하면 내부에 있는 사람들이 가장 경계하는 게 이쪽도 저쪽도 아닌, 그 사이의 금을 밟고 있는 사람이기 때문이에요. 답을 말하면요, 보육원 아이들이 제일 수치스러워하는 건 다름 아닌 울어서 빨개진 얼굴을 들키는 거랍니다. 그랬다가는 몇날며칠 동안 놀림감이 되기 십상이에요. 이부자리에 오줌을 싸버린 것보다 운 얼굴을 내보이는 걸 더 창피해하는 꼬맹이들을 누가 이해할 수 있을까요. 어른이 된 지금 돌이켜보니 그건 뭐랄까, 운다고 달래줄 부모가 없는 아이들이 자기 자신을 단단하게 여미기 위해 마련한 자구책 같은 게 아닐까 싶네요.

또 말이 샜군요. 무슨 얘기를 하고 있었…… 아, 그래요. 당신을 처음 만난 순간에 대해 말하고 있었지요. 눈은 멎을 기미 없이 하염없이 쏟아지고, 눈물이 말라붙은 얼굴은 팽팽히 조여오고, 무엇보다 발이 시린 게 더는 견디기 힘들어서 막 돌아서려던 참이었어요. 난롯불이나 쬐면서 《소공녀》나 마저 읽어야겠다고 생각하던 참이었어요. 그 순간 대문이 열리더니 거짓말처럼 세 사람이 안마당으로 들어섰어요. 여자어른과 남자어른, 그리고 두어 걸음 뒤처져서 따라오던 사내아이.

난 벌어진 입을 다물 수가 없었어요. 사내아이 머리 위로 둥그런 빛무리가 있었던 거예요. 눈물이 어룽대는 탓인가 싶어서 옷소매로 눈을 싹싹 비비고 다시 보았지만 여전히 당신 머리 위로, 마치 달력에 그려진 예수님이나 부처님 얼굴처럼, 둥그렇게 후광이 드리워져 있었어요.

난 한달음에 현관으로 달려가 문을 열었어요. 눈을 털어내느라 머리를 흔들며 발을 쾅쾅 굴러대던 당신이 문 열리는 소리에 내 쪽으로 고개를 돌렸어요. 이미 후광은 사라진 뒤였어요. 그런데요, 당신과 눈이 딱 마주치던 그 순간에요, 난 당신 눈동자에 박힌 내 얼굴을 보고 말았어요. 저게 정말 내가 맞나 싶도록 어여쁜, 그전에는 한 번도 본 적 없는 반짝이는 내 얼굴을요.

그날부터 당신은 우리와 함께 살았어요. 같은 방에서 자고 같은 식탁에 둘러앉아 밥을 먹었어요. 하지만 조금 전에 말한 대로 당신은 '우리'가 아니었어요. 당신은 부모님이 보육원에 일자리를 얻게 된 바람에 우리와 함께 살게 된 것일 뿐 고아는 아니었으니까요. 하지만 당신이 천애고아였다고 해도 난 당신을 결코 '우리'라고 생각할 수는 없었을 거예요. 비록 짧은 순간이었다고 해도 당신을 둘러싼 후광을 보았으니까요.

당신의 등장과 함께 내 모든 게 변했어요. 유난히 아침잠이 많아서 매일 눈곱을 떼며 아침밥을 먹던 내가 누구보다도 일찍 일어나 말끔하게 빗질까지 마치고 식탁에 앉는 아이로 바뀌었어요. 더는 투덜대지도 않았고 어른들 말에 말대꾸를 하거나 토를 다는 일도 없었어요.

변하기 위해 노력했던 게 아니라 그냥 좋았던 거예요. 휑뎅그렁하고 썰렁해서 십 년을 살았어도 정이 붙지 않던 그 공간이 당신의 등장으로 마냥 좋아져버린 거예요. 수압이 약해 물이 쫄쫄 나오는 샤워기도 좋아졌고 조금만 뒤척여도 삐걱삐걱 소리를 뱉어내는 철제침대도 좋아졌고 보육원 아이들이라고 광고라도 하듯 줄맞춰 함께 가는 등굣길도 좋아졌어요. 하다못해 매일매일 반복하던, 그 지겹던 식사기도까지도 좋아졌다면 더 무슨 말이 필요하겠어요. 밥 먹을 때마다 외던 기도문 말이에요. "밥은 하늘입니다. 하늘을 혼자 가질 수 없듯이 밥은 서로 나누어 먹어야 합니다."

처음 우리랑 식탁에 둘러앉던 날, 참 아름다운 기도문이라고 중얼거리던 당신의 모습이 떠올라요. 아름답다고 말하고 나니 갑자기 내 입이 향기로워지는 것 같아요. 당신도 이 느낌 때문에 아름답다는 말을 즐겨 썼던 건지 궁금해지네요. 당신에게는 뭐든 아름다웠어요. 사람들이 아름답다고 하는 것들은 물론이고 도저히 아름답다는 형용사와 어울릴 수 없는 것들까지도 다 끌어다가 아름답다고 했어요. 기도문도 아름답고 악보도 아름답고 수학공식도 아름답다고. 하다하다 새 학기 시간표마저 아름답다고 했어요.

근데 무슨 말을 하다가 아름답다는…… 아름답다…… 아름답다…… 아, 기도문. 기도문 얘길 하다가 또 삼천포로 빠졌네요. 당신이 아름답다고 해서 입을 다물고 말았지만 난 그 기도문이 싫었어요. 특히 성탄전야에 산타클로스 복장을 하고 선물보따리를 지고 온 손님들 앞에서 그 기도문을 욀 때면 뭘 더 내놓으라고 강짜를 부리는 것 같아 얼굴이 다 빨개졌어요. 그

이야기를 했다가 원장님한테 비뚤어졌다고 엄청 야단을 맞았지만, 글쎄요, 지금도 난 내 말이 틀렸다고 생각하지 않아요. 그건 나눠 먹을 걸 잔뜩 갖고 있는 사람들이 할 기도인 거지 우리가 할 기도는 아니잖아요. 나눠줄 건 고사하고 국민이 낸 세금에 독지가들의 호의를 보태 근근이 먹고 사는 우리가 그런 기도를 하다니, 개도 자다가 웃을 일 아닌가요? 하지만 기도문 같은 거, 아무래도 상관없었어요. 내 세상에 당신이 들어온 거예요. 온통 회색 천지였던 내 세상이 당신으로 인해 빨갛고 파랗고 노란 빛을 띠게 되었는데 그깟 기도문이 뭐 대수겠어요?

난 당신에게 다가가고 싶었어요. 당신 숨소리를 듣고 냄새를 맡고 싶었어요. 하지만 그럴 수가 없었어요. 그러기에 당신은 너무 어려웠어요. 나보다 고작 한 살밖에 많지 않은 당신이 그 어떤 어른보다도 어려웠어요. 당신은 말투도 행동거지도 눈빛도 다른 아이들과 분명히 달랐어요. 하긴 당신이 평범한 아이였다면 그 후광을 대체 무슨 말로 설명하겠어요. 첫날 보았던 그 후광을 그 후론 다신 볼 수 없었지만 내가 잘못 봤던 게 아닐까 하고 의심했던 적은 단연코 한 번도 없었어요. 당신은, 어린 내 눈에도, 구도자가 분명해 보였으니까요. 매일 새벽 네 시면 일어나 두세 시간씩 무릎 꿇고 기도하는, 고기도 먹지 않고 더러운 것은 만지지도 쳐다보지도 않는 열한 살짜리 꼬마 구도자.

그래요. 당신은 어린 예수나 석가 같았어요. 그래서 함부로 좋아해도 되는 사람이 아니라 경배의 대상처럼, 마땅히 그래야 할 것처럼 생각되었어요. 당신에게서 그 표정을 보지 못했다면 나는 끝내 당신과 말 한마디 주고받지 못했을지도 몰라요. 보건소에서 보육원으로 진료를 나왔던 날이요. 아이들은 손가락이 여섯 개 달린 당신의 오른손을 보고 징그럽다고 난리법석을 떨었지요. 그때 당신 얼굴에 적나라하게 드러났던 슬픔을 난 잊을 수가 없어요. 난 당신에게 다가가 두 손으로 당신의 오른손을 숨기듯 꼭 감싸쥐었어요. 당신 얼굴에서 그 슬픈 표정이 사라지게 하고 싶었어요. 근데요, 그 순간에요, 내 가슴이 따뜻해지더니 뭔가가 녹아내리기 시작하는 거예요. 뜨거운 밥 위에 얹은 마가린처럼, 부모 없는 아이로 살아온 설움이 다, 정말로 다요, 오 주여, 싹 녹아내리는 거예요. 그 순간 난 알아버렸어요. 손가락 여섯 개 달린 그 손이 기형이 아니라 특별함의 징표라는 걸요. 당신은 진짜 예수나 석가 같은 존재라는 걸요.

내 생각은 틀리지 않았어요. 꼬박 사흘째 고열에 시달리던 밤, 용량을 초과해서 먹은 해열제도 말을 듣지 않아 당장 죽을 것 같던 그 밤, 나는 바닥을 기다시피 해서 당신 방으로 갔어요. 당신이 남자애들과 나란히 누워 잠자고 있는 방으로요. 나는 당신 손을 잡아 내 머리에 얹었고 얼마 지나지 않아 열이 내렸어요. 당신의 손이 닿으면 낫게 될 거라는 믿음이 있었고, 오 셀라, 그 믿음이 나를 살린 거예요.

당신은 모르겠지만, 난 호락호락한 사람이 아니에요. 아주 어릴 때부터 뭐든 따지고 의심하는 아이였어요. 그래서 날 바라보는 어른들은 늘 두 부류로 나뉘었어요. 아이답지 않게 삐딱하다고 야단치는 사람들과 똑똑하다고 칭찬하는 사람. 물론 전자가 대부분이었지만요. 아까 식사기도에 대해 말할 때 당신도 느꼈겠지만, 기도문 하나도 그냥 넘기지 않고 나름대로 따지고 분석하는 열 살짜리가 어디 또 있겠어요. 근데 나 같은 사람이 일단 무너지기 시작하면 무서워요. 적당히 한 귀퉁이만 허물어뜨리고 마는 게 아니라 완벽하게 무너져요. 내가 가진 논리와 사고를 다 내려놓게 돼요. 당신에게 내가 그랬어요. 당신의 입에서 흘러나온 말들을 따지고 의심해본 적이 단 한 번도 없었어요. 열이 내린 그 밤에 당신 앞에서 나는 완전히, 철저하게 무너져버린 거예요. 그 순간 당신에 대한, 또 당신이 믿는 여호와 하느님에 대한 의심이나 질문이 원천봉쇄되어버린 거예요.

그런데 요한. 세민이도 그럴까요? 나처럼 단번에 무너질 수 있을까요? 세민인 어린 시절의 나를 많이 닮은 것 같았어요. 눈을 가늘게 좁혀 뜨고 내가 내뱉는 모든 말의 틈을 놓치지 않으려고 했어요. 그 아이를 보는데 언젠가 당신이 했던 말이 떠올랐어요. "당신이 나를 선택한 게 아니라 내가 당신을 선택했어요, 에스더."

의심하고 따지기 좋아하는 내 기질이 일단 흔들리고 나면 단번에 무너질 걸 알았던 건가요? 그래서 나를 선택했던 건가요? 세민이 역시 나처럼 그렇게 무너질 거라고 믿고 있는 건가요, 요한?

세민이 생각을 하니 어쩔 수 없이 마음이 힘드네요. 그 아이에게 곧 찾아갈 거라고 약속했어요. 시간이 촉박하니 이번엔 다는 아니어도 반절은 말을 해줘야 해요. 마음이 무거워요. 사실 세민일 이 일에 끌어들이는 것에 대한 죄책감이…… 아, 알아요. 하느님의 사업에 죄책감이라니, 너무 불경스러운 말이란 걸 잘 알고 있어요. 근데도, 다 알면서도, 자꾸 죄책감이 들어요. 당신 때문이에요. 그래요, 요한. 다 당신 때문이에요. 현장검증에서 당신이 보여준 모습 때문이라고요.

당신을 섬긴 지 삼십 년이에요. 그동안 당신은 한 번도 흔들림이 없었어요. 언제나 여호와 하느님에 대한 사랑과 확신에 차 있었어요. 그래서 당신이 성별자*가 아니라고 선언했을 때 난 그 말을 받아들이기 힘들었어요. 내 눈에 당신은 두말할 것 없이 성별자로 태어난 사람이었으니까요. 그런데, 그런데요…… 아, 요한, 용서하세요. 이 말을 하기 두렵지만 하지 않을 수가 없어요. 현장검증에서 보았던 당신은, 오 주여, 내가 알던 요한이 아니었어요. 당신은 흔들리고 있었어요. 그런 당신이 낯설어서, 너무 낯설고 무서워서 난 생각했어요. 흔들리는 건 당신이 아니라고요. 흔들리는 내가 투사되어 당신이 흔들리는 것처럼 보이는 것뿐이라고요. 하지만 그건 진실이 아니에요. 당신은 분명 흔들리고 있었어요. 나는 당신을 알아요. 오로지 당신 한 사람만 바라보고 살아온 세월이 삼십 년이에요. 열 살 이후로 나

---

* 신으로부터 성스럽게 구분되어 태어난 사람.

는 당신에게서 눈을 뗀 적이 없어요.

요한. 도대체 무슨 일이 있었던 거예요? 우리와 떨어져 감옥에 들어간 뒤에 무슨 일이 있었기에 바위 같은 당신이 흔들리고 있는 거예요? 왜 우리의 면회를 계속 거부하는 거예요? 벌써 다섯 번째예요. 오늘도 나는 당신을 만나러 갔다가 그냥 되돌아와야 했어요. 도대체 왜 면회까지 거부하고 있는 거예요?

혼란스러워요. 하지만 우리에겐 혼란스러워할 시간조차 남아 있지 않아요. 곧 마지막 때가 도둑처럼 임할 것임을 우리 모두는 알고 있잖아요. 이 혼란스러움을 멈춰야 해요. 그래서 난지금 이 이야기를 녹음하고 있는 거예요. 당신을 만난 순간부터 지금까지를 죽 정리해보려고요. 거기 어디엔가 당신의 혼란, 당신의 침묵의 단서가 있을 테니까요. 그리고 또 하나, 어쩌면 이게 더 중요한 이유인지도 모르겠어요. 당신과 내 이야기를 꼭들려주어야 할 사람이 있어요.

우리 아기요. 놀라지 마세요, 요한. 지금 내 뱃속에선 우리 아기가 자라고 있어요.

피곤하네요. 머리가 마비된 것처럼 생각이란 걸 이어가기가 힘드네요. 누워야겠어요. 눈을 감으니 요한, 또 우리가 처음 만났던 날이 떠올라요. 눈은 멈출 기미 없이 한없이 내리고⋯⋯시간이 정지되어버린 것 같던 그 시간⋯⋯ 창가에 서 있는 내가 보여요. 꼼짝도 않고 서서 그 어린것이 울고 있어요. 창틈으로 들어오는 칼바람에 손이 곱고 발이 얼어요. 하지만 돌아설수가 없어요. 누군가 저 눈을 뚫고, 꼭 엄마아빠가 아니더라도.

내 인생에 선물 같은 사람이 올 것만 같아요. 아, 아까 한 말은 잘못되었어요. 돌아서려던 순간 당신이 나타난 게 아니었어요. 드디어 당신이 나타났기 때문에 난 창가에서 떨어질 수 있었던 거예요. 기우제가 결국 성공하는 건 비가 내릴 때까지 기도를 멈추지 않기 때문이라잖아요.

　잠이 쏟아져요. 이야기를 마무리해야 하는데…… 눈은 내리고…… 나는 죽을힘을 다해 차디찬 마룻바닥을 기어 당신에게 가고…… 내가 당신을 선택했어요, 에스더…… 눈은 멈출 기미 없이 한없이 쏟아지고…… 네 믿음이 너를 구원하였으니 평안히 가라…… 아멘.

동물농장

아이들이 하교한 뒤라 학교는 조용했다. 박혜정은 교실 창가에 서서 빈 운동장을 내려다보았다. 어디선가 똑, 똑, 물방울 떨어지는 소리 같은 게 들렸다. 조용한 건 이래서 견디기 힘들었다. 조용할 때면 어느 한 소리에 집중하게 되고, 그 소리를 따라가다 보면 이르게 되는 곳은 언제나 새아버지의 집이었다. 아베 코보의 《모래의 여자》에 나오는, 벗어나려고 발버둥치고 발버둥쳐도 벗어날 수 없는 모래 구멍 속의 집 같은 그곳. 왜 여기서 벗어나 바깥세상을 걸어볼 생각을 하지 않느냐고 추궁하는 남자에게 모래의 여자가 심드렁한 목소리로 대꾸한다, 걸어봤어요. 박혜정은 창가로 한 걸음 다가서며 작게 읊조렸다. 걸어봤어요.

"오래 기다리시게 해서 죄송해요. 개학하고 며칠 안 돼 이것저것 일이 많아서요."

담임선생이 양손에 주스캔을 하나씩 들고 서너 걸음 앞에 서 있었다. 박혜정은 뒤돌아서다가 어지럼증을 느끼고 휘청거렸다.

"어디…… 불편하세요?"

선생이 캔을 책상에 내려놓고 얼른 의자를 끌어다가 박혜정이 앉을 자리를 만들어주었다. 괜찮다고 말하고 싶었지만 순간 많은 말들이 입안에서 엉켜버려 아무 말도 하지 못했다. 그녀는 그리로 가서 앉았다. 에어컨이 작동하고 있는데도 얼굴에 땀이 흥건했다. 선생이 휴지를 뽑아 건네며 물었다.

"반장 투표 얘기는 들으셨지요?"

그녀는 고개를 끄덕였다. 개학이었던 그제, 2학기 반장 투표가 있었다. 세민은 1학기에 이어 이번에도 반장 후보로 출마했다. 집에 오자마자 세민은 흥분한 목소리로 두 표를 얻었다고 했다. 1학기 땐 자신을 찍은 한 표를 제외하면 단 한 표도 얻지 못했던 세민이었다. 세민은 종일 엄마를 따라다니며 자신에게 표를 준 아이가 누구일 것 같냐고 묻고 또 물었다.

"세민인 여러 면에서 뛰어난 아이예요. 명석하고 글도 아주 잘 써요. 이게 5학년짜리 글이 맞나 싶도록 설득력도 있고 논리적이고 창의적이고요. 다만 때로는…… 세민이 속에 세상을 다 산 노인이 살고 있나 생각이 들 정도로 아이 같지 않은 부분도 많아 염려스러운 것도 사실이에요. 오늘 뵙자고 한 건 다름이 아니라……."

그녀는 선생의 어깨 너머로 칠판을 바라보았다. 이번 주 글 주제라고 적힌 아래 노란색으로 '나를 기쁘게 하는 것들'이라고 쓰여 있었다. 세민은 어제 학원에 다녀와서 글짓기 숙제를 한다고 밤늦도록 책상에 앉아 있었다. 그녀는 세민의 글을 읽지 않았다. 일기도 본 적이 없었다. 첫 번째 책상 서랍을 열기만 하면 쉽게 읽을 수 있는데도 손을 대본 적이 없었다. 세민의 머릿속이 궁금하면서도 굳이 들춰내고 싶지 않았다. 아들에 관한 건 보여주는 것, 볼 수밖에 없는 걸 보는 것만으로도 벅찼다. 그런데 이 글은 궁금했다. 세민을 기쁘게 하는 게 뭘까. 세민을 설레게 하고 가슴 저 밑바닥이 흔들리도록 웃게 만드는 건 도대체 뭘까.

"학예회 때 우리 반이 연극을 하기로 했는데 다수결로《동물농장》으로 결정됐어요. 연극에 대해 의견이 있으면 말해보라고 했는데 세민인 아이들 앞에서 말하는 대신 따로 문자를 보냈더군요. 자기 의견이란 걸 알면 아이들이 무턱대고 반대할까봐 그런 것 같아요."

이런 말을 하게 되어 유감이라는 듯 선생의 말투가 조심스러웠다. 박혜정은 칠판에서 눈길을 거둬 선생을 쳐다보았다. 캔에 맺힌 물방울을 손끝으로 문지르며 선생이 그녀의 눈길을 피했다.

"왜 어려운《동물농장》을 추천한 거냐고 물어봤더니 세민이 말이, 우리 반 아이들이 다 출연할 수 있는 게 뭐가 있을까를 생각하다 보니 그게 떠올랐대요. 어떻게 그런 것까지 다 생각을 했는지…… 얼마나 기특하고 고맙던지요. 세민이가 희곡도 직접 써보고 싶다고 해서 그러라고 했어요. 아이들도 과반수가 찬성했고요. 문제는 어머니들인데……."

박혜정은 다시 칠판을 쳐다보았다. 나를 기쁘게 하는 것들.

망막을 통과하여 뇌로 흘러드는 동안 그 문구는 나를 슬프게 하는 것들로 바뀌어 있었다. 코미디 프로를 보며 깔깔대는 세민. 체리아이스크림을 핥으며 눈을 꾹 감아버리는 세민. 손님이 오면 그게 누구든 좋아서 어쩔 줄 모르는 세민. 나를 슬프게 하는 것들.

"이번에도 좀 시끄러울 수도 있겠지만 결정된 이상 전 이대로 진행할 거예요. 그러니 세민이 어머니께서도 그렇게 알고 계시라고요."

책상 구석에 놓아둔 선생의 핸드폰이 울렸다. 발신자를 확인하고 선생은 바로 통화거절 문자를 보냈다.

"그리고 하나 더 드릴 말씀이 있어요."

선생이 얼른 말을 잇지 못한 채 자기 손바닥을 물끄러미 내려다보았다. 박혜정도 선생의 손을 쳐다보았다. 약지보다 검지가 긴 손이었다. 프라이드가 강한 성격이네, 그녀는 생각했다. 깍지 낀 손이나 손가락 길이만 봐도 그 사람의 성향이나 성격을 짐작할 수 있다는 말을 해준 사람은 안빈엄마였다. 소양강변에 있는 야외찻집에서였다. 그녀에게 손을 펴보라고 하더니 검지보다 약지가 긴 걸 보고 안빈엄마는 깔깔거리고 웃어댔다. 자기, 완전 사랑에 살고 사랑에 죽는 타입이다. 사랑을 위해서라면 물불 안 가리고 뛰어드는 타입. 어때, 내 말이 맞는 것 같아? 그녀는 말없이 웃기만 했다. 억지로 웃은 탓에 나중엔 뺨에 경련이 났다. 그랬을까. 아픈 언니만 아니었다면, 언니의 병원비 때문에 자신을 새아버지 방으로 밀어넣는 어머니만 없었더라면 그렇게 살 수 있었을까. 그날 두 사람은 강물을 바라보며 취하도록 마셨다. 석양이 수채화 물감처럼 강물에 풀어지는 걸 하염없이 바라보다가 안빈엄마는 이런 세상도 있었구나, 하고 중얼거리더니 갑자기 그녀를 끌어안고 한참을 흐느꼈다.

"어제 가장 아끼는 물건에 대해 말하는 시간이 있었는데 세민이가 만년필을 들고 나왔어요. 작년 생일에 아빠가 주신 거라고, 이걸로 꼭 중요한 서류에 서명할 수 있는 사람이 되라고 하셨대요. 근데 어제 수업 마칠 무렵에 그게 없어졌다고 해서 한바탕 소동이 있었어요."

당혹스러운 표정을 보이지 않기 위해 박혜정은 급하게 고개를 숙였다. 그 만년필은 권 사범이 준 선물이었다. 유치원 때부터 끝도 없이 이어지는 세민의 거짓말. 세민은 아버지의 부재를 거짓말로 채웠다. 세민의 아버지는 잦은 출장으로 유치원 행사에 참석하지 못하는 사업가였다가 화가였다가 외국에 파견 가 있는 기술자로, 시시때때로 그렇게 바뀌어 있었다. 박혜정은 다시 칠판을 쳐다보았다. 나를 기쁘게 하는 것들. 나를 슬프게 하는 것들.

"그 만년필이 안빈이 신발주머니에서 나왔어요. 안빈이는 그게 어떻게 거기 있는지 모르겠다고 해요. 근데 세민이가 신발장 근처에서 서성이는 걸 본 아이들이 있어요. 세민이는 아니라고 하고…… 복도에 CCTV가 없으니 확인할 방법은 없는데…… 일단 어머니께서도 알고 계시는 게 좋을 것 같아 말씀드려요."

학교를 나와 박혜정은 찬거리를 사서 바로 집으로 갔다. 현관문을 열자 텔레비전 소리가 쏟아져나왔다. 주방으로 장바구니를 옮기다가 그녀는 깜짝 놀랐다. 학원에 있어야 할 세민이 어쩐 일인지 집에 있었다. 엄마가 온 걸 알면서도 세민은 소파에 몸을 묻은 채 꼼짝도 하지 않았다. 장바구니를 냉장고 앞에 내려놓고 그녀는 세민에게로 갔다. 아들의 이마와 콧등에 손톱 자국이 선명하게 나 있었다. 엄마가 묻기도 전에 세민은 싸웠다고 말했지만 누구와 싸웠느냐는 질문에는 대답하지 않았다. 그녀는 주방바닥에 앉았다. 세민이 엄마, 하고 낮은 목소리로 그녀를 불렀다. 그녀는 세민을 향해 돌아앉았다. 세민은 한동안 아무 말도 하지 않은 채 엄마를 뚫어져라 쳐다보기만 했다.

"나 임신했을 때 엄마, 담배 피웠어?"

"아니."

"마약했어, 그럼?"

그녀는 이번엔 대답 대신 고개를 흔들었다.

"됐어, 그럼. 그딴 새끼들이 뭐라고 떠들든 엄마가 아니라면 아닌 거니까."

세민은 뭔가 할 말이 남은 얼굴로 엄마를 쳐다보다가 제 방으로 들어갔다. 그녀는 냉장고에 등을 기대고 앉았다. 모터의 진동이 등에 전해졌다. 이대로 긴 잠에 빠지고 싶었다. 푹 잠들었다가 눈을 떴을 때 세민은 어른이 되어 있고 자신은 더 이상 늙을 수 없을 만큼 폭삭 늙어 있다면 얼마나 좋을까.

옆에 기대어놓은 장바구니가 픽 쓰러졌다. 그녀는 힘겹게 눈을 떴다. 그리고 장 본 것들을 냉장고에 정리하기 시작했다. 시

금치를 넣느라 싱싱실을 여는데 호박이 눈에 들어왔다. 얼마 전에 현장검증이 있던 날 폐가에서 따온 호박이었다. 처음 호박에 손이 닿던 순간의, 뜻밖에도 눈물이 솟을 것처럼 가슴 뭉클했던 감동이 되살아났다. 버려진 땅에서 버려진 물과 버려진 햇볕이 버려진 시간을 다독이며 키워낸 호박 한 덩이. 그녀는 호박을 집어들었다. 갑자기 기운이 났다. 그녀는 서둘러 호박을 채썰어 부침개를 부쳤다. 밀가루에 비해 호박이 너무 많아 뒤집을 때마다 찢어지고 말았다. 그녀는 부침개를 식탁에 올리고는 아들의 방으로 갔다.

"아⋯⋯."

그녀의 입에서 신음이 흘러나왔다. 세민이 침대에 누워 제 손으로 힘껏 목을 조르고 있었다. 그녀는 비명을 지르면서 아들에게로 달려갔다. 세민이 목에서 손을 풀더니 윗몸을 일으켜 앉았다.

"장난이야, 엄마."

피가 몰려 붉어진 얼굴로 세민이 열없이 웃었다. 세민의 목에 붉은 손자국이 남아 있었다. 그녀는 아들 곁에 털썩 주저앉았다.

"정말 장난인 거⋯⋯ 알지, 엄마?"

그 말이 사실이 아닌 걸 알고 있었지만 그녀는 고개를 끄덕였다.

"기분 안 좋을 때 한 번씩 이렇게 하면 괜찮아져. 진짜야. 엄마도 해봐."

그녀는 아들의 어깨를 끌어당겨 힘껏 안았다. 몸속이 축축한 모래로 꽉 찬 것 같았다.

"근데 엄마, 이게 무슨 냄새야?"

엄마의 몸에서 빠져나오기 위해 몸을 비틀며 세민이 코를 벌름거렸다. 그녀는 아들의 손을 잡고 주방으로 나왔다. 세민은 접시를 들여다보더니 애개개, 이게 무슨 부침개야, 호박 볶음이지, 하고 웃었다. 엄마와 아들은 기차를 탄 것처럼 나란히 앉았다. 그녀는 부침개를 손으로 찢어 호호 불어 아들의 입에 넣어주었다. 세민은 부침개를 우적거리며 방으로 가더니 책을 들고 나왔다. 조지 오웰의《동물농장》이었다.

"이거 내가 희곡으로 쓸 거야. 선생님이 해보래." 세민이 젓가락을 양손에 하나씩 쥐고 부침개를 찢었다. "《동물농장》이라니까 재미있는 건 줄 알고 애들이 다 이거 하자고 손들더라. 이런 책 읽어보지도 않은 멍청한 것들. 서안빈 같은 멍청한 새낄 계속 반장으로 뽑는 더 멍청한 것들."

박혜정은 아들의 얼굴을 물끄러미 바라보았다. 문득 세민이 했던 말이 떠올랐다. 너무 힘들 땐 엄마, 건너뛰기 버튼을 딱 눌러버리고 싶어. 영화 볼 때처럼 그럴 수 있으면 참 좋을 텐데. 그치, 엄마? 세민이 일곱 살에 했던 말이었다. 다른 일곱 살짜리 애들도 그런 생각을 할까.

"이거 왜 쓴다고 했는지 알아?" 세민은 부침개를 찢어놓기만 하고 정작 먹지는 않았다. "지들이 얼마나 멍청한지 알게 해주려고."

"……."

"서안빈이 복서를 하겠대. 복서 알지, 엄마? 말이라니까 멋있는 건 줄 알았겠지. 등신새끼."

세민이 눈을 가늘게 뜬 채 입술을 비틀며 웃었다. 박혜정이 가장 싫어하는 표정이었다. 야비하다고밖엔 달리 표현할 말이 없는 표정. 세민의 눈동자가 흔들리기 시작했다. 그녀는 세민의 허벅지에 가만히 손을 얹었다. 안구 진탕이 멎기를 기다렸다가 그녀가 입을 열었다.

"세민이 가졌을 때 엄마가 어떤 태몽을 꿨는지 모르지?"

세민의 눈에 웃음이 번졌다.

"하얗게 눈 쌓인 넓은 벌판에 백호가 나타나는 꿈이었어. 얼마나 크고 멋진 백호였는지."

"흰 호랑이?"

"응, 정말정말 크고 멋진 백호."

"얼마큼 컸는데?"

그녀는 두 팔을 최대한 넓게 벌리며 이거 네 배쯤, 하고 말했다.

"에이, 말할 때마다 말이 달라지면 어떡해? 접땐 일곱 배라더니."

세민이 깔깔대고 웃었다. 뱃속 깊은 곳에서부터 올라오는 명랑한 웃음이었다. 아이다운, 딱 열두 살짜리 아이의 웃음. 그녀의 얼굴에도 웃음이 떠올랐다.

"우리 아들 웃는 거 보니까 이젠 기분 좋아졌나보네."

"아까 말했잖아. 그깟 새끼들이 뭐라든 난 상관 안 한다고."

그녀는 아들의 콧등에 난 손톱자국을 어루만지듯 쳐다보았다. "우리, 이번 주 토요일에 소풍 갈까? 세민이 좋아하는 김밥 싸서."

"정말?"

엄마와 아들은 이따금 김밥을 싸서 나들이를 가곤 했다. 하지만 잔뜩 들떠서 행선지를 골라놓고도 막상 그곳에 도착하면 세민은 차에서 내리려고 하지 않았다. 제아무리 당당한 세민이라도 모르는 사람들이 힐끗대는 상황은 힘들어했다. 그래서 소풍이라고 해봐야 승용차를 타고 돌아다니다가 차에서 김밥을 먹고 돌아오는 게 전부였다. 작년 생일에 세민은 놀이동산에 가보고 싶다고 했지만 막상 그날이 되자 바다로 드라이브를 가자고 했다.

"우리도 놀이동산 가볼까?" 그녀가 물었다.

"아니."

"가보고 싶다고 했잖아. 무서운 거 타보고 싶다고."

"나 에버랜드 가봤어. 티익스프레스도 타봤고 롤링엑스트레인도 타봤어. 근데 뭐, 별거 아니던데."

"언제?"

"접때."

요한이랑, 하고 덧붙이면서 세민은 재빠르게 엄마의 눈치를 살폈다. 또 권 사범. 그의 살해동기를 알고 있다던 세민의 말이 떠오르며 그녀는 뱃속이 차가워지는 것을 느꼈다.

"왜 말 안 했어?"

"그냥."

세민이 입가를 실룩이며 엄마를 쳐다보다가 천장을 향해 고개를 들더니 빠르게 눈을 깜박거리기 시작했다.

"엄만 요한을 왜 미워해? 어떤 사람인지 알지도 못하면서 왜?"

그녀는 말없이 가스레인지로 갔다. 그리고 밀가루 반죽을 한 국자 떠서 프라이팬에 부었다. 세민이 의자에서 일어나더니 등받이를 짚고 서서 그녀 쪽으로 고개를 돌렸다. 프라이팬을 들여다보고 있었지만 그녀는 등 뒤에서 세민이 내는 기척들을 예민하게 헤아리고 있었다. 세민이 손바닥으로 머리를 탁탁 치더니 돌아서서 제 방을 향해 걸음을 떼었다.

"세민아."

그녀는 다급하게 아들의 이름을 불렀다. 두 손으로 힘껏 목을 조르던 아들의 모습이 떠올랐다. 이대로 방으로 들어가게 해서는 안 될 것 같았다. 세민이 멈춰 섰다. 무슨 말인가를 해야 했지만 떠오르는 게 없었다. 수업시간에 왜 권 사범이 아빠인 것처럼 말했느냐고 물으려다가 그게 얼마나 바보 같은 질문인지를 깨닫고 대신 다른 질문을 했다.

"엄마한테 물었잖아. 엄마가 마술사라면 뭘 사라지게 하고 싶냐고."

"아, 데이비드 카퍼필드?"

조금 전까지와는 다르게 세민의 목소리가 높고 밝아졌다. 그래서 그녀는 다음 질문도 삼킬 수밖에 없었다. 네가 마술사라면 뭘 사라지게 하고 싶은데?

"생각해봤는데 세민아……."

세민이 엄마의 말을 잘랐다. "난 있잖아, 엄마. 만리장성을 사라지게 한 것보다 주머니를 비워서 강도를 따돌린 마술이 더 대단하게 느껴져. 물론 나라면 그런 바보짓은 하지 않겠지만."

"바보짓?"

"바보짓이지 그럼. 그냥 강도를 사라지게 하면 될걸 뭣 하러 주머니에 든 걸 사라지게 해? 만리장성도 사라지게 할 정도면 강도쯤이야 식은 죽 먹기 아니겠어?"

세민이 웃었다. 이번엔 목구멍 안쪽을 긁어서 내는 것처럼 얇은 소리였다. 그녀는 프라이팬을 내려다보았다. 익어가기 시작한 반죽은 가장자리부터 조금씩 투명해지고 있었다. 썰어놨을 땐 흰빛에 가깝던 호박도 반죽 속에서 순수한 초록색으로 빛나고 있었다. 모든 색을 놓아버리고 투명해지는 그 잠깐의 시간.

"나도 마술을 한 적이 있지." 세민이 뒤에서 엄마의 허리를 끌어안았다. "마술까지는 아니지만 그거랑 비슷한 거."

그녀는 뒤집개로 부침개를 뒤집었다.

"근데 난 아예 강도를 없애버렸지."

세민의 목소리는 담담했지만 그녀는 아들의 몸이 긴장으로 굳어지는 것을 느꼈다.

"강도를 없앤 건 난데…… 요한이 사형을 당하면……."

세민이 엄마의 등에 얼굴을 묻었다. 그리고 조용히 흐느끼기 시작했다. 그녀는 싱크대를 두 손으로 짚었다. 누군가 뱃속으로

95

손을 집어넣어 내장을 훑어내리고 있는 것 같았다. 세민의 울음소리가 점점 커졌다. 우는 까닭을 물으면 세민은 말할 것이다. 다 말할 거라는 걸 알기 때문에 물을 수가 없었다. 묻고 싶지 않았다. 세민이 허리를 끌어안은 두 팔을 풀더니 주먹으로 엄마의 등을 때렸다. 그래도 그녀는 뒤돌아보지 않았다. 헉, 울음을 토해내며 세민이 엄마의 등을 세게 쳤다. 그녀는 가만히 서 있었다. 세민이 큰 소리로 울며 제 방으로 들어갔다. 곧 문 잠그는 소리가 들렸다. 그녀는 가스불을 끄고 아들의 방을 향해 걸어갔다. 닫힌 문틈으로 울음소리가 흘러나왔다.

그녀는 그 앞에 한참을 서 있다가 뒤돌아섰다. 그리고 침실로 들어가 서랍장에서 보드카를 꺼냈다. 술병을 열어 반 정도 남은 술을 털어 마시고 침대에 누웠다. 눈을 감고 머릿속으로 딸깍, 스위치를 내렸다. 이제 나는 텔레비전처럼 꺼지는 거야. 머리 꼭대기에서부터 콜타르같이 검고 끈끈한 것이 발바닥을 향해 천천히 흘러 내려가기 시작했다.

*

그들이 왔다. 이번에는 둘이었다. 파랑과 노랑. 아니지, 에스더와 노랑. 세민은 얼른 현관문을 열었다.

"약속 지키실 줄 알았어요. 곧 오실 거라고 했잖아요."

그들이 집 안으로 들어섰다. 세민은 손님들이 벗은 신발을 정리하고 침실로 들어갔다. 엄마는 아직도 자고 있었다. 이건 그냥 잠이 아니란 걸 세민은 알고 있었다. 잠이 아니라 캄캄한 방에 들어가 문을 굳게 걸어 잠근 거였다. 엄마에겐 이따금 이런 순간이 있었다. 때로는 이 상태가 열두 시간 넘게 이어질 때도 있었다. 텔레비전을 보고 동화책을 읽으며 기다려도 엄마가 깨어나지 않으면 세민은 엄마의 책장으로 가서 아무 책이나 손에 닿는 대로 꺼내 읽곤 했다. 대여섯 살부터 그랬다. 한 살씩 나이를 먹을수록 엄마가 밑줄 그어놓은 문장에 점점 더 오래 눈길이 머물게 되었다. 그 문장들 어딘가에 엄마의 잠 아닌 잠을 이해할 수 있는 단서가 숨어 있을 것 같았지만 엄마의 책을 백 권 넘게 읽은 지금도 엄마의 그 깊은 잠을 이해할 수 없었다. 세민은 에어컨을 수면모드로 돌려놓고 침실을 나왔다. 그리고 거실 텔레비전과 주방 라디오를 껐다. 에스더와 노랑은 거실 바닥에 앉아 세민을 기다리고 있었다.

"엄마는 주무세요."

"그럼 잠깐 밖에 나가서 얘기할까?"

에스더가 말했다. 세민은 고개를 돌려 베란다 창을 바라보았다. 아직 해가 완전히 지진 않았지만 이 정도면 선글라스와 긴 옷은 필요 없었다.

"좋아요."

세민은 텔레비전과 라디오를 도로 켜놓고 현관 밖으로 나왔다.

"근데 세민이 너 울었니? 얼굴이……."

엘리베이터를 기다리고 있는데 에스더가 세민의 얼굴을 향해 팔을 뻗었다. 세민은 얼굴을 뒤로 젖히며 손날로 에스더의 손을 쳤다. 에스더가 깜짝 놀라며 팔을 거두었다. 더 놀란 건 세민이었다. 너무 놀라 미안하다는 말도 나오지 않았다. 에스더가 어색하게 웃으며 머리카락을 귀 뒤로 넘겼다.

밖으로 나왔다. 세 사람은 누가 먼저랄 것도 없이 등나무 아래 나무의자로 갔다. 에스더와 노랑은 세민의 맞은편에 나란히 앉았다.

"기도하자."

노랑이 말했다. 세민이 뭐라고 대답하기도 전에 그들은 두 손을 포개 가슴에 얹고 눈을 감았다. 세민도 얼떨결에 그들을 따라 가슴에 손을 얹었다.

"짊어질 수 있는 십자가만 주시는 하느님. 지금부터 저희가 하는 말이 인간의 입술을 빌린 여호와의 말씀이란 것을 세민이가 깨닫고 받아들이게 하소서. 성자의 이름으로 기도합니다."

아멘. 아멘.

아멘.

아멘이라고 따라했을 뿐인데 기분이 이상했다. 낯설고 기묘한 공간으로 첫발을 디딘 느낌이었다. 그 말이 입술에 남아 있기라도 한 것처럼 세민은 손가락을 입술에 갖다댔다.

"며칠 전에 창조론과 진화론 얘길 했지. 그 얘기부터 마무리해야겠지만 그러기엔 시간이 너무 촉박해. 결론만 말하자면 세민아, 우린 무조건 창조론을 믿어야 해. 창조하신 하느님을 믿어야 멸망시키는 하느님도 믿을 수 있어. 세상을 사랑으로 창조하신 하느님을 믿어야 그 세상을 멸망시키시는 것도 하느님의 가슴 아픈 사랑임을 믿을 수가 있어.”

“잠깐만요. 근데 왜 아줌마는 하나님이라고 안 하고 자꾸 하느님이라고 해요?”

“아, 보통의 교회에선 하나님이라고 하지만…… 음, 똑같은 하느님을 믿는 거긴 한데 뭐랄까, 다가가는 방식이 좀 다를 뿐이야.”

“그럼 아줌마, 정말 궁금한 게 있는데요, 하느님도 하나님처럼 천국도 만들고 지옥도 만들고 그랬어요?”

“아니. 하느님은 천국은 만들었지만 지옥은 만들지 않으셨어. 그렇게 말한다고 보통의 교회에선 우릴 이단이라고 핍박하지만.”

말없이 눈을 감고 있던 노랑이 다급하게 손사래를 쳐서 에스더의 말을 끊었다. 하지만 핍박,이라고 말할 때 에스더의 눈에서 탁탁 튀던 불꽃을 세민은 이미 보아버렸다. 세민은 속으로 핍박이라고 발음해보았다. 엄마의 책을 많이 읽어서 어지간해선 모르는 낱말이 없는 세민이지만 핍박은 생소했다.

“시간이 없으니까 하던 얘기로 돌아가자. 세상을 멸망시키는 것도 하느님의 사랑이다…….”

세민은 고개를 갸웃거렸다. 왜 자꾸 시간이 없다고 하지? 에스더는 많이 조급해 보였다. 정말로 시간에 쫓기는 사람 같았다.

“세민이, 혹시 노아의 방주 이야기 알고 있니?”

“그럼요. 하나님이 물로 세상을 멸망시킨…….”

세민의 머릿속으로 무언가가 획 지나갔다. 노아? 요한이 마지막 날 들려주었던 이야기가 노아의 방주였다. 그러고 보니 이들도 요한처럼 하나님을 여호와라고 불렀다. 게다가 이들은 세민의 이름도 알고 있었다. 마지막 날 요한은 노아 이야기에서 시작해서 하느님의 심판에 대해 장광설을 늘어놓은 뒤에 이렇게 덧붙였다. 곧 내가 보낸 사람들이 너에게 갈 거야.

"아줌마. 혹시 요한이……."

권 사범의 이름을 내뱉는 순간 갑자기 목이 메어 세민은 또 말을 멈추었다. 에스더가 세민의 눈을 들여다보며 천천히 고개를 끄덕였다.

"맞아. 요한이 보냈어. 널 지키라고 했어."

"요한이 왜요? 그러니까 제 말은…… 요한이 도대체 누군데……."

"다 말해줄게. 어차피 조만간 너에게 다 해야 할 이야기니까."

세민은 눈을 크게 뜨고 에스더를 바라보았다. 에스더는 슬그머니 시선을 비껴 세민의 시야 오른쪽을 바라보았다.

"지금은 노아 시대보다 세상이 더 더럽고 혼탁해. 돈이 하느님보다 중요한 세상이 되어버렸어. 그래서 하느님은 또 한 번 세상을 멸망시킬 계획을 세우셨어. 노아 시대엔 물이었지만 이번엔 불이야. 곧 세상이 불바다가 될 거야."

"그럼 이번엔 방주 같은 것도 아무 소용이 없겠네요?"

"역시 세민인 영리하다."

"그럼 다 죽어요?"

"아니, 세상이 불바다가 되기 전에 휴거가 일어날 거야."

휴거도 처음 듣는 낱말이었다. "그게 뭔데요?"

"쉽게 말하면……."

"어렵게 말씀하셔도 돼요."

"휴거는 말이지, 하느님께서 선택한 사람들을 살아 있는 채로 하늘로 들어올리시는 걸 말해. 이런 찬송이 있어. 두 사람이 함께 맷돌 갈다가 한 사람은 가고 한 사람은 남겠네. 한번 상상해봐. 둘이 마주 보고 있는데 그 중 한 사람이 갑자기 사라져버리는 장면이 그려지니? 그게 휴거야."

세민이 고개를 끄덕이기를 기다렸다가 에스더가 말을 이었다.

"세상이 더러워지자 하느님은 노아를 통해 구원을 이루셨어. 두 번째론 당신의 귀한 아들 예수 그리스도로 하여금 세상 사람들의 죄를 대신 지고 십자가에서 죽임을 당하게 하셨지. 이제 세 번째로 하느님은 노아 같고 예수 그리스도 같은 사람을 세우실 거야. 우린 그 특별한 사람이 요한이라고 믿어 의심치 않았어. 요한은 어릴 때부터 아주 많이 특별했으니까."

요한의 어린 시절에 관해서라면 세민도 어느 정도는 알고 있었다. 알비노로 태어난 세민과 육손이로 태어난 요한. 세민이 만진 것은 그게 뭐든 세균에 감염되었다고 갖다버리던 아이들, 손가락 여섯 개인 요한을 괴물이라고 피하던 아이들. 요한과 세민은 서로의 외로움을 이해하는 단 한 사람이었다. 이해하기 위해 애써야 하는 거라면 그건 이미 온전한 이해가 불가능한 사이란 뜻이었다. 엄마도 세민의 외로움을 다 헤아릴 수는 없을 것이다. 엄마는 알비노 아들을 둔 엄마일 뿐 엄마가 알비노인 것은 아니니까. 요한이 보고 싶었다. 가슴이 깨질 것 같았다. 눈물이 핑 돌았다. 하지만 눈물을 보일 수는 없었다. 세민은 눈물을 참기 위해 빠르게 눈을 깜빡거리며 고개를 젖혔다. 그러다가 노랑과 눈이 마주쳤다. 노랑은 간절히 먹고 싶은 것을 바라보는 허기진 시선으로 세민을 응시하고 있었다. 섬뜩했다. 그때 핸드폰이 울렸다. 세민은 발신자를 확인하고 엄마다, 하고 혼잣말을 하며 스피커폰을 켰다.

"어디니?"

엄마가 물었다. 에스더가 양손 집게손가락으로 가위표를 만들어 보이며 고개를 흔들었다. 자기네와 함께 있는 걸 엄마에게 말하지 말라는 뜻 같았다.

"그냥 나왔어. 이제 들어가려고."

"어딘데?"

"집 앞."

엄마의 목소리가 착 가라앉아 있었다. 아무래도 기분이 좋지 않은 것 같았다. 노랑과 에스더가 가방을 챙겼다. 그리고 세민에게 어서 집으로 들어가라는 듯 손짓을 했다. 세민은 목례를 하고 핸드폰을 귀에 댄 채 집을 향해 뛰었다. 엘리베이터를 탔다. 문자도착 알림음이 울려서 보니 에스더로부터 문자가 와 있었다.

― 혼자 있을 때 이 번호로 전화해줘.

집에 들어갔다. 엄마는 세민이 들어온 것도 모르고 한 손으로 싱크대를 짚고 서서 물을 마시고 있었다. 엄마에게 다가가려다가 세민은 멈칫했다. 무방비 상태로 드러난 엄마의 등을 볼 때마다 세민은 본능적인 거부를 읽었다. 아무도 곁에 두지 않겠다는, 그러니 제발 다 꺼져버리라는. 엄마 곁에는 세민 외에는 아무도 없었다. 그러므로 그 '아무도'와 '다'에 해당하는 건 결국 이 세상을 통틀어 세민 하나였다. 언젠가 텔레비전에서 보았던 다큐멘터리가 떠올랐다. 알비노 캥거루에 대한 이야기였다. 흰 캥거루가 친구들에게 따돌림을 당하고 돌아와 슬픈 눈으로 엄마를 찾았다. 흰 캥거루는 어미에게 다가가 얼굴을 꼭 끌어안았다. 그러나 어미의 표정은 냉랭했다. 어미의 얼굴을 클로즈업한 상태로 내레이션이 흘러나왔다. 알비노 동물의 경우 무리와 다른 생김새 때문에 어미가 돌보지 않는 경우가 많습니다. 세민은 종종 그 흰 캥거루를 떠올렸다. 그 어린 캥거루는 그 뒤로 어떻게 되었을까. 결국 어미에게 버림받지 않았을까. 세민은 엄마의 등을 향해 팔을 뻗었다가 도로 거두었다. 그리고 엄마의 등에 대고 속으로 물었다. 엄마는 왜 아무것도 묻지 않아? 내가 마술로 주머니에 든 것 대신 강도를 없앴다고 했는데도, 그렇게 무서운 말을 했는데도 그게 무슨 뜻이냐고 왜 안 물어? 만년필을 정말 서안빈이 훔친 게 맞느냐고 왜 안 물어? 왜 내 일기장을 한 번도 안 봐? 내가 그렇게 슬프게 우는데도 그 까닭조차 왜 안 물어?

엄마가 뒤돌아섰다. 무심코 돌아서다가 뒤에 서 있는 세민을 발견하고 엄마는 흠칫 놀랐다. 그런 엄마의 모습이 세민을 쓸쓸하게 했다. 세민은 냉장고를 열었다. 크루아상을 먹고 싶었지만 얼른 찾을 수가 없었다. 엄마가 등 뒤에서 자신을 주시하고 있는 게 느껴졌다. 세민은 손에 잡히는 대로 호두파이를 꺼냈다.

"밥 먹어야지."

세민은 엄마를 쳐다보지 않은 채 대답했다. "그냥 이거 먹게."

세민은 방으로 들어가 파이를 먹었다. 단 걸 먹으니 기분이 한결 나아졌다. 세민은 에스더에게 전화를 걸었다. 에스더는 대뜸 집회에 참석하지 않겠느냐고 물었다.

"일요일에 가면 되는 거죠?"

"아니, 우린 율법대로 안식일을 지켜."

"안…… 뭐요?"

"안식일. 그래서 우린 일요일이 아니라 토요일에 모여."

"안식일이란 게 토요일이에요?"

"엄밀히 말하면 토요일이 아니라 금요일 일몰부터 토요일 일몰까지야. 금요일 해질녘부터 토요일 해질녘까지."

하루를 정하는 기준이 일몰부터 일몰까지라니. 그건 세민이 살아온 세상과는 완전히 다른 세상이었다. 그 세상은 엄마에게도 좋을 것 같았다. 적어도 나쁘진 않을 것 같았다. 엄마를 다 이해할 수는 없지만 엄마가 이 세상과 어울리는 사람이 아니라는 것 정도는 아주 어릴 때부터 느끼고 있었다. 그건 세민 자신이 이 세상과 불화하는 것과는 또 다른 방식의 부적응이었다.

"여기서 멀어요?"

"멀지 않아. 네가 오겠다면 내가 데리러 갈 거야."

토요일 오후 네 시에 아파트 주차장에서 만나기로 약속을 하고 세민은 전화를 끊었다. 흥분과 기대로 가슴이 뛰었다. 세민은 뒷짐을 진 채 빠른 걸음으로 방을 오갔다. 그러다가 퍼뜩 희곡을 써야 한다는 데에 생각이 미쳤다. 아, 오늘도 잠은 다 잤네. 세민은 기분 좋게 혼잣말을 하고 책상에 앉아 안경을 썼다.

*

안빈엄마는 책을 밀치고 식탁에서 벌떡 일어났다. 이건 아니야. 옆에 누가 있는 것도 아닌데 그녀는 연신 그렇게 중얼거리며 집 안을 서성였다. 그래도 마음이 누그러지지 않았다. 진정되기는커녕 생각할수록 화가 치밀었다.

문제는 담임선생이다. 도대체 어떻게 생겨먹은 머리기에 초등학생 연극무대에 《동물농장》을 올린다는 발상을 할 수 있는지, 가능하다면 머리 뚜껑을 열어 그 속을 들여다보고 싶은 심정이었다. 게다가 그 대본을 박세민에게 써보라고 하다니. 안빈이 박세민 때문에 얼마나 스트레스를 받는지 다 알면서.

오늘 아침 안빈을 학교에 보내자마자 그녀는 서점으로 달려갔다. 평소 같으면 한 푼이라도 싸게 인터넷으로 주문했겠지만 배송되기까지 기다릴 여유가 없었다. 그녀는 설거지도 뒤로 미루고 책부터 읽기 시작했다. 책장이 서른 장쯤 넘어갔을 때부터 그녀는 숨을 몰아쉬기 시작하다가 반쯤 읽었을 때 더는 참지 못하고 책을 확 밀쳐버렸다. 그랬다가 잠시 뒤 그녀는 다시 책을 집어들었다. 그리고 인내심을 발휘하여 끝까지 다 읽었다.

책장을 탁 덮고 나서 그녀는 책표지에 인쇄된 조지 오웰의 얼굴을 노려보았다. 숯검정같이 짙은 눈썹에 고집스럽게 앙다물고 있는 저 입매를 좀 보라지. 저렇게 앞뒤 꽉꽉 막힌 얼굴이니 등장인물들을 몽땅 이 지경으로 그려놨겠지. 아니, 어떻게 하고많은 등장인물 중 그럴듯한 인물이 하나도 없을 수가 있지? 탐욕스런 돼지새끼 아니면 멍청한 말이나 당나귀 따위밖에 없으니. 최고의 못난이는 단연 복서였다. 이용당하는 것도 모르고 몸이 부서져라 충성을 다하다가 병을 얻은 뒤엔 고기로 팔려나가면서도 그것조차 눈치 채지 못하는 천하의 머저리. 문제는 안빈이 맡은 역이 바로 그 복서라는 거였다. 아무리 연극이라고 할지라도 안빈이 절대 맡아서는 안 되는 배역이 복서였다. 그녀는 담임선생에게 전화를 하려고 핸드폰을 들었다가 도로 내려놓았다. 통화하기 전에 할 말을 정리해야 했다. 그녀는 작품해설을 읽기 시작했다. 금방 마음에 드는 문장이 눈에 들어왔다.

—《동물농장》은 인간 정치사회의 권력현실을 부패시키는 근본적 위험과 모순에 대한 항구한 알레고리인 것이다.

그녀는 이 문장에 붉은 볼펜으로 밑줄을 긋고 '위험'과 '모순'이란 낱말에 동그라미를 쳐놓았다. 길을 막고 지나가는 사람을 붙잡고 물어보라지. 이게 초등학생이 할 수 있는, 아니 해도 되는 내용인지. 그녀는 호기롭게 핸드폰을 집어들었다. 이제 수업이 끝났을 시간이었다. 선생은 바로 전화를 받았다.

"아무리 생각해도《동물농장》은 아닌 것 같아서요, 선생님. 아이들이 소화할 수 있는 내용도 아니거니와 소화해도 되는 내용도 아니란 생각이 드는데요. 다른 게 없다면 몰라도 얼마든지 많은데 왜 굳이 이런 위험한 걸 하려고 하시는 건지……."

"위험하지 않은 게 그럼 뭐가 있을까요, 어머니?"

"너무너무 많죠. 아이들 보는 동화책, 그거 아무거나 잡아서 해도…… 그러니까《장화홍련》도 좋고《해님달님》이나《벌거벗은 임금님》,《인어공주》…… 아니 뭐, 너무 많아서……."

"제가 볼 땐《동물농장》이 아이들이 소화하기 어렵고 위험한 내용이라면 지금 말씀하신 동화들도 많이 다르진 않을 것 같아요."

"네?"

"《장화홍련》은 계모가 의붓딸을 살해하는 거잖아요. 아버지는 방관만 하고 있고요.《인어공주》는 사랑을 얻지 못해 결국 물거품이 되어버린다는, 글쎄요, 아이들이 이해하기에 너무 슬픈 얘기 아닌가요? 그 이야기가 아이들에게 주는 감동과 교훈이 뭔지 전 잘 모르겠어요."

그녀는 눈을 가늘게 떴다. 선생의 말투가 불쾌했다. 안빈엄마가 멍청하다는 것을 알려주고 싶어서 일부러 또박또박 끊어가며 말하고 있는 것처럼 들렸다.

"그래도 차원이 완전 다르죠.《동물농장》은 너무 정치적인 얘기잖아요. 아이들에게 가장 위험한 게 그거 아닌가요?"

"우려하시는 게 뭔지는 잘 알겠어요. 하지만 5학년이면 어머니들께서 생각하시는 만큼 어린아이가 아니에요. 아마 아이들이 소화할 수 있는 선까지 표현하게 될 거예요. 외람된 말씀이지만 이번 기회가 정치에 관심을 갖는 민주시민이 되는 귀중한 학습의 시간이 되리라고, 전 그렇게 생각해요."

"……"

"《동물농장》은 이미 초등학생용 문고판이랑 만화책으로도 많이 나와 있잖아요. 그 얘긴 아이들이 이해할 수 없거나 이해해선 안 되는 내용이 아니란 뜻일 거예요. 아이들이 그걸 무대에 올리자고 결정한 거니 아이들을 믿고 지켜보시지요."

그녀는 입술을 잘근잘근 씹었다. 무슨 말로든 받아치고 싶은데 반박할 말이 떠오르지 않았다. 마침 현관문이 열리더니 안빈이 들어왔다. 이건 엄마들 전체의 의견을 반장엄마로서 전달한 거니 참고해달라는 말로 마무리하고 그녀는 서둘러 전화를 끊었다.

"방금 누구랑 통화한 거야? 설마 선생님은 아니지?"

그녀는 산삼배양액 뚜껑을 따서 아들의 입에 넣어주었다.

"누구랑 통화한 거냐니까?"

"선생님 맞는데, 엄마가 한 게 아니고 선생님한테 온 거야."

"정말?"

"인제 선생님한테 전화 같은 거 안 해. 우리 아들이 싫어하는 걸 엄마가 왜 하겠어. 그러니 아드님은 그런 거 제발 신경 끄시고요, 어서 손이나 씻고 오세요."

그녀는 냉장고에서 포도를 꺼냈다. 안빈이 제 방에서 토끼를 데리고 나왔다. 거실에 풀어놓자마자 토끼는 정신없이 온 집 안을 뛰어다녔다. 안빈이 연신 토빈아, 토빈아, 부르며 따라다녔지만 토끼는 안빈을 거들떠보지도 않았다. 안빈은 저와 같은 돌림자를 써서 토끼에게 토빈이란 이름을 붙여주었다. 어려서부터 안빈은 강아지를 사달라고 졸라댔다. 안 된다고 하자 그럼 동생이라도 낳아달라고 떼를 썼다. 차라리 강아지를 분양받을걸, 그녀는 후회했다. 눈길 한번 주지 않는 토끼를 저리 애틋하게 바라보는 안빈을 볼 때마다 마음이 상했다. 토끼는 절대로 곁을 내주지 않았다. 외로움이란 걸 아예 모른다니 누군가에게 곁을 내줄 필요도 없겠지. 먹이사슬의 맨 끝에 있는 주제에 알아서 빌붙어도 부족할 판에 아예 곁을 주지 않는다니. 안빈이 토끼의 시선을 끌기 위해 율동까지 곁들이며 산토끼 노래를 부르기 시작했다. 그녀는 아들을 욕실로 밀어넣었다.

"근데 선생님이 왜 엄마한테 전화했는데?" 안빈이 젖은 손을 티셔츠 앞섶에 문지르며 식탁으로 왔다.

"학예회 도와달라고."

"씨, 또 학예회." 의자에 앉으며 안빈이 입술을 삐죽거렸다.

"왜 또?"

"짜증나. 학예회 때문에 그 새끼 설치고 다니는 거."

"누구?"

"박세민!"

그녀는 팔을 뻗어 식탁 한쪽에 치워놓은 책을 앞으로 끌어당겼다. 안빈이 힐끗 책을 쳐다보더니 포도 한 알을 따서 입에 넣었다.

"아들. 복서는 안 돼, 절대로!"

"왜?"

"너, 복서가 얼마나 바본지 모르지?"

"제일 멋진 역할이라던데?"

"누가?"

"박세민이."

"하이고. 그렇게 멋지면 지가 하지 왜?"

"엄마. 포도 말고 딴 거 없어?"

"걔가 너 엿 먹으라고 그러는 거야. 우리 아들 바보천치 만들려고 그 자식이 수를 쓴 거라고." 그녀는 냉장고에서 롤케이크를 꺼내 접시에 담았다.

"복서가 어떤데?"

"몸이 부서져라 일만 하다가 도살장에 끌려가는 세상 멍청한 말이 복서야. 아무튼 복서는 안 돼, 절대로!"

"그럼 뭐?"

"나폴레옹. 그나마 그게 제일 폼 나."

"나폴레옹이면 그 못된 돼지? 그건 박세민인데."

"네가 해. 박세민한테 바꾸자고 해."

"안 해줄걸?"

"안 해주는 게 어땠어? 네가 못하겠으면 엄마가 할게."

"그래도……."

"그래도는 무슨 그래도. 넌 지도자가 될 사람이야. 연극이라고 해도 아무거나 해선 안 돼."

안빈은 빵을 먹느라 정신이 없었다. 안빈은 원래 입이 짧은 편이었지만 세민에게 수학에서까지 일등 자리를 빼앗기면서 그 스트레스를 먹는 것으로 풀기 시작했다. 크림을 잔뜩 입가에 묻혀가며 먹어대는 아들이 보기 싫어 그녀는 고개를 돌렸다. 뛰어다니다가 지쳤는지 토끼는 거실 구석에 웅크리고 앉아 있었다. 그녀는 토끼를 가만히 쳐다보았다. 어쩌면 먹이사슬의 맨 끝을 차지하는 존재기에 토끼는 외로움도 사치라고 스스로의 마음을 단속하는 방향으로 진화해온 게 아닐까, 불쑥 그런 생각이 들었다. 토끼에겐 곁을 준다는 게 자칫 마음 준 상대에게 잡아먹힐 위험을 감수한다는 뜻이 될 수도 있을 테니까. 같은 종인 토끼에게까지 마음을 열지 않는 것도 포식자 앞에서 피식자끼리의 사랑은 위험만 배가시킬 뿐이니까. 그러니까 어떤 종류의 사랑이든 다 배제하고 보는 건 토끼의 슬픈 생존전략인지도 몰랐다. 아예 소리란 걸 내지 못하는 존재. 그래서 잡아먹히는 순간에까지도 비명조차 지르지 못하는 존재. 박혜정이 떠올랐다. 늘 피식자처럼 웃는 여자. 잡아먹히는 순간 비명도 지르지 못할 것 같은, 토끼 같은 여자. 아니다, 박혜정뿐만이 아니다. 그녀 자신을 포함해서, 대다수 사람들이 피식자였다. 안빈은, 안빈만큼은 그렇게 살게 할 수 없다. 어떻게 해서든 먹이 피라미드의 맨 꼭대기를 차지하게 만들어야 한다.

"이번 경시대회에선 꼭 상을 받아야 해. 믿어도 되는 거지, 아들?"

그녀가 안빈을 향해 상체를 앞으로 내밀었다. 안빈이 눈알을 굴려 엄마의 시선을 피했다.

"믿어도 되는 거지? 꼭 금상 받는 거다?"

안빈이 굳은 얼굴로 포크를 내려놓았다.

"표정이 왜 그래? 자신 없어서 그러는 거 아니지? 응?"

"솔직히 난 공부는 아닌 것 같아. 박세민이 나보고 머리 쓰는 거 말고 운동이나 하래. 씨름이나 스모나……."

"어머어머, 지까짓 게 어디서!"

부들부들 몸이 떨렸다. 그녀는 진정하기 위해 두 손을 맞잡았지만 소용이 없었다.

"서안빈. 엄마 말 똑바로 들어. 걔가 뭐라고 하든 다 너에 대한 열등감에서 하는 말이야. 엄마가 말해줬지? 알비노란 건 세상에서 가장 끔찍한 병이라고. 아프리카에선……."

아프리카라는 낱말이 튀어나오기 무섭게 안빈이 두 손으로 귀를 틀어막았다. 그녀는 안빈이 먹다 만 우유를 들이켰다. 얼마 뒤 안빈이 손을 풀었다. 기다리고 있다가 그녀는 다시 입을 열었다.

"아프리카에선……."

안빈이 다시 귀를 막으려고 했지만 이번엔 그녀가 더 **빨랐**다. 그녀는 두 손으로 안빈의 손을 꽉 붙잡았다.

"아프리카에선 어떻게 한다고? 알비노 아이를 잡아다가 칼로 팔이랑 다리를 잘라서…… 산 채로 마취 같은 것도 없이 막…… 팔다리 자르고 눈알도 파고……."

엄마에게 붙잡힌 채로 안빈이 마구 머리를 흔들며 그만해! 하고 소리 질렀다.

"들어! 똑바로 들으라고! 걘 오래 살지도 못해. 그런 애 말에 흔들려서 바보같이 공부에 자신 없다고, 그런 바보 같은 소릴 하면 엄만……."

느닷없이 울음이 터졌다. 안빈을 붙잡고 있던 두 손을 풀고 그녀는 주방바닥에 주저앉아 흐느끼기 시작했다.

"내 새끼…… 엄만 네가 그까짓 놈이랑 비교당하는 것도 정말…… 사지가 뜯겨나가는 것처럼 정말…… 정말 견딜 수가 없어, 아들……."

안빈이 일어났다. 그리고 가만히 선 채로 엄마를 내려다보았다. 그녀는 손바닥으로 눈물을 훔치며 아들을 향해 고개를 들었다. 아들의 눈에서 그녀가 읽은 건 뜻밖에도 경멸이었다. 그럴리가. 그녀는 다시 눈을 닦고 아들을 쳐다보았다. 그러나 비웃음만 재차 확인했을 뿐이었다. 눈물이 쏙 들어갔다. 작년에 세민에게 일등 자리를 처음으로 빼앗겼을 때만 해도 우는 엄마를 끌어안고 함께 울었던 안빈이었다. 그녀는 무르춤해져서 몸을 일으켰다. 안빈이 방으로 들어가더니 학원 가방을 들고 나왔다. 그리고 다녀오겠다는 인사도 없이 집을 나섰다.

그녀는 널브러지듯 소파에 앉았다. 짝다리까지 짚고 서서 엄

113

마를 차갑게 내려다보던 아들의 시선이 거미줄처럼 얼굴에 엉겨 붙어 떨어지지 않았다. 맥이 빠졌다. 그녀는 멍하니 허공을 바라보았다. 안빈의 얼굴이 홀로그램처럼 떠 있었다. 안빈은 엄마만 바라보는 엄마바라기였다. 뭐든 엄마 말에 싫다고 하는 법이 없는 아이였다. 아니, 핵심은 그게 아니다. 이 기분, 가슴에 비수가 꽂혀버린 것 같은 이 느낌은, 등뼈에 구멍이 뚫려버린 것 같은 이 기분은…… 그래, 안빈이가, 세상에 하나밖에 없는 아들이 그녀로부터 분리되어 떨어져나간 것에서 오는 상실감이고 당혹감이었다.

이유가 뭘까. 미처 물음표가 완성되기도 전에 박세민이 떠올랐다. 모든 게 박세민 때문이다. 그 아이가 등장하면서 그녀의 삶이 흔들리기 시작했다. 흔들리는 정도가 아니라 무너지고 있었다. 저주 받은 아이가 내뿜는 저주의 기운이 모든 것을 망치고 있었다. 박세민의 새빨간 눈에서는 불이 아닌 얼음 같은 기운이 뻗쳐나왔다. 그 시선을 받을 때마다 그녀는 뱀이 몸을 휘감는 것 같은 섬뜩함을 느꼈다. 그 아이를 내 영역에서 추방해야 한다. 안빈의 곁에 이대로 놔둬선 안 된다.

그녀는 발딱 일어나 컴퓨터 앞으로 갔다. 그리고 인터넷으로 알비노에 대한 기사를 검색했다. 알비노의 수명이나 증세에 대한 건 다 건너뛰었다. 이번엔 더 센 것이 필요했다. 박세민을 한 방에 무너뜨릴 수 있을 만한 것. 퍼뜩 근친상간이란 단어가 떠올랐다. 그 낡은 공책에 적혀 있던 기록이 정말 일기가 맞다면 박세민은 근친상간에 의해 태어난 아이였다. 아니, 새아버지니

생물학적으로야 근친상간이 아니지만 사회적으로는 그 정도면 얼마든지 근친상간이었다. 그녀는 검색창에 '알비노 근친상간' 이라고 쳤다. 곧 관련기사들이 떴다.

'알비노, 근친상간에 의해 출생하는 경우 많아.'

그녀는 인쇄 매수를 20으로 지정하고 인쇄 버튼을 눌렀다. 안빈에게 머리 쓰는 것 대신 씨름이나 하라고 했다고? 되바라 진 새끼 같으니. 주둥이 함부로 놀린 값은 톡톡히 치르게 해주 지. 그녀는 스무 장의 종이를 한꺼번에 접어 안빈의 알림장 맨 앞에 끼워넣었다.

대본

"이틀 만에 이만큼 쓴 것만 해도 정말, 너무너무 대단하지 않아요?"

저 정도면 가히 재주라고 인정해줄 만했다. 아무리 화제를 돌려놔도 채영엄마는 계속 세민이 쓴 대본 이야기만 해댔다. 벌써 이십 분째였다. 다른 사람 자식 얘기를 저렇게 열성적으로 떠들어대다니. 안빈엄마는 그런 채영엄마가 도무지 이해가 가지 않았다. 처음엔 짜증스럽기만 하더니 점점 불쾌해지기까지 했다. 저 여자, 내가 박세민이라면 예민해지는 걸 몰라서 저러는 거야, 아니면 알고서 일부러 저러는 거야?

"여기 봐요, 언니. '각색, 박세민'. 초등학교 5학년짜리가 어떻게 각색이란 말을 알지?"

"채영아. 네가 인두겁을 쓴 천사라는 거 충분히 알았으니까 그거 좀 치워라."

안빈엄마는 턱으로 종이뭉치를 가리켰다. 채영엄마가 아쉬운 듯 머뭇대며 대본을 가방에 넣더니 컵을 만지작거렸다. 그녀는 팔짱을 끼고 앉아 채영엄마의 얼굴을 찬찬히 뜯어보았다. 저렇게 물색없고 인물 없는 여자도 오십 평대에 사는데 난 뭐지?

"그나저나 앤 또 왜 안 오니? 나이도 어린 게 꼭 늦는다니깐!"

안빈엄마가 인상을 쓰고 벽시계를 쳐다보았다. 말이 떨어지기가 무섭게 주이엄마가 식당 안으로 들어섰다. 식당 안에 있던 모든 사람들의 눈길이 순간 그녀에게로 모아졌다. 저런 차림으론 감자탕 집이 아니라 호텔 바에 나타난다고 해도 안 쳐다볼 수가 없을 정도였다. 그녀는 드레스라고 해도 무방할 것 같은 흰 원피스를 입고 있었다.

"여태 주문 안 했어?"

주이엄마가 채영엄마 옆자리에 앉았다. 늦었으면 미안하다는 말부터 해야 하는 거 아니냐고 하려다가 안빈엄마는 말을 삼켰다. 그러면 그렇지 않아도 말 많은 주이엄마가 늦게 된 경위를 장황하게 늘어놓을 테고, 그러다 보면 어쩔 수 없이 별천지 같은 딴 세상 이야기를 들을 수밖에 없을 터였다. 설마 저런 차림으로 재래시장에 가서 주꾸미 값을 깎다 온 건 아닐 테니까.

"근데 주이엄마, 어디 좋은 데 다녀오나봐요?"

역시 채영엄마다. 장담하건대 눈치 없는 걸로 채영엄마를 이길 수 있는 사람은 없다. 주이엄마가 답변하기 위해 침을 삼키는 걸 보고 안빈엄마는 여기요! 하고 손뼉까지 쳐가며 다급하게 종업원을 불렀다.

"뭐로 할까?"

안빈엄마는 메뉴판을 두 사람 앞으로 들이밀었다. 아무거나. 저도 아무거나요. 안빈엄마는 메뉴판을 종업원에게 건네며 여기 묵은지 감자탕 대자요, 하고 말했다. 그러고도 주이엄마가 말할 기회를 주지 않기 위해 날씨 이야기며 반 아이들 근황을 떠오르는 대로 주워섬겼다. 곧 주문한 감자탕이 나왔다. 따로 부탁하지도 않았건만 주이엄마에게만 앞치마를 갖다주었다. 앞치마를 두르다 말고 주이엄마가 갑자기 생각났다는 듯 손가락을 튕겼다. "언니들! 희곡 다 읽었지?"

채영엄마가 얼른 주이엄마의 말을 받았다. "정말 재미있게 잘 썼죠?"

"솔직히 남의 새끼 칭찬하고 싶진 않지만 정말 잘 썼더라. 주이는 벌써 대사를 다 외웠대."

"주이가 맡은 게…… 몰리?"

"응, 그 당나귀."

"채영이가 그거 하고 싶다고 하던데. 주이가 제일 부럽다고."

"채영인 뭔데?"

"까마귀요. 바깥세상 소식 전달하는 까마귀 있잖아요." 물을 한 모금 마시더니 채영엄마가 말을 이었다. "근데 솔직히 세민이가 썼다는 게 믿어지지 않아요. 초등학생이 어떻게 이렇게 쓸 수가 있지? 걔가 글 잘 쓴단 얘긴 많이 듣긴 했지만 아무리 그래도……. 어제 아예 원작이랑 비교하면서 읽어봤는데……."

두 사람의 대화에 끼어들지 않고 있던 안빈엄마가 대수롭지 않다는 듯 대꾸했다. "열두 살이면 웬만하면 그 정도는 다 써."

채영엄마가 고개를 흔들더니 가방에서 도로 대본을 꺼냈다. "우리 채영이 같으면 어림없어요. 이만한 분량이면 베껴 쓰라고 해도 못할걸요."

안빈엄마는 경멸을 담은 눈으로 채영엄마를 쳐다보았다. 저런 엄마들을 그녀는 도저히 이해할 수가 없었다. 아니, 이해하고 싶은 마음이 눈곱만큼도 없었다. 어떤 이유로든 자기 자식을 남들 앞에서 폄하하다니.

"채영인 대사 다 외웠나?"

"대사가 몇 개 안 돼서 어제 다 외웠대요."

안빈엄마가 다시 대화에 끼어들었다. "채영아. 주이한테 말 놔. 자기가 나이도 한 살 더 많은데 왜 꼬박꼬박 말을 높여? 어떻게 된 게 채영인 말을 높이고 주이는 말을 놓고."

주이엄마가 고개를 끄덕였다. "그래, 언니. 나한테 말 놔. 나도 불편해."

채영엄마가 배시시 웃으며 말했다. "전 이게 편해요. 사실 말을 잘 못 놔요. 사람들은 어느 순간이 되면 편하게 말도 놓고 그러는데 전 그 타이밍을 못 잡겠어요. 근데 그 어려운 게 사람들은 다 쉬운가봐요."

"자기 엄청 고상하게 자랐나보다. 나처럼 막 자란 사람은 저절로 돼, 그 어려운 게."

안빈엄마가 대꾸했다. 농담이라고 한 말인데 아무도 웃지 않았다. 말을 한 그녀조차도 웃지 못했다. 웃음은커녕 부아가 치밀었다. 좀 더 있는 집에서 태어났더라면, 아니, 자식들에게 공평하게 나눠줄 줄 아는 어머니를 만났더라면, 그랬더라면 지금 이 모양으로 살고 있진 않을 텐데. 언니도 동생들도 다 지원받은 대학 등록금을 둘째 딸인 안빈엄마에게는 못해준다는 어머니 때문에 그녀는 할 수 없이 원하는 대학이 아니라 장학금을 받을 수 있는 학교에 입학해야 했다. 언젠가 그 까닭을 묻자 어머니는 넌 앞가림을 제대로 하는 애였으니까, 하고 대답했다. 납득이 가지 않았다. 어머니는 한숨을 내쉬며 너도 엄마가 돼봐라, 했다. 하지만 엄마가 되어보니 더 이해할 수가 없었다. 앞가림을 잘하는 아이라면 기특해서라도 더 밀어주고 싶은 게 엄마 마음 아닐까. 게다가 자신은 그냥 딸이 아니었다. 철없고 이기적인 언니 대신 맏이 노릇을 자처했던, 그래서 아버지가 가게를 접어서 생계마저 막막했을 때 어머니와 둘이 손을 맞잡고 그 어려운 시간을 함께 헤쳐나온, 딸을 넘어 동지 같은 사람이었다. 그녀가 쓸쓸해지는 대목이 바로 여기였다. 배신감에 떨다가 씁쓸해지다가 결국은 쓸쓸해지고 마는……. 그녀는 주이엄마와 채영엄마가 앞에 앉아 있다는 사실도 잊고 푹, 한숨을 내쉬었다. 다행히 두 사람은 희곡 이야기에 여념이 없어 그녀의 한숨 소리를 듣지 못했다.

"근데 이걸 어떻게 다 지어냈지?"

채영엄마가 꺼내놓은 대본을 주이엄마가 자기 앞으로 끌어당겼다. 약속 잡을 때부터 영 내키지 않더니만 역시 괜히 나왔다 싶었다. 채영엄마야 그렇다 치더라도 눈치도 빠른 주이엄마가 저러는 건 의도가 있는 게 분명했다.

"창작이 어려운 거지 누군가 다 해놓은 걸 살짝 바꾸는 건 어려운 게 아니지." 안빈엄마의 목소리에 잔뜩 짜증이 묻어났다.

감자탕이 끓기 시작했다. 안빈엄마는 앞접시에 뼈를 하나씩 건져 두 사람 앞에 놓아주었다. 제발 이거라도 뜯으며 입을 다물어주면 싶었지만 채영엄마가 또 방정맞게 입을 놀렸다.

"아니에요, 언니. 순전히 지어낸 대목도 많아요. 제가 원작이랑 비교하면서 다 읽어봤다니까요. 음, 잠깐만요." 그녀가 손가락 끝에 침을 묻혀가며 팔랑팔랑 대본을 넘겼다. "아, 여기요!"

나폴레옹	오, 내 사랑 몰리!
몰 리	치! 아깐 모른 척하더니.
나폴레옹	난 지도자잖아. 다른 동물들 있을 땐 체통을 지켜야지. 그것도 몰라, 몰리?
몰 리	몰라! 몰라! 몰라!
나폴레옹	자기 이름은 몰라가 아니라 몰리야.
몰 리	근데 자기야. 우리 사이에서 태어난 아기는 돼지일까, 당나귀일까? 설마 돼나귀? 아님 당나지?
나폴레옹	(혼잣말로) 꿈 깨. 난 돼지랑 결혼해서 지도자의 혈통을 지킬 거니까.

"사실 이 대목 때문에 원작을 다시 읽은 거거든요. 근데 원작엔 이 부분이 없어요. 이 비슷한 대목도 없어요. 이거 너무 웃기

지 않아요? 당신 이름은 몰라가 아니라 몰리야."

채영엄마가 까르르 웃었다. 이쯤 되니 물색없는 정도를 넘어 덜떨어져 보였다. 아무튼 멈춰야 할 때를 모르는 사람이었다.

"그게 웃겨? 어린 게 발랑 까져서."

"난 여기가 더 웃겨. 돼나귀 아님 당나지? 어떻게 이런 말을 생각해내지, 걘?"

"맞아, 맞아. 그것도 원작에 없어요. 순전히 세민이가 지어낸 거예요."

안빈엄마의 말을 건너뛰더니 주이엄마마저 채영엄마를 따라 웃어대기 시작했다. 안빈엄마는 불쾌함을 넘어 점점 마음이 초조해졌다. 그녀도 어젯밤 세민이 쓴 희곡을 읽었다. 다 읽고 혼자 맥주를 마셨다. 언니에게 전화가 왔지만 받지 않았다. 도무지 떠들 기분이 아니었다. 참담했다. 이건 그냥 문장을 잘 쓰는 수준이 아니었다. 인물에 따라 말투가 달라졌고 이야기 전개에 따른 분량 안배까지 무리 없이 해냈다. 안빈은 흉내도 낼 수 없는 수준이라는 걸 인정하지 않을 수가 없었다. 그런데 그게 혼자만의 생각이 아니란 걸 이 여자들이 확인시켜주고 있는 거였다. 그녀는 찬물을 죽 들이켰다. 거의 다 왔는데, 결승선을 얼마 앞두고 추월당한 기분이었다. 그녀는 머리를 흔들었다. 아니다. 추월이라니, 그런 일은 절대로 있을 수 없다.

"자기들은 참 관대하네. 난 박세민 글이 맞춤법이 너무 틀려서 내용이고 뭐고 눈에 안 들어오던데." 안빈엄마는 별것 아니란 투로 말했지만 목소리에는 잔뜩 날이 서 있었다.

"그것까진 미처 못 봤네. 근데 안빈이가 맡은 게 말이라며?"

"그러게요. 안빈이가 복서라면서요? 복서가 주인공이라던데." 채영엄마와 주이엄마가 재빠르게 안빈엄마를 보며 물었다.

"주인공은 개뿔. 그나저나 좀 먹자. 계속 끓이기만 하니까 국물만 졸잖아."

안빈엄마는 자기 접시에도 뼈를 하나 담았다. 두 여자와 한 남자가 식당 안으로 들어선 것은 그때였다. 젊은 여자와 늙은 여자, 그리고 더 늙은 남자. 거리에서 몇 번 마주친 적이 있는 사람들이었다. 그들을 스쳐지나갈 때마다 그녀는 묘한 긴장감을 느끼곤 했다. 저기요, 하고 그녀를 불러 세워 불길한 전갈이라도 전할 것 같은, 보통사람들에게선 느낄 수 없는 분위기가 그들을 감싸고 있었다. 그들은 안빈엄마네 바로 옆의 구석자리에 앉아 선짓국을 시켰다. 점심을 먹기엔 너무 늦고 저녁이라기엔 또 너무 이른 시각이었다.

"여기 복서 나오는 부분 좀 보세요." 채영엄마가 대본을 안빈엄마 쪽으로 돌려놓았다.

나폴레옹	복서, 당신의 희생이 없었다면 우리 농장엔 내일이 없었을 거요.
복　서	당연히 해야 할 일을 했을 뿐인데요, 뭘.
나폴레옹	그래서 더 훌륭하단 말이오.
복　서	부끄럽네요. 실은 잠을 더 줄여서 그 시간에 돌을 더 날라야 하는데, 내가 잠이 많은 게 너무 속상해요.

"복서 나오는 부분마다 다 감동이에요. 이런 부분도 책엔 없어요."

그 정도는 안빈엄마도 알고 있었다. 책에는 나폴레옹과 복서가 직접 대화하는 장면 자체가 없었다. 박세민이 책에도 없는 이런 대목을 넣은 이유는 자명했다. 나폴레옹 세민 앞에서 빌빌대는 복서 안빈의 모습을 만인 앞에 보이려는 것이다. 교활한 자식. 이대로 둘 수는 없다. 복서는 절대로 안 된다. 그녀는 핸드폰을 무릎 위에 올려두고 두 여자 모르게 박세민에게 문자를 보냈다.

–전화 부탁해. 할 말이 있어서.

부탁한다는 표현이 마음에 들지 않았다. 그녀는 문자를 지우고 다시 썼다.

–할 말이 있어. 전화 좀.

이것도 썩 마음에 드는 건 아니지만 더 적당한 문장이 떠오르지 않았다. 그녀는 께름한 마음으로 전송 버튼을 눌렀다.

"참, 다음주에 우리 별장 못 가." 주이엄마가 말했다. "주이가 반 애들 전체를 초대하겠다고 고집을 피우네. 연극연습 할 시간이 별로 없어서 그때 모여서 하기로 얘기가 다 끝났대. 그래서 이 근처 파티장 빌리려고."

옆 테이블에 주문한 음식이 나왔다. 그들은 뚝배기를 하나씩 앞에 놓고 기도를 하더니 밥을 먹기 시작했다. 그들이 뭔가를 씹고 삼킨다는 게 비현실적으로 보였다. 쳐다보지 않으려고 해도 자꾸만 옆 테이블에 눈길이 갔다. 나이 든 여자가 부지런히 숟갈질을 하다 말고 고개를 돌려 안빈엄마를 쳐다보았다. 눈이 마주치는 순간 그녀는 저도 모르게 얼굴을 숨기려는 듯 고개를 뒤로 뺐다. 무릎 위에 올려둔 핸드폰이 울렸다. 발신자는 세민이었다. 그녀는 서둘러 식당을 벗어나며 전화를 받았다.

"여보세요?"

*

어젯밤 꿈을 꾸었어요, 요한. 이상한 꿈이었어요. 아니, 꿈이 아니라 환상이었을까요. 잠에서 깨어난 뒤에도 첫 장면부터 마지막 장면까지를 다 떠올릴 수 있었어요. 꼭 영화를 본 것처럼요.

거기였어요. 소각장까지 갖춰놓고 사람들을 태워 죽였다는, 세상을 떠들썩하게 했던 '의리파 사건'의 현장이요. 사십 년도 넘은 일이지요. 당신과 나는 태어나기도 전의 사건이요. 백화점 특별고객명단을 토대로 부유층 사람들을 납치하고 살인한 뒤 소각장에서 불에 태워버리기까지 한, 전대미문의 살인사건이었다죠.

꿈에서 나는 거기 있었어요. 철창 안엔 사람들 다섯 명이 갇혀 있고 여섯 명의 '의리파' 놈들이 밖에 일렬로 앉아 있었어요. 나는 허공에 붕 뜬 채로 그 광경을 보고 있었고요. 아, 재생 버튼을 누른 것처럼 그 장면들이 지금 눈앞에서 다시 펼쳐지고 있어요. 보고 싶지 않은데 눈을 감아도 소용없어요.

방 한복판에 의자 네 개가 놓여 있고 다섯 명의 사람이 그 주위를 돌고 있어요. 그들 속에 젊은 시절의 대모님과 대부님이 보여요. 그 사이에 있는 어린아이는 당신 형이겠네요. 다섯 사람이 원을 그리고 돌면서 노래를 부르고 있어요. 따르릉 따르릉 비켜나세요 자전거가 나갑니다 따르르르릉…… 일당 중에 가장 어려 보이는 사람이 팔을 높이 치켜들며 땡! 하고 외쳐요. 그러자 사람들이 의자를 차지하고 앉아요. 의자에 앉지 못한 사람은 초로의 남자예요. 놈들이 철창을 열고 그 남자를 데리고 나와요. 그리고 바로 앞에 있는 소각로를 열고 불길이 치솟고 있는 거기에 남자를 밀어넣어요.

일당 중 두 놈이 위로 올라가요. 나는 그들을 따라 올라가요. 그러고 보니 그곳은 지하였어요. 지하에 감옥과 소각장을 숨겨 놓은 평범한 가정집이네요. 위로 올라온 놈들이 마당에 요란하게 불을 피우고 삼겹살을 구워 먹기 시작해요. 지나가는 마을사람들에게 같이 먹자고 태연하게 권하기도 하면서요. 소각로에서 나오는 시체 타는 냄새와 연기가 그렇게 감춰지네요.

나는 다시 아래로 내려가요. 이미 의자놀이가 한 판 끝났는지 의자는 두 개, 사람은 셋. 대모님과 대부님과 형이 작게 원을 그리며 의자 주위를 돌아요. 이번에 의자를 차지하지 못한 건 형이에요. 땡! 소리와 함께 의자에 앉은 대모님과 대부님은 이

상황을 납득할 수 없다는 표정으로 서로를 쳐다봐요. 놈들이 일곱 살밖에 안 된 어린아이를 밖으로 끌어내요. 그리고 소각로 문을 열고 그 어린것을 가차 없이 그 속으로 던져요.

꿈은 거기에서 끝나요. 당신이 한 문장, 그러니까 "심판이 시작된 핍박의 현장에서 형은 죽고 어머니와 아버지는 살아나오셨어요"라고 짧게 말했던 그날이 꿈속에서 그렇게 낱낱이 풀어헤쳐졌어요. 비로소 이해가 가요. 삼십 년을 모셨지만 한 번도 대모님과 대부님이 밝게 웃으시는 걸 본 적이 없어요. 화를 내는 모습도요. 이미 죽음을 지나왔기에 그럴 수밖에 없었다는 걸 이제는 알겠어요. 희로애락을 겹겹이 껴입은 채로 어떻게 그 좁디좁은 죽음이란 구멍을 통과할 수 있겠어요.

살아서 그곳을 빠져나왔지만 대모님과 대부님의 삶은 이미 산산이 부서졌어요. 그토록 독실하던 두 분이 아예 교회에도 나가지 않고 술과 마약에 빠져 살았어요. 정신이 말짱할 땐 아들 대신 의자를 차지한 자신을 증오하다가도 취해 있을 땐 자신이 아닌 상대방을 탓하고 저주할 수 있기 때문에 두 분은 어떻게든 술에든 마약에든 종일 취해 있어야 했어요. 그래요. 대모님도 대부님도 두 개의 의자에 자신과 아들이 앉기를 원했고 그러리라고 믿어 의심치 않았던 거예요. 그래서 매일매일 술과 약을 찾았고 결국 적지 않은 재산을 다 탕진하고 두 분은 죽기로 마음먹어요.

하지만 번개탄을 피우고 나란히 누운 아침, 막 죽음으로 넘어가는 순간에 여호와 하느님께서 친히 그 방까지 내려오셨어

127

요. 대모님은 하느님과 함께 하늘로 올라갔어요. 거기서 마지막 심판의 날을 보았어요. 선택받은 자들이 하늘로 들어올림을 받는 장면과 그 뒤에 불이 이 세상을 치는 장면을 똑똑히 보았어요. 하느님은 말씀하셨어요. 내가 마른 태를 열어 네 죽은 자식을 너에게로 돌려보낼 것이다. 지금 네가 본 구원의 역사가 너로부터 시작될 것이다.

약속은 이뤄졌어요. 대모님은 마흔다섯이란 나이에 당신을 낳았어요. 죽은 형이 당신의 몸을 입고 다시 태어난 거예요. 형이 아니면 알 수 없는 것들을 당신은 다 알고 있었어요. 특별한 기억 같은 거요. 코끼리 사육장 앞에서 구두 한 짝을 잃어버렸던 다섯 살의 여름이나 유치원 입학하던 날 짝꿍이 입고 있었던, 두 번째 단추가 달랑거리던 빨간 코트 같은 걸요. 물론 생김새도 형과 똑같았어요. 손가락이 여섯 개인 오른손만 빼면요.

당신은 일곱 살이 될 때까지 형이 살았던 삶을 복습하듯 똑같이 살았어요. 형이 죽은 일곱 살의 초가을을 기점으로 당신은 변해요. 누가 시킨 것도 아닌데 수도자의 삶을 살기 시작한 거예요. 대모님은 그게 다른 누구의 강요도 아닌 요한 당신의 순수한 선택이었단 점을 늘 강조하셨어요. 새벽에 기도하느라 일어났는데 요한이, 일곱 살밖에 안 된 그 어린것이, 마룻바닥에 무릎을 꿇고 앉아 기도하고 있더라. 얼마나 열심히 기도하는지 온 얼굴이 땀으로 뒤발해 있었지. 그게 시작이었어. 이렇게 말을 던져놓곤 내가 조금이라도 그 말씀을 의심하는 건 아닌지 눈을 가늘게 뜨고 나를 살펴보곤 하셨어요.

　최선을 다해 믿는 표정을 짓고 있었지만 실은 하나도 믿을 수가 없었어요. 대모님의 말씀들은 무엇 하나 쉽게 믿을 수 있는 게 없지만 형이 당신의 몸을 입고 다시 태어났다는 이야기는 수십 번을 반복해서 들어도, 아니 들으면 들을수록 더 허무맹랑하고 황당무계하게 들렸으니까요. 아, 물론 지금은 믿어요. 믿고말고요. 당신이 사실이라고 했는데 내가 안 믿을 까닭이 있겠어요. 그 말이 정말이냐고 물었을 때 당신은 대답했어요. 매일 밤마다 살이 타고 뼈가 녹는 고통을 느낀다고요. 당신에게 있어 잠자리에 든다는 건 의리파 놈들이 만들어놓은 소각로로 되돌아가는 일에 다름 아니라고요. 당신은 그런 고통을 주신 하느님을 원망하지 않았어요. 매일 밤 되풀이되는 그 고통은 천국에 대한 소망을 갖게 하기 위해, 그래서 소명을 기꺼이 짊어지게 하기 위해 여호와께서 내리신 은총이라고 했어요. 십자가에 못박혀 죽은 예수처럼 당신도 어서 소명을 다해 순교하고 싶을 뿐이라고요.

　아, 요한. 순교라니요. 갑자기 모든 게 끔찍하게 여겨져요. 그런 말을 아무렇지 않게 내뱉는 당신도 끔찍하고 그 끔찍한 얘길 사무치는 표정으로 듣고 있는 나도 끔찍하고…… 그 시간이, 매일 순교니 휴거니 종말이니 하는 말들을 예사롭게 나누던 그 시간 전부가 다 소름 끼쳐요. 당신은 여호와 하느님이 지옥은 만들지 않았다고 했지만, 틀렸어요, 요한. 거기가, 그 시간이 지옥이었어요. 지금 생각해보니 지옥이 없다던 당신의 말은 그야말로 어불성설이었어요. 지옥이 없는 한 천국도 있을 수 없어요. 천국은 지옥의 반대급부인 거니까요. 그리고 바로 우리가 뒹굴던 곳이 지옥이었던 거예요. 그걸 알면서도 우린 스스로를 억지로 지옥에 묶어두고 살아온 거예요. 천국을 소망하기 위해서요. 절박하게, 뜨겁게, 결곡하게 천국을 소망하기 위해서는 우리가 뒹구는 곳이 한사코 지옥이어야 했던 거예요. 틀려요, 내 말이?

요한, 나 사실…… 많이 흔들려요. 내가 지금 여호와 하느님을 믿고 있긴 한 걸까 모르겠어요. 내가 수없이 사랑한다고 고백했던, 죽기까지 따르겠노라 서원했던 대상이 여호와 하느님이 맞긴 한 걸까…… 어쩌면 내가 믿고 섬겨온 대상이 하느님이 아니라 당신이었던 건 아닐까요. 삼십 년 동안 나는 그저 온 힘을 다해 당신을 바라보았던 건 아닐까요. 당신의 시선이 늘 하느님을 향하고 있었기 때문에 나 역시 사모하고 두려운 마음으로 여호와 하느님을 바라보고 있다고 착각한 건 아닐까요.

잠깐만요. 누군가 이쪽으로 오고 있어요. 저렇게 살금살금 걷는 걸 보니 대모님이신 게 분명해요. 목소리를 낮춰야겠어요. 며칠 전부터 대모님이 계속 내 주변을 맴돌아요. 냉장고를 열다가 헛구역질하는 걸 대모님께 들켜버리고 말았거든요. 물론 대모님껜 체했다고 둘러댔어요. 임신 사실을 말씀드릴 순 없어요, 절대로요. 오래전 일이긴 해도 휴거될 때 몸이 무거우면 안 된다고 낙태시키는 걸 여러 번 봤으니까요.

요한. 오늘밤은 잠들고 싶지 않아요. 당신이 곁에 있다면 몇

날며칠 밤을 새워서라도 담판을 짓고…… 아, 대모님이세요?
일부러 잠근 건 아닌데…… 잠깐만요, 바로 열게요. 근데 대모
님, 여태 안 주무셨어요?

*

소주를 따라놓기만 하고 박혜정은 술잔만 물끄러미 쳐다보
고 있었다. 한 시간 전쯤 세민의 책상 서랍에서 찾은 술이었다.
이따금 잠든 세민에게서 술냄새가 났지만 그녀는 아들을 추궁
하지 않았다. 솔직히 확인할 엄두가 나지 않았다. 그녀 자신도
열 살 남짓부터 술을 마시기 시작했다. 담배도 피웠다. 집 안엔
늘 술과 담배가 넘쳐났다. 어머니는 어린 딸이 술과 담배를 하
는 것을 알고 있었지만 모른 척했다. 손목을 긋는 것도 알고 있
었지만 그것도 모른 척했다. 작은딸에 관한 한 어머니는 다 모
른 척했다. 언니만 아프지 않았다면 어머니도 나도 완전히 다른
삶을 살 수 있었을까…… 그랬을까.

그녀는 무릎을 그러모으고 앉아 계속 술잔만 내려다보았다.
어느 순간 그 속에 새아버지의 집이 가라앉아 있었다. 아침이면
새들이 날아와 지저귀던 아름다운 정원. 낮엔 추리닝 바지를 입
고 언니 방을 들락거리다가 아버지 퇴근시간에 맞춰 옷을 갈아
입고 화장을 하던 어머니. 매일 밤 정원 연못에 잉어를 풀어놓
고 아침이면 도둑고양이들에게 내장을 파먹힌 채 죽어 있는 잉
어를 뜰채로 떠내던 어린 박혜정. 정원을 향해 아치형 여닫이창

이 나 있던 공주 같은 방. 그 방에 틀어박혀 자기 자신을 '그'라고 지칭하여 일기를 쓰던 그녀. 그는 책을 읽는다. 그는 손목을 긋는다. 그는 매일 이 집을 불태우는 꿈을 꾼다…….

생각을 끊어내고 싶었다. 그러려면 술잔을 비워야 하는데 팔을 뻗을 수가 없었다. 새아버지의 집을 생각하면 아무것도 할 수 없는 무력감이 대번에 그녀를 휘감았다. 가위에서 풀려나기 위해 애쓸 때처럼 그녀는 손가락 끝에 힘을 모았다. 드디어 손가락이 움직였다. 그녀는 팔을 뻗어 잔을 쥐고 술을 입에 털어 넣었다. 늘 마시던 소주지만 맛이 달랐다. 아들의 술. 열두 살짜리 아들의 술. 한 잔 더 마셨다. 너덜너덜 찢긴 배를 드러내고 물에 떠 있던 잉어. 이 넓은 세상에서 뭐라도 하나쯤은 나와 함께 찢겨야 하지 않겠니? 하고 차갑게 말하며 연못을 내려다보던 '그'. 그녀는 아예 병째 들고 벌컥벌컥 들이켰다. 술 마시는 아들. 머지않아 장님이 될 아들. 세민은 몇 살까지 살 수 있을까. 자고 싶었다. 그녀는 집 안을 돌아다니며 텔레비전과 라디오의 볼륨을 더 높이고 거실 한복판에 누웠다. 떠들썩한 웃음소리와 노랫소리가 이불처럼 그녀를 덮었지만 잠이 오지 않았다. 그녀는 배를 깔고 엎드려 누웠다. 새아버지의 집이 거실 바닥에 옮겨와 있었다. 눈을 감았지만 이미 새아버지가 방문을 열고 그녀에게 다가오고 있었다. 그녀는 벌떡 일어났다. 생각을 떨치려면 움직여야 했다. 어디라도 나가야 했다.

그녀는 술병에 소주를 채워 아들의 책상 서랍에 넣어두고 집을 나섰다. 딱히 갈 곳이 없었다. 그녀는 지하철역을 지나 대형

할인마트로 갔다. 쇼핑카트를 끌고 지하 1층 식품매장으로 갔다. 포장된 고등어를 집으려는데 알비노 고등어도 있겠지? 하고 중얼거리던 세민이 떠올랐다. 그녀는 고등어를 내려놓고 갈치를 집어들었다.

장바구니를 들고 그녀는 밖으로 나왔다. 지하철역을 지나 중학교를 지나자 저만치 앞에 둔덕이 보였다. 새로 지어진 고층 아파트들이 삼각형 모양의 둔덕을 포위하듯 빙 둘러 에워싸고 있었다. 재개발 과정에서 어떤 사정으로 이 둔덕만 누락된 모양이었다. 둔덕은 고층 아파트의 냉대를 견디듯 작게 몸을 웅크린 채 엎드려 있었다. 둔덕 위에는 아이들이 죽임을 당한 폐가와 온갖 쓰레기로 뒤덮인 채 방치된 뙈기밭이 있었다. 일 년 전, 집을 구하기 위해 처음으로 이 동네를 찾아왔던 날 그녀는 이 둔덕을 보았다. 꼭 허파 같다는 생각을 했다. 허파 모양의, 둥글게 굴려놓은 삼각형 같은 모양새 때문만은 아니었다. 부동산 중개업자와 안빈엄마를 따라 아파트 단지를 돌아다니는 내내 꽉 막혀 있던 숨길이 이 둔덕에 오르면서 탁 트였기 때문이었다.

이 동네에 이사 온 뒤 그녀는 거의 매일이다시피 폐가를 찾았다. 고요 때문이었다. 폐가는 늘 고요로 가득 차 있었다. 그녀가 가장 견디기 힘들어하는 게 고요였다. 그러나 폐가에서의 고요는 그저 고요일 뿐이었다. 그녀는 주위를 빙 둘러보았다. 아무것도 섞이지 않은 이 순전한 고요는 어쩌면 서로 다른 두 시간대의 충돌에서 비롯된 것인지도 모른다는 생각이 들었다. 폐인트 하나 벗겨지지 않은 새 아파트들과 그 사이에 흉물스럽게 박혀 있는 낡은 폐가 사이의, 폭포처럼 뚝 떨어진 시간의 낙차 속에 의도치 않게 만들어진 틈 같은 시간.

그녀는 둔덕을 올랐다. 가파른 경사 때문에 숨이 찼다. 그녀는 숨을 몰아쉬며 폐가 앞에 멈춰 섰다. 여전히 폴리스라인이 그 앞에 둘러쳐져 있었다. 주위를 둘러보았다. 아무도 없었다. 원래도 인적이 드문 곳이지만 여기에서 아이들이 살해당했다는 사실이 드러나면서 사람들은 대낮에도 이 둔덕을 꺼렸다.

오랜만이었다. 현장검증 때 왔던 걸 제하면 한 달 만이었다. 살해현장이란 사실이 밝혀진 뒤로 그녀는 이곳에 오지 않았다. 그녀는 울타리 밖에 선 채 폐가 안을 들여다보았다. 뾰족뾰족하게 깨진 유리조각마다 오후 다섯 시의 햇빛이 비스듬히 걸려 있었다. 그녀의 시선이 풀밭을 가로질러 담장 아래 멈췄다. 현장검증 때 마네킹이 누워 있던 곳이었다. 수갑과 포승줄로 묶인 손으로 마네킹의 목을 조르던 권 사범의 모습이 떠올랐다. 그 위로 그의 살해동기를 알고 있다는 세민의 목소리가 내레이션처럼 덧입혀졌다. 자신은 아예 마술로 강도를 없애버렸다는 말 끝에 울음을 터뜨리며 엄마의 등을 주먹으로 치던 세민.

고양이가 담을 넘어갔다. 그녀는 뒤돌아섰다. 이곳은 더 이상 그녀에게 평안을 주는 장소가 아니었다.

그녀는 둔덕을 내려왔다. 후문으로 들어가 사슴정원과 분수정원을 지났다. 집으로 들어가기 위해 놀이터를 가로지르는데 세민이 보였다. 미끄럼틀 중간에 다리를 뻗고 앉아 하늘을 올려다보고 있었다. 그녀는 아들에게 다가갔다. 세민이 엄마를 돌아보더니 다시 하늘을 향해 고개를 들었다.

"엄마, 휴거 알아?" 휴거라는 낱말을 맛보듯이 세민이 입맛을 다셨다. "갑자기 사람들이 쓩, 하고 하늘로 올라가는 거래." 세민이 고개를 더 뒤로 젖혔다. "곧 이 세상에 그런 일이 일어날 거래. 멋질 것 같지 않아?"

"누가 그런 말을 해?"

"그 사람들. 복된 소식 전해준다고 우리 집에 왔었던."

"언제 또 그 사람들 만났니?"

"아니." 세민이 얼굴을 찌푸렸다. 자신의 말이 듣는 사람에게도 거짓말로 들릴 거라는 걸 알고 있는 표정이었다.

"만나지 마. 집에도 절대로 들이지 말고."

세민이 딱딱한 눈길로 엄마를 쳐다보았다. 한참을 그렇게 쳐다보더니 삐딱하게 웃으며 시선을 거두었다. 세민은 미끄럼틀에서 내려와 엉덩이를 털고는 집을 향해 걸어갔다. 그녀는 대여섯 걸음 뒤에서 세민을 따라 걸었다.

집에 오자마자 세민은 냄비를 가스불에 올리고 수납장에서 라면을 꺼냈다.

"엄마가 끓여줄게."

그녀는 아들 옆으로 다가갔다. 옆으로 가라는 뜻으로 팔꿈치로 슬쩍 밀었지만 세민은 가스레인지 앞에 버티고 서서 꿈쩍도 하지 않았다. 그녀는 냉장고로 가서 김치를 꺼냈다. 세민이 갑자기 야비한 소리로 클클대며 웃기 시작했다.

"서안빈 때문에 너무 웃겨. 아니, 걔네 엄마 때문에 웃겨, 정말."

그녀는 말없이 수저 한 벌을 챙겨 식탁 위에 갖다놓았다.

"아까 서안빈 엄마한테 전화가 왔어. 나폴레옹 역을 서안빈한테 주래. 내가 나폴레옹이잖아. 나랑 둘이 서로 바꾸라는 거야."

세민이 또 클클댔다. 그녀는 접시에 김치를 조금 덜어놓았다.

"그래서 알겠다고 했어. 오늘밤에 희곡 다시 쓰려고. 내가 복서를 할 거니까 나에 맞게 다시 써야지. 근데 엄마들은 원래 그렇게 다 웃겨?"

그녀는 거실로 가서 텔레비전 소리를 한 단계 높였다. 라면을 먹느라 세민도 더는 말이 없었다. 면발을 다 건져먹고 국그릇 가득 밥을 퍼서 그것까지 국물에 말아 먹었다. 음식이 목에 걸렸는지 주먹으로 가슴을 탕탕 두드리면서도 세민은 계속 숟갈질을 했다. 국물까지 다 마시고 나서 세민은 숟가락을 소리 나게 식탁에 내려놓더니 엄마, 하고 낮은 목소리로 그녀를 불렀다.

"근친상간이 무슨 뜻이야?"

세민이 천천히 고개를 돌려 엄마를 쳐다보았다. 날카롭게 번득이는 세민의 눈은 그 낱말의 뜻을 몰라서 묻는 게 아니란 걸 말해주고 있었다. 그녀는 고개를 숙였다. 아까 세민의 책상 서랍에서 발견한 건 술병만이 아니었다. 붉은 펜으로 밑줄까지 그은 인쇄물들이 술병 아래 깔려 있었다. 얼핏 봐도 스무 장은 넘을 것 같았다. 모두 알비노에 대한 기사였다. 알비노는 근친상간에서 태어나는 경우가 많다는 문장에도 여지없이 붉은 줄이 그어져 있었다. 몇 줄 아래 알비노 사냥이란 낱말엔 붉은 동그라미까지 몇 겹으로 그려져 있었다. 그녀는 다시 고개를 들어 아들을 쳐다보았다. 자신을 세상에 내놓은 어미에 대한 분노가 세민의 눈동자 속에서 이글거리고 있었다. 언젠가 이런 날이 오리란 걸 그녀는 알고 있었다. 언젠가 세민이 알게 되겠지만, 그리고 물어오겠지만, 적어도 이런 방식은 아니어야 했다. 세민의 눈동자에서 불꽃이 사그라졌다. 이제 분노가 이글거렸던 자리엔 물 같은 수치심이 담겼다. 심장이 가슴 속에서 터져버릴 것 같았다. 차라리 분노하는 세민이 견딜 만했다. 그녀의 온몸으로 주체하기 힘든 분노가 퍼져나갔다. 누굴까. 누가 이렇게 집요할까. 그녀는 가슴을 움켜쥐었다. 그게 누군지 모르지 않았다. 처음으로 마음을 열었던 사람. 앓아누운 그녀를 위해 죽을 쑤어오고 펄펄 끓던 이마를 가만히 짚어주던 사람. 안빈엄마의 얼굴을 떠올리자 불에 물을 끼얹은 것처럼 분노가 픽 소리를 내며 꺼져버렸다. 대신 슬픔으로 가슴이 미어질 것 같았다.

세민이 고개를 푹 떨군 채 제 방으로 들어갔다. 그녀는 거실 장식장에서 압생트를 꺼냈다. 병을 기울여 두어 모금 마시고 나자 가슴이 이완되는 것 같았다. 그녀는 술병을 든 채 아들의 방 앞으로 갔다. 그리고 닫힌 방을 쳐다보며 중얼거렸다. 넌 나만의 아이야. 엄마만의 아이. 그녀는 다시 술병을 입에 댔다.

언젠가 그녀는 말했다. 세상에서 가장 힘든 게 슬픔을 다스리는 거더라고. 분노도 원망도 배신감도 다 다독일 수 있는데 그 모든 게 지나간 뒤에 남는 슬픔은 어떻게 해도 다독여지지 않더라고. 그는 그녀에게 묻고 싶다. 알면서 나한테, 내 아들한테 왜 이러는데? 도대체 왜 이렇게까지 하는데? 그는 두렵다. 약해서, 약해빠져서 결국은 악해질 수밖에 없는 순간, 그 순간이 올까봐 두렵다. 그는 두렵다.

마술쇼

태풍이 북상 중이라고 했다. 중부지방이 태풍의 직접적인 영향권에 드는 건 오늘밤이라는데 정오도 되기 전부터 벌써 비바람이 거셌다.

"빨리 풀어봐."

아파트 단지 상가 맞은편에 있는 파티장에서 주이의 생일파티가 열리고 있었다. 주이가 케이크 촛불을 끄자 아이들이 준비한 선물을 꺼냈다. 엄마들은 포장지가 벗겨지고 선물이 드러날 때마다 호들갑을 떨며 웃어댔지만 정작 선물을 주고받는 아이들의 표정은 심드렁했다.

안빈엄마는 엄마들로부터 한 걸음 비켜서서 박혜정을 쳐다보았다. 그녀는 아까부터 창가에 붙어 서서 바깥을 내다보고 있었다. 그녀가 유일하게 좋아하는 날이 이런 날이라는 걸 안빈엄마는 알고 있었다. 세상이 뒤집어질 듯이 바람이 몰아치고 천둥번개가 치는 날. 어느 여름, 오늘처럼 요란하게 비가 쏟아지던 날, 그녀는 박혜정과 함께 우산도 없이 바깥에서 비를 맞았다. 빗속을 뛰어다니는 내내 박혜정은 평소 같지 않게 큰 소리로 깔깔댔다. 그날 그녀는 처음으로 박혜정의 벗은 몸을 보았다. 함부로 휘갈겨 쓴 낙서장처럼, 자해의 흔적으로 가득한 몸통. 그녀는 가슴이 찢어지는 것 같은 아픔을 느꼈다. 피붙이를 제외하면, 누군가에게 그런 감정을 느껴본 적은 단연코 처음이었다. 그 순간부터 박혜정은 그녀의 가슴 한복판에 있었다. 하지만 같은 아파트 단지에 살게 되면서 박혜정은 세상에서 가장 싫은 사람이 되고 말았다. 박혜정을 그렇게 밀쳐내는 게 그녀라고 마음 편했던 것은 아니었다. 하지만 어쩔 수 없었다. 관계란 것도 일종의 생명체라 생로병사를 겪을 수밖에 없다. 박혜정과의 관계는 생, 로, 병을 거쳐서 죽었다. 그건 누구의 잘못도 아니라고, 그냥 거기까지였을 뿐이라고 안빈엄마는 생각했다. 하지만 하염없이 창밖을 내다보는 박혜정의 뒷모습을 바라보고 있는 지금은 가슴 저 밑바닥에서부터 아릿한 아픔 같은 게 올라왔다.

"서점 차려도 되겠다."

선물은 대부분 책이었다. 이따금 티셔츠나 모자 같은 것도 나왔지만 책이 압도적으로 많았고 그 다음이 인형이었다. 포장지를 벗길 때마다 주이는 작게 한숨을 내쉬며 어깨를 으쓱거렸다. 책. 책. 인형. 책. 인형. 책. 지루한 표정으로 포장지를 벗기던 주이가 처음으로 깜짝 반가운 표정을 지었다. "《갈매기의 꿈》?"

안빈이 씩 웃으며 자기 선물이란 뜻으로 손을 들어 보였다. 아들의 기척에 안빈엄마의 시선이 당장 홀 중앙으로 돌아왔다.

"가장 높이 나는 갈매기가 가장 멀리 본다…… 읽고 싶었던 책이야, 이거."

설탕을 뿌린 것 같은 목소리로 주이가 띠지에 적힌 문장을 읽었다. 안빈이 한 걸음 앞으로 나왔다.

"용기와 희망을 주는 책이야. 영어 원서로 읽어도 좋아. 별로 어렵지 않아."

안빈이 거들먹거리는 말투로 말했다. 안빈엄마가 흐뭇한 얼굴로 엄마들을 둘러보며 "웬만한 건 원서로 읽는 게 더 편하다네, 우리 빈이는." 하고 말했다. 벌써 박혜정 따위는 까맣게 잊은 얼굴이었다. 엄마의 말이 끝나길 기다렸다가 안빈이 말을 이었다.

"주인공이 조나단이란 갈매기인데."

세민이 안빈의 말을 채갔다. "조나단 리빙스턴 시걸."

안빈이 불쾌한 표정으로 세민을 꼬나보았다. 세민이 말했다.

"조나단의 풀네임이 그거라고. 조나단 리빙스턴 시걸."

세민이 입꼬리 한쪽을 끌어당기며 웃었다. 안빈은 세민을 무시하고 말을 이었다.

"가장 높이 나는 갈매기가 가장 멀리 본다. 이게 조나단이 한 말이야. 용기와 희망을 주는 말이지."

중요한 연설이라도 하듯 안빈은 천천히 아이들을 둘러보았다. 세민이 또 나섰다.

"그게 용기와 희망을 주는 말이라고? 서안빈, 너 그 책 제대로 읽기나 한 거냐? 그 말은 조나단 리빙스턴 시걸이……."

안빈엄마가 팔을 홰홰 저으며 세민의 말을 막았다. "됐어. 친구 생일파티 와서 이러는 거 아니야."

"그래, 선물 다 열어봤으니까 맛있는 거 먹으러 가자."

주이엄마가 음식이 차려진 진열대 쪽으로 아이들을 몰았다. 세민은 그 자리에 남아 꿈쩍도 하지 않았다.

"가장 높이 나는 갈매기가 가장 멀리 본다는 말은 더 차원 높은 목적을 추구하며 살자는 말이야. 먹고살기 위해 사는 거 말고."

세민이 박음질하듯 꼭꼭 힘을 주어 말했다. 진열대로 향하던 엄마들과 아이들이 멈춰 서서 세민을 돌아보았다. 세민의 목소리가 더 커졌다.

"갈매기가 날 수 있는 건 여기까지라고, 더 높이 날면 위험하다고 하는 높이가 있을 거 아니야. 조나단 리빙스턴 시걸은……."

"너 잘났으니까 그만 좀 하자, 응? 여기 있는 사람들, 너 잘난 거 다 아니까."

안빈엄마가 날카로운 목소리로 끼어들었다. 세민이 다시 입을 열었다가 그녀의 눈빛에 그대로 입을 다물었다. 주이엄마가 엄마들에게 눈짓을 하자 엄마들이 자기 아이들을 챙겨 서둘러 진열대로 갔다.

"어이가 없어서 정말! 그게 용기와 희망이지 그럼 절망이야? 절망이냐구?"

안빈엄마가 구시렁대며 짯짯한 시선으로 창가의 박혜정을 쏘아보았다. 그녀는 여전히 창밖만 내다보고 있었다. 조금 전에 저 여자에 대해 일말의 애정을 느꼈던 자신에게 짜증이 치밀었다.

"애들 편히 놀라고 하고 우린 위로 올라가요. 식사 준비 다 됐다네요."

주이엄마가 앞장서서 2층으로 올라갔다. 엄마들이 둘씩 짝을 지어 계단을 올랐다. 1층은 파티룸이고 2층은 보호자들을 위해 마련된 공간이었다. 이미 긴 식탁에 스테이크와 와인이 준비되어 있었다. 올라온 순서대로 엄마들이 자리를 잡고 앉았다. 혼자 뒤처져 올라온 박혜정은 자리가 없었다. 채영엄마가 자리를 좁히더니 구석에 놓인 빈 의자를 들고 와서 옆에 자리를 만들어주었다.

"난 아까 세민이 말을 마저 듣고 싶었는데. 세민이가 쓰는 단어를 보면 보통 애들이랑은 참 수준 자체가 다른 것 같아요. 안 그래요?"

채영엄마가 동의를 구하듯 엄마들을 둘러봤지만 다들 안빈엄마의 눈치를 살피며 아무도 거기에 말을 보태지 않았다. 종업원이 박혜정 앞에 스테이크와 와인잔을 갖다놓았다. 주이엄마가 종업원에게 마술쇼는 몇 시에 시작하는지 확인해달라고 부탁했다.

"마술쇼?"

"여기서 섭외하는 마술사들이 꽤 이름 있는 사람들이야. 먹고 연극연습만 하면 너무 밍숭밍숭할 것 같아서."

주이엄마가 테이블을 돌며 와인을 따랐다. 그녀는 주이와 똑같은 하늘색 드레스 차림이었다. 안빈엄마는 팔짱을 끼고 그녀를 쳐다보았다. 박세민 모자에 이어 싫은 사람을 꼽으라면 단연 주이엄마였다. 와인을 따를 때마다 살짝 무릎을 굽혔다 폈다 하며 우아한 척하는 몸짓만 해도 눈꼴사나워 볼 수가 없을 지경인데, 자기가 무슨 마리 앙투아네트라도 되는 줄 아나, 와인 한 방울을 식탁보에 떨어뜨리고는 보조개가 패도록 입술을 꼭 깨물며 치맛자락을 쥐는 꼴을 보았을 땐 맙소사 소리가 절로 나왔다. 귀여운 척할 나이는 이미 고릿적에 지났다는 것도 모르나, 저 여잔?

"근데 참, 가면은 어떻게 하지?" 건배를 하고 나서 혁재엄마가 말했다.

"세림엄마가 미술 전공했다고 하지 않나?"

"전공까진 아니고…… 근데 뭐, 정 하실 분 없으면 제가 할게요. 두꺼운 종이에 동물 얼굴만 그리면 되는 거죠?"

"혼자 스물다섯 장을 언제 다 그려? 나도 같이 할게."

짜증이 나서 입맛도 없었다. 스테이크를 두어 조각 먹은 뒤에 안빈엄마는 포크를 내려놓고 와인을 마셨다. 누군가 스테이크 맛을 칭찬하고 누군가는 또 와인을 칭찬했지만 그녀의 귀에는 아무 말도 들리지 않았다. 안빈엄마는 주이엄마 앞에 놓인 와인 병을 들고 와서 잔에 가득 따랐다. 그리고 핸드폰으로 '갈매기의 꿈'을 검색했다. 한 글자라도 틀렸기를 바랐지만,

세민이 말한 대로 조나단의 풀네임은 조나단 리빙스턴 시걸이었다.

안빈엄마는 와인을 들이붓듯 마셔버렸다. 취기가 올랐다. 그녀는 잔을 소리 나게 내려놓고 모니터를 쳐다보았다. 2층 곳곳엔 1층 파티룸을 비추는 모니터들이 달려 있었는데 카메라 성능이 좋아서 아이들 얼굴까지 분간할 수 있었다. 다른 아이들은 노느라 정신이 없는데 안빈 혼자 접시에 얼굴을 박고 먹어대고 있었고 주이와 몇몇 아이들이 안빈 옆자리에 둔 토끼장 앞에 모여 있었다. 주이의 부탁으로 안빈이 데리고 온 토끼였다.

"의상은 어떻게 하는 거예요? 맞춰야 하나?"

"에이, 옷까지 만들어 입히는 건 너무 과하다."

"그래. 가면이 있으니까 옷은 대충 입히면 될 것 같아. 거위는 흰 옷, 돼지는 분홍, 이런 식으로. 그건 뭐, 엄마들이 자기 애 역할 고려해서 알아서 입히는 걸로 하지."

"어, 연극연습 시작했나봐요."

누군가의 말에 엄마들이 일제히 모니터를 향해 고개를 치켜들었다. 아이들이 홀 중앙에 마련된 무대에 모여 있었다.

"식사들 대충 마쳤으면 우리도 내려가볼까요?"

엄마들이 우르르 1층으로 내려갔다. 박혜정은 이번에도 맨 마지막에 내려왔다. 세민이 엄마들을 돌아보더니 목소리를 키웠다. 엄마들을 의식하는 게 역력했다.

"주이야. 더 걱정된다는 말투로 해야 해. 우린 가면을 쓸 거라 표정으로 보여줄 수가 없잖아. 그러니 목소리랑 몸짓으로 다해야 한다구. 알았지?"

몰　리　　반란 이후에도 설탕이 있을까요?

스노볼　　(단호하게) 아뇨!

몰　리　　그때 가서도 내가 갈기에 댕기를 매고 다닐 수 있을까요?

스노볼　　동무가 그토록 좋아하는 댕기는 바로 노예의 표시야. 댕기보다 자유가 값지단걸 모른단 말이오?

"훨씬 낫다. 성주 연기도 정말 좋고. 역시 우리 연극이 살려면 많이 과장되게 하는 게 맞아."

세민에게 칭찬을 받자 성주가 씩 웃었다.

"성주라고 하지 말고 스노볼이라고 해. 연극 끝날 때까지 진짜 이름 대신 연극에서의 이름으로 부르는 게 어때?"

안빈은 아이들이 아닌 엄마들을 쳐다보며 말했다. 엄마들이 다들 고개를 끄덕이자 안빈의 얼굴에 당장 안도의 빛이 어렸다.

"좋아, 나폴레옹. 정말 좋은 생각이야." 세민이 말했다. "그럼 다음 장면으로 가자. 돼지들이랑 암소들이랑 음, 암탉들 나와 봐. 아, 나폴레옹도."

엄마들은 병풍처럼 뒤에 둘러서서 아이들의 모습을 흥미롭게 바라보았다. 안빈엄마만이 뒤에 서서 팔짱을 낀 채 얼굴을 찌푸리고 있었다.

암 소 1   젖이 아파 죽겠어.

암 소 2   젖 짠 지 꼬박 하루가 지났어. 젖통이 터질 것
          같아.

돼 지 1   (돼지 2를 쳐다보며) 양동이 좀 갖고 와봐!

돼지 2가 양동이를 들고 등장한다. 돼지 1, 2는 함께 젖을 짠다.

암 소 1   와, 살겠다!

암 소 2   나도!

암 탉 1   근데 저 우유는 다 어떡할 거지?

나폴레옹   우유 걱정은 말아요. 건초 수확이 더 중요합니다.
          스노볼 동무를 따라 가시오. 난 좀 이따 뒤따라가
          겠소. 자, 동무들, 앞으로!

　세민이 손뼉을 쳐서 연극을 멈추게 했다. "나폴레옹. 좀 더
감정을 넣어서 해야 해. 지금은 그냥 책 읽는 것 같잖아."
　쑥스러운 듯 웃기만 하던 안빈의 얼굴에서 웃음이 싹 가셨
다. 안빈이 세민을 쏘아보았다.
　"너 원래 연기 잘하잖아. 알비노 죽는 흉내낼 때처럼, 그렇게
실감나게 해보라구."
　허공에서 세민과 안빈의 시선이 날카롭게 부딪쳤다.
　"자, 어서 시작해, 나폴레옹." 세민이 말했다.
　"우유 걱정은 말아요." 안빈이 대사를 시작했다. 아까보다도

147

더 감정이 실리지 않았다. "건초 수확이 더 중요합니다."

세민이 또 손뼉을 쳐서 대사를 중단시켰다. "됐어. 집 가서 거울 보고 제대로 연습해서 와."

안빈의 얼굴이 딱딱하게 굳었다.

"이제 나폴레옹이 동무들 앞으로! 하고 나면 동물들이 다 같이 노래를 부르며 퇴장할 거야. 책에 보면 잉글랜드의 짐승들이여, 뭐 이렇게 시작하는 노랜데 이게 어떤 노래인지 모르니까 그냥 딴 노래로 하려고. 인터넷으로 찾아보니 〈임을 위한 행진곡〉이란 노래가 있더라. 대본들 펴서 봐봐. 거기 적어놓은 게 그 가사거든. 한번 들어봐."

세민이 핸드폰으로 〈임을 위한 행진곡〉을 틀었다. 노래가 끝나기도 전에 안빈이 자리에서 벌떡 일어났다.

"이건 아니다. 나도 조지오웰의 《동물농장》 두 번이나 읽었는데 거기 나오는 노래랑 이건 너무 느낌이 틀려."

"어디가?"

"원래 노래는 독재자 인간이 쫓겨나고 재갈이나 회초리도 없어진다는…… 그러니까 동물들 입장에서 부르는 노래잖아. 근데 이 노래는 그거랑 완전히 틀리잖아."

일리 있는 말이라는 듯 엄마들이 고개를 주억거렸다. 안빈엄마의 얼굴에 비로소 미소가 떠올랐다.

"서안빈. 그럴 땐 틀리다가 아니라 다르다고 해야지. 거기서 틀리다는 말은 정말 틀린 거거든."

"너도 지금 틀리다고 했잖아." 벌겋게 달아오른 얼굴로 안빈이 응수했다.

"단순한 실수인 줄 알았더니, 너 정말 두 단어의 차이를 모르는구나? 틀린 건 맞지 않는다는 거고 다른 건 같지 않다는 거야. 이제 좀 알겠냐, 서안빈?"

세민이 입술을 이죽거리며 안빈을 쳐다보았다. 안빈의 얼굴이 다시 창백해졌다. 안빈엄마는 주먹을 꽉 쥐고 박혜정을 노려보았다. 그녀는 또 창가에 서서 바깥을 내다보고 있었다.

"재수 없는 새끼!" 안빈이 씹어뱉듯 말했다.

"욕을 하려면 상황에 맞게끔 해. 난 재수 있는 새끼야. 네가 해준 말이잖아. 난 재수 있는 놈이라며?"

"내가 언제?"

"접때 네가 내 가방에 넣어놓은 쪽지. 이거, 기억 안 나?" 세민이 주머니에서 딱지만하게 접힌 종이를 꺼냈다. "알비노를 죽여서 그 몸의 일부를 갖고 있으면 부자도 되고 병도 낫는다며? 그래서 탄자니아 같은 나라에선 알비노들이 막 사냥을 당한다며? 알비노가 재수가 없으면 설마 이러겠냐?"

씩씩대기만 할 뿐 안빈은 아무 말도 하지 않았다. 세민이 옆에 있는 아이에게 쪽지를 넘겼다. 아이들이 쪽지를 돌려가며 보았다. 주이가 "정말 네가 이런 거야?" 하고 물었지만 안빈은 대답하지 않았다.

"근데 서안빈. 나도 이렇게 사냥당해서 죽었으면 좋겠다는 네 마음은 알겠는데, 공부로 날 이길 생각을 해야지 이건 너무 치사하지 않냐? 최소한 쪽팔린 짓은 하지 말아야지."

안빈엄마가 나섰다. "야! 우리 안빈이가 했다는 증거 있어? 어린 게 어디서 못된 것만 배워처먹어서……."

세민의 입가에 삐딱한 미소가 걸렸다. "그러네요. 서안빈이 하도 알비노에 대해서 아는 게 많아서…… 박사학위 줘도 될 만큼 아는 게 많아서…… 근데 그 정도로는 증거론 좀 약하겠네요."

"이게 정말!" 안빈엄마가 주먹을 치켜들었다.

"서안빈, 미안하다. 내가 경솔했어."

세민이 안빈에게 손을 내밀었다. 안빈이 세민의 손바닥을 세게 쳤다.

"사과를 안 받아주니 난 가서 사과나 먹어야겠다. 얘들아, 십 분만 쉬고 하자."

아이들이 우르르 토끼장으로 몰려들었다. 세민은 진열대로 가서 사과를 접시에 담았다. 십 분 뒤에 다시 연습이 시작되었다.

나폴레옹 자, 우유를 갖고 와!

암 탉 1 (창문 뒤에서 이 장면을 보고) 어머, 돼지들이 우리 우유를 다 먹네.

암 탉 2 사과도 다 돼지들이 먹네.

동물들, 우르르 창에 달라붙어 서서 돼지들의 식사 장면을 본다.

스노볼 동무들, 사실 우리 돼지들은 우유와 사과를 싫어

해요. (맛있게 먹던 나폴레옹, 갑자기 먹기 싫다는 듯 한

숨을 내쉬며 사과를 먹는다) 그런데도 우리가 이걸

먹는 건 다 동무들을 위해서요. 우리 돼지들은 머

리 쓰는 일을 하고 있어요.

몰　리　　나도 머리 쓰는 일을 하잖아요.

스노볼　　머리를 쓴다는 건 뇌를 쓴단 얘기요. 몰리 당신처

럼 댕기 묶느라 쓰는 머리 말고.

몰리는 토라지고 동물들, 다 함께 웃는다.

스노볼　　아시겠어요? 돼지들이 우유와 사과를 먹는 건 다

여러분을 위해서라는 걸요.

동물들, 고개를 끄덕인다.

"스노볼. 동물들을 위해서, 이 부분은 더 세게 했으면 좋겠

어."

"알았어."

"그리고 서안빈. 아니, 나폴레옹. 스노볼이 돼지들은 우유랑

사과를 싫어한다고 말할 때 넌 정말 억지로 먹는 것처럼 해야

해. 다 웃을 수 있게. 여기가 웃음 포인트라구. 아, 그리고 몰리

연기는 최고!"

주이가 쑥스러운지 혀를 쏙 내밀었다. 주이엄마가 불쑥 끼어

들었다.

"연극연습 한참 더 남았니?"

세민은 왜요? 하는 물음이 담긴 눈으로 주이엄마를 쳐다보았다.

"곧 마술쇼 할 거거든. 두 시에 시작할 거래."

"그럼 오늘은 여기까지 할게요." 세민은 주이엄마에게서 아이들에게로 시선을 옮겼다. "오늘 한 데까지가 딱 반이고 이 뒤로는 동물들이 본격적으로 돼지들에게 착취를 당하는 얘기가 나와. 대사 완전히 외워서 월요일 학급회의 시간에 맞춰보자. 그땐 대본 보고 읽는 사람 있으면 안 돼."

아이들이 또 우르르 토끼장 앞으로 몰려갔다. 엄마들은 둘씩 셋씩 짝을 지어 이야기를 나누었다. 혼자 있는 사람은 박혜정과 안빈엄마뿐이었다. 안빈엄마는 불편한 심기가 드러난 얼굴로 뭔가를 곰곰이 생각하다가 채영엄마에게 가서 대본을 달라고 했다. 그녀는 채영엄마가 꺼낸 대본을 낚아채듯 들고 소파로 갔다. 얼마 전에 대본을 읽었을 땐 분명 나폴레옹은 진중하고 무게감 있는 지도자였다. 그런데 나폴레옹이 웃음 포인트라니. 대본이 바뀐 게 분명했다.

"어쩌지? 마술사가 여기 오던 길에 빗길에 차 사고가 났대. 수습하고 오려면 시간이 좀 걸릴 거라는데…… 연극연습 더 하면서 기다릴까?"

주이엄마가 빠른 걸음으로 아이들에게 다가가며 말했다. 아이들이 당장 실망의 표정을 내보였다.

"오긴 올 거래?" 주이가 물었다.

"그런다고 하긴 했는데…… 그거야 뭐, 와야 오는 거니까."

주이엄마의 얼굴이 낭패감으로 일그러졌다. 무대 계단에 쪼그리고 앉아 대본에 뭔가를 적고 있던 세민이 자리에서 일어났다.

"연극연습은 됐고요…… 얘들아, 마술사 대신 내가 마술 보여줄까?"

아이들을 둘러보며 세민이 말했다. 아이들은 반신반의하는 얼굴로 세민을 쳐다보았다.

"네가 마술을 할 줄 안다고?" 안빈이 물었다. 묻는다기보다는 숫제 시비를 거는 말투였다.

"아프리카에선 마술사들이 알비노 머리카락이나 눈알을 탐낸다며? 그걸 갖고 있으면 대단한 마술을 부릴 수 있게 된다고. 그렇다면 그 눈알이랑 머리카락을 다 갖고 있는 내가 하는 거면, 그게 뭐든 다 엄청난 마술이 되지 않겠냐?" 세민이 말했다.

"됐고. 무슨 마술을 부릴 건데?"

안빈이 물었다. 턱을 문지르며 주위를 한 바퀴 둘러보던 세민의 눈길이 토끼장에 머물렀다.

"저거!" 세민이 집게손가락으로 토끼장을 가리켰다. "내가 토끼를 다른 것으로 바꿔볼게."

세민의 말에 당장 아이들의 눈이 휘둥그레졌다.

"되는 소릴 해라." 안빈이 킬킬거렸다.

"할 수 있다니까."

153

세민이 말했다. 그 말이 끝나자마자 안빈이 정색하고 고개를 흔들었다. "안 돼."

"안 믿으면서 뭐가 겁나는데? 내 마술이 진짜 통할까봐 걱정되는 거지?"

아이들이 다 기대에 찬 눈으로 안빈을 쳐다보았다. 안빈은 할 수 없다는 듯 어깨를 으쓱하더니 토끼장을 들고 와서 무대에 있는 탁자 위에 올려놓았다. 엄마들도 무대 주위로 몰려들었다. 안빈엄마도 대본을 손에 든 채 무대로 왔다. 세민이 식탁보를 하나 걷어서 토끼장 위에 씌우더니 크게 원을 그리며 무대를 돌기 시작했다. 시선은 토끼장에 고정시킨 채였다. 아이들뿐만 아니라 엄마들의 얼굴에도 긴장의 빛이 어렸다. 천천히 무대를 한 바퀴 돌고 나서 세민은 토끼장을 향해 손을 뻗었다. 그리고 식탁보를 걷으려다가 고개를 흔들고는 다시 한 바퀴를 돌았다. 시선은 여전히 토끼장에 둔 채였다.

다들 숨을 죽이고 세민을 응시했다. 세 바퀴를 돌고 나서 세민은 토끼장에 다가가 얼굴을 바짝 들이대고 무슨 말인가를 속삭였다. 그리고 두 바퀴를 더 돌더니 만족스러운 표정으로 고개를 끄덕이며 단숨에 식탁보를 걷었다. 모두들 숨도 못 쉬고 무대를 지켜보았다. 안빈이 무대로 뛰어나가 토끼장에서 토끼를 꺼냈다.

"뭐야!"

아이고 어른이고 할 것 없이 똑같이 소리를 내질렀다. 토끼는 그대로 토끼였다. 달라진 데는 없었다. 긴장해서 터질 것 같은 얼굴로 토끼를 살피던 안빈이 비로소 후욱, 길게 안도의 숨을 내쉬었다.

"그대로잖아. 사기꾼 같은 새끼." 토끼를 끌어안으며 안빈이 세민을 노려보았다.

"아냐, 바뀌었어." 세민이 말했다.

"되는 소릴 해라, 좀." 분하다는 듯 안빈이 한쪽 발을 굴렀다.

"이름이 토빈이라고 했나? 네가 아는 토빈이가 아니란 걸 곧 알게 될 거야." 세민이 말했다. 대수롭지 않다는 듯 시큰둥한 말투였다.

"말도 안 돼." 안빈이 또 한 번 발을 굴렀다.

"말이 되는지 안 되는지는 봐야 알지."

세민이 안빈에게 다가가 품에 안긴 토끼를 쳐다보며 피식 웃었다. 그리고 주머니에서 핸드폰을 꺼내 어딘가로 전화를 걸었다. 창가에 있던 박혜정이 핸드폰을 귀에 대며 뒤돌아섰다. 세민이 전화를 끊고는 엄마를 향해 이리 오라고 손짓을 했다.

"불러주셔서 고맙습니다. 근데 제가 약속이 있어서 이만 가 봐야 해서요." 세민이 주이엄마에게 인사했다.

"얘, 고맙습니다가 아니라 감사하다고 해야지, 어른한텐. 똑똑한 애가 어떻게 그걸 몰라?" 안빈엄마가 끼어들었다. 대본을 보느라 세민을 쳐다보지도 않은 채였다.

"고맙다는 우리말이고 감사는 한자일 뿐 똑같은 뜻이에요. 무조건 한자말을 높이 보는 걸 언어사대주의라고 하는 거, 설마 모르시는 건 아니죠?"

세민이 말했다. 안빈엄마가 대본을 탁, 덮으며 세민을 향해 고개를 돌렸다.

"야! 꼴값 떨지 말고 맞춤법이나 제대로 써!"

그녀가 목소리를 홱 높였다. 박혜정과 세민이 손을 잡은 채 밖으로 나갔다. 안빈엄마가 급하게 그들을 따라 엘리베이터 앞으로 왔다.

"이거 바뀐 거 맞지?" 안빈엄마가 세민의 눈앞에다 대고 대본을 흔들어댔다. "이거 봐봐. 이런 부분은 그저께 볼 때만 해도 분명히 없었어." 그녀가 대본을 펼치고 손가락으로 지문을 가리켰다.

나폴레옹, 술 마시고 일어나 우스꽝스럽게 춤을 춘다. 엉덩이를 들썩일 때마다 방귀가 나온다.

세민이 뭐가 문제냐고 묻는 눈으로 안빈엄마를 쳐다보며 엘리베이터 단추를 눌렀다.

"나폴레옹은 원래 웃긴 인물이 아니잖아. 근데 뭐, 웃음 포인트? 어떻게 나폴레옹이 웃음 포인트가 될 수 있어?"

세민이 대답했다. "네, 좀 바꿨어요. 먼저 쓴 게 너무 무겁기만 한 것 같아서 웃을 수 있는 부분을 좀 넣었어요. 선생님도 보시고 훨씬 좋다고 하셨어요."

박혜정은 고개를 숙이고 발부리를 내려다보았다.

"우리 안빈이 엿 먹이려고 이러는 거, 내가 모를 줄 알아? 어린 게 못돼 처먹어서!" 안빈엄마가 등을 꼿꼿이 펴고 세민을 노려보았다.

"나폴레옹이 웃기면 안 되는 특별한 이유라도 있나요? 왜 이러시는지 이해가 안 되네요."

세민이 빈정대듯 웃으며 안빈엄마를 쳐다보았다. 그녀는 두 주먹을 쥐고 부르르 떨다가 소리쳤다. "더럽게 태어난 게 어디서 잘난 척이야, 잘난 척."

엘리베이터가 왔다. 박혜정과 세민이 엘리베이터에 올라탔다. 짝다리를 짚은 채로 세민이 턱을 가슴 쪽으로 잡아당기며 킬킬거렸다. 안빈엄마는 여기서 멈춰야 한다는 걸 알았다. 말을 마저 뱉어내고 싶은 충동과 싸우느라 그녀는 손바닥 깊숙이 손톱을 박아넣었다. 그러나 결국 충동이 이겼다. 그녀는 엘리베이터 문이 닫히지 않도록 열림 버튼을 누른 채 소리쳤다.

"넌 아빠가 니 외할아버지인 거는 알고 이렇게 나대는 거니, 나대길?"

박혜정의 얼굴에서 핏기가 가셨다. 당혹스러움에 크게 벌어진 눈으로 그녀가 안빈엄마를 쳐다보았다. 안빈엄마는 저도 모르게 입을 틀어막았다. 서랍장에 쌓여 있던 그 공책들은 일기장이 맞았다. 그녀의 표정에서 안빈엄마는 그 사실을 확신할 수 있었다. 박혜정의 눈동자에서 당혹스러움이 걷히더니 분노가 그 자리를 메워나갔다. 안빈엄마는 열림 버튼에서 손을 뗐다.

*

　세민은 지하주차장으로 갔다. 작고 짧게 경적이 울렸다. 세민은 소리 나는 쪽을 향해 천천히 걸음을 옮겼다. 오래된 외국 영화에서 본 것 같은 낡은 벤츠가 빗물을 흘리며 서 있었다.

　운전석에 앉은 사람은 에스더였다. 세민은 얼른 차에 오르지 못했다. 엄마가 잠든 걸 확인하고 나왔지만 불안했다. 아니, 꼭 엄마 때문만은 아니었다. 일단 차에 오르고 나면 다시는 지금의 자신으로 되돌아오지 못할 것 같은 불안감이 아까부터 세민을 망설이게 했다. 하지만, 세민은 생각했다, 다른 사람이 된다면 문제될 게 뭐지? 세민은 작게 고개를 흔들었다. 나쁠 것은 없다. 늘 내가 아닌 다른 사람이 되고 싶었으니까.

　"안전띠."

　세민이 차에 오르자마자 에스더는 인사도 없이 그렇게 말했다. 그녀의 목소리가 차가웠다. 세민이 안전띠를 매길 기다렸다가 그녀가 차를 출발시켰다.

　지하주차장을 빠져나오자 거센 빗줄기가 북치는 소리를 내며 차체를 두드려댔다. 세민은 에스더를 돌아보았다. 하지만 그녀는 말없이 정면만 주시할 뿐 세민을 쳐다보지 않았다. 그녀의 표정에 깃든 결연함 같은 게 세민을 긴장시켰다. 세민은 팔을 뻗어 그녀의 팔뚝에 손가락을 갖다댔다. 그녀도 긴장하고 있었다. 시력이 급격히 나빠지면서 손의 감각이 가파른 속도로 예민해지고 있었다. 세민은 팔을 거두었다. 신호대기에 걸려 그녀가 횡단보도 앞에 차를 세웠다. 세민은 차에서 내리고 싶었다. 집으로 돌아갈 수 있는 기회는 지금이 마지막이다. 세민은 주먹을 꽉 쥐었다. 아니다. 나는 지금 요한이 보낸 사람들에게 가는 것이다. 나를 지키기 위해 요한이 이들을 보냈다.

요한을 떠올리자 가슴이 깨질 것 같았다. 요한이 보고 싶었다. 요한의 등에 업히고 싶었다. 그의 등에 업힐 때 세민은 입술만 움직여 아빠라고 발음해보았다. 세민은 아빠에 대해 아무것도 알지 못했다. 이따금 아빠에 대해 물어볼 때마다 엄마는 코드를 뽑아 자기 자신을 꺼버렸다. 다른 식으로 표현하고 싶지만 꺼버렸다는 말 외엔 다른 말을 찾을 수가 없었다. 오늘도 그랬다. 파티에서 돌아오자마자 엄마는 술을 마셨다. 세민은 술잔을 드는 엄마의 손목을 꽉 쥐고 안빈엄마의 말이 사실이냐고 물었다. 엄마는 딱딱한 눈길로 세민을 쳐다보며 말도 안 되는 소리라고 했다. 하지만 세민은 말도 안 되는 소리가 아니란 걸 이미 엄마의 표정에서 다 읽었다. 엄마는 술을 마시고 바로 엄마를 꺼버렸다. 엄마가 엄마를 꺼버릴 땐, 그게 어느 순간이든, 얼른 사라져줘야 했다. 말도 시키지 말고 엄마가 있는 공간에서 나와야 했다.

"왜 우니?"

에스더가 물었다. 세민은 손으로 얼굴을 더듬었다. 울고 있는 줄도 모른 채 운 모양이었다. 다른 사람 앞에서 울다니. 세민은 어릴 때부터 동화책이나 그림책 대신 엄마의 책장에 꽂힌

책을 읽었다. 엄마의 책에서 그런 표현을 읽은 적이 있었다. 눈물은 오줌 같은 배설물일 뿐이라고. 그래서 남들 앞에서 우는 건 다른 사람이 보는 데서 엉덩이를 까고 오줌을 누는 것과 다를 게 없다고. 그렇게 완성된 문장의 형태는 아니었지만, 그건 책에서 보기 전에 이미 세민의 마음속에 있던 생각이었다. 세민은, 자신이 기억하는 한, 엄마를 제외하면 남들 앞에서 눈물을 보인 적이 없었다. 요한 앞에서도 마찬가지였다. 민망한 마음에 세민은 쌀쌀맞은 목소리로 말했다. "맞춰보세요."

에스더는 아무 말도 하지 않았다. 아예 세민의 말을 듣지 못한 것 같았다. 세민은 양 손끝을 모으고 눈을 감았다. 아무래도 자는 게 좋을 것 같았다. 마음속으로 지하계단을 그렸다. 끝을 알 수 없이 깊은 계단. 세민은 숫자를 세며 천천히 한 계단씩 내려갔다. 열, 열하나, 열둘…… 외할아버지가 아빠라면? …… 스물다섯, 스물여섯…… 요한은 이제 어떻게 되는 거지? …… 마흔둘, 마흔셋, 마흔넷, 마흔다섯…… 더러운 피…… 마흔여섯, 마흔일곱…… 엄마는 아직 자고 있을까…… 일흔셋, 일흔넷, 일흔다섯, 일흔여섯…… 엄마, 도대체 무슨 짓을 하고 다닌 거야?

차가 멈춰 섰다. 목적지에 이른 모양이었다. 에스더가 시동을 껐다. 세민은 안전띠를 풀고 밖을 내다보았다. 저만치 앞에 연립주택이 서 있었다. 비바람 속에서 낡은 건물은 더없이 을씨년스러워 보였다.

에스더가 우산을 펴들고 조수석 쪽으로 와서 차문을 열었다. 우산을 썼지만 사선으로 그어대는 빗줄기에 잠깐 걸었을 뿐인데도 몸통이 다 젖었다. 그녀가 앞장서고 세민이 그 뒤를 따랐다. 꼭대기 층까지 오른 뒤에 그녀는 걸음을 멈췄다. 그녀가 현관문을 열더니 세민에게 먼저 들어가라는 듯 한쪽으로 비켜섰다. 세민은 안으로 들어갔다. 등 뒤에서 문이 닫혔다. 막상 문 닫히는 소리를 들으니 두려움이 가셨다. 될 대로 되라는 배짱 같은 게 생겼다. 그녀가 세민을 현관방으로 데리고 가더니 흰 옷을 주었다. 자루같이 생긴 흰 원피스였다. 세민이 옷을 갈아입는 동안 그녀도 옆방에서 똑같은 옷으로 갈아입고 왔다.

현관방을 나와 주방을 거치자 넓은 회당이 나왔다. 에스더가 세민을 안쪽 맨 끝자리로 안내했다. 기도를 하는 건지, 열 명 남짓 되는 사람들이 모두 흰 옷을 입고 납작하게 몸을 숙이고 있었다. 세민은 방석 위에 앉았다. 실내는 조용하고 어두웠다. 바닥에 일렬로 늘어선 채 일렁이는 촛불을 제외하면 아무런 조명도 없었다.

"다 끝났습니다. 이제 불을 건넙시다. 가슴을 찢는 참회의 심정으로 불을 넘는 순간 여호와 하느님께서 우리의 죄를 활활 불태워주실 것을 믿습니다. 믿으시면 아멘, 합시다. 아멘!"

인도자는 노랑이었다. 노랑도 세민과 똑같은 흰 원피스를 입고 있었다. 노랑이 선창하자 모두가 아멘, 하고 복창했다. 노랑이 성경구절을 암송하며 맨 먼저 촛불을 건넸다.

"형제들아. 때와 시기에 관하여는 너희에게 쓸 것이 없음은 주의 날이 도적같이 이를 줄을 너희 자신이 자세히 앎이라. 저희가 평안하다 안전하다 할 그때에 잉태한 여자에게 해산의 고통이 이름과 같이 멸망이 홀연히 저희에게 이르리니 결단코 피하지 못하리라."

성경구절을 암송하는 동안 노랑의 목소리는 진성과 가성을 계속 오갔다. 불을 건넌 뒤에 노랑은 사람들의 바깥쪽으로 크게 원을 그리며 돌았다. 세민은 눈으로 노랑을 좇았다. 어디선가 물방울 떨어지는 소리가 났다. 실내 곳곳에 놓인 양동이들이 천장에서 떨어지는 물방울을 받아내고 있었다. 세민은 눈을 감았다. 양동이에 똑똑똑 물 떨어지는 소리와 어둠. 편안했다. 몸이 한껏 이완되는 게 느껴졌다. 마치 자신의 생명이 막 시작된 기원(起源)의 시간으로 돌아간 것 같았다.

"그리스도 안에서 죽은 자들이 먼저 일어나고, 그 후에 우리 살아남은 자들로 그들과 함께 구름 속으로 끌어올려 공중에서 주를 영접하게 하시리니."

세민의 집에 왔었던 남자 노인이 촛불을 건너자 맨 앞에 앉은 사람이 일어나 다리를 절뚝이며 힘겹게 촛불을 건넜다.

"그러나 주의 날이 도적같이 오리니 그날에는 하늘이 큰 소리로 떠나가고 체질이 뜨거운 불에 풀어지고 땅과 그 중에 있는 모든 일이 드러나리로다."

사람들이 불을 건널 때마다 노랑이 무슨 말인가를 읊어댔다. 에스더도 불을 건넜다. 이제 남은 건 세민뿐이었다. 에스더가 세민의 어깨를 가볍게 쳤다. 세민은 일어나서 불 위를 건넜다.

불 위로 한쪽 다리를 드는 순간 몸이 뜨거워지며 온몸에 전율이 일었다.

노랑이 간장종지 같은 것으로 촛불을 하나씩 덮어서 껐다. 촛불이 꺼질 때마다 점점 짙어지다가 드디어 완벽한 어둠. 곧 누군가 일어나 암막커튼을 걷었다. 어둠이 가셨다. 노랑이 세민에게 다가와 손을 잡더니 자리에서 일으켜세웠다.

"보십시오. 여기 우리를 천국으로 이끌어줄 성별자가 있습니다."

사람들이 세민을 중심으로 부채꼴로 늘어서서 공손하게 엎드려 절했다. 세민이 올 거라는 걸 미리 알고 있었는지 어떤 동요도 없이 조용히 움직였다. 세민은 당황해서 어쩔 줄 몰랐다. 열 명가량의 사람들이 절을 하고 일어나자 노랑도 세민에게 절하더니 무릎을 꿇고 앉았다. 세민도 노랑의 맞은편에 무릎을 꿇고 앉았다.

"나는 오래전에 하느님을 뵈었다. 하느님께선 친히 나에게 이 세상이 멸망하는 날을 보여주셨어. 나는 그분의 목소리도 직접 들었지. 그래서 내가 성별자인 줄 알았지만 아니었어."

노랑이 길게 탄식을 내뱉었다. 세민은 노랑을 뚫어져라 쳐다보았다. 그녀에게서 엄마의 얼굴이 보였다. 세상에서 멀찌감치 떨어져 서 있는 사람 특유의 허허로운 표정이었다.

"하느님께선 내 나이 마흔다섯에 마른 태를 열어 아이를 주셨어. 그 아이가 바로 요한이다. 요한은 어릴 때부터 아주 특별했어. 누가 강요한 것도 아니건만 요한은 아주 어려서부터 스스로 나실인*으로 살았지."

나실인? 그게 뭐냐고 묻고 싶었지만 세민은 가슴이 울렁거려 입을 열 수가 없었다.

"요한도 기도 중에 세상 마지막 날을 보았고 언제 그날이 올지도 알았지. 친히 하느님의 음성을 들었으니까. 많은 무리가 요한을 따랐어. 우리는 요한이 이끄는 처소로 가서 하늘문이 열리고 들어올림 받기를 소망하며 누워 있었다. 하지만 요한이 말했던 그날에서 보름이 지나도록 휴거는 일어나지 않았어. 두 번 더 같은 일이 반복되었어. 그때 요한은 알았어. 자신은 성별자가 아니라 세례요한 같은 사람이란 걸. 요한은 세례요한이자 요한계시록의 봉인을 풀 유일자이기도 하지. 아, 세례요한을 모르겠구나. 세례요한은 사람들이 주를 영접할 수 있도록 회개하라고 외치며 주의 길을 미리 예비한 사람이야."

노랑의 목소리가 높고 날카로운 가성에서 갑자기 진성으로 바뀌었다. 세례요한을 거론하면서부터였다. 노랑의 얼굴에 옅은 미소가 번졌다.

"요한은 성별자를 찾아 이십 년을 헤맸어. 그 이십 년은 참으로 피가 마르는 것 같은 시간이었다. 그러다가 결국 널 만난 거야. 너를 보는 순간 그토록 찾아 헤매던 성별자가 너란 걸 바로 알아보았지."

* 일평생 혹은 특별한 헌신을 위해 한시적으로 세상과 단절하고 스스로를 구별하여 신께 자신을 봉헌한 사람.

노랑은 말을 멈추었고 미소는 사라졌다. 세민은 빠르게 눈을 깜빡였다. 노랑의 말을 한마디도 이해할 수가 없었다.

사람들이 일어나 주방으로 들어갔다. 마지막으로 남자 노인이 들어가며 문을 닫았다. 회당에 남은 건 이제 노랑과 에스더, 그리고 세민뿐이었다.

"이건 네가 선택할 수 있는 문제가 아니야. 예수께서도 십자가에 매달리기 전에 이 잔을 피하고 싶다고 기도하셨어. 하지만 결국은 내 뜻대로 마시고 아버지의 뜻대로 하시라고 기도했지."

세민은 눈을 감고 자신의 숨소리를 들었다. 숨소리가 꼭 감자칩 봉투를 구기는 소리 같았다.

"어린 너에게 가혹하게 들리겠지만 이게 네 소명이라면 넌 받아들일 수밖에 없어. 거부하면 네가 사랑하는 누군가가 다친다. 내가 겪었기 때문에 알아. 내 소명을 받아들이지 않고 버티다가 난 내 아들을 잃었어, 그것도 가장 끔찍한 방법으로."

노랑이 숨을 크게 내쉰 뒤에 말을 이었다.

"하느님께선 그렇게 아프고 아프게 해서라도 결국 소명을 받아들일 수밖에 없도록 만드시지. 하느님은 사랑의 하느님이면서 질투의 하느님이고 진노하는 하느님이시거든."

다시 노랑의 얼굴에 옅은 미소가 떠올랐다. 생각할 시간을 주겠다는 듯 노랑이 자리에서 일어나 창가로 갔다. 세민은 주먹을 쥐고 머리를 흔들었다. 그리고 노랑의 말들을 머릿속에서 빠르게 정리해보았다.

"제가 그 성별자라고 쳐요. 그리고 그 소명인지 뭔지도 받아들였다고 쳐요. 그럼 제가 뭘 해야 하는데요?"

노랑은 아무 말도 듣지 못한 사람처럼 말없이 창가에 서 있었다.

"너, 유월절을 아니?"

노랑이 뒤돌아서서 세민을 쳐다보았다. 세민은 대답 대신 머리를 흔들었다.

"요한이 너에게 유월절에 대해 말해주지 않은 모양이구나."

"……."

"오래전에 이스라엘 백성이 애굽 땅에서 종노릇 할 때 하느님께선 당신 백성을 구원하기 위해 모세를 보내셨어. 하지만 애굽 왕은 이스라엘 백성을 순순히 보내주지 않았지. 그러자 하느님께선 애굽 땅에 처음 난 것들을 몽땅 죽이셨어. 그러나 양의 피를 문설주에 바른 집은 그 재앙을 면할 수 있었지. 그게 유월절이야. 같은 일이 곧 이 땅에 일어날 거야."

유월절을 설명하는 동안 노랑의 표정이 몇 차례나 다른 사람처럼 바뀌었다. 입을 다문 채 노랑은 한동안 말없이 천장을 올려다보았다.

"양의 피를 바른 집 안에 있는 사람은 휴거될 거고 그들이 구원받은 뒤에 불이 세상을 칠 거야. 넌 그 유월절이 언제가 될지 기도 중에 하느님의 음성을 듣게 될 거다. 그리고 양을 잡는 제사를 집전하게 될 거야. 그건 기름 부음 받은 자가 아니면 할 수 없는 일이거든, 절대로."

"……."

"성경에 보면 우리 인간의 이성으로 판단할 때 말이 안 되는 사건들이 얼마든지 많아. 그게 말이 되고 안 되고를 따지는 건 아무런 의미가 없지. 우리의 선택지는 믿고 순종하느냐, 아니면 거역하느냐, 그것밖에 없어."

세민은 입을 꽉 다물었다. 심장이 입 밖으로 튀어나올 것 같았다. 노랑이 매서운 눈빛으로 세민을 쳐다보았다. 세민으로선 이해하기 힘든 시선이었다. 세민이 이해한 게 맞다면 그건 〈동물의 세계〉에서 보았던 포식자의 시선이었다. 세민은 저도 모르게 엉덩이를 뒤로 빼며 물러앉았다. 그 순간 노랑이 운동 전에 몸을 푸는 사람처럼 목을 비틀며 목구멍 안쪽을 긁어대는 것 같은 소리를 내기 시작했다. 그러더니 갑자기 온몸이 뻣뻣해진 채로 바닥에 픽 고꾸라졌다. 에스더는 노랑을 모로 눕히고 침착하게 방석을 끌어다가 머리를 받쳐주었다. 그리고 세민에게 주방에 가서 사람을 불러오라고 했다. 세민은 주방문을 두드렸다. 남자 노인이 나왔다. 에스더가 그에게 노랑을 맡기고는 세민에게 일어나라고 했다.

세민은 현관방으로 가서 옷을 갈아입고 에스더와 함께 밖으로 나왔다. 계단을 내려갔다. 어두운 계단. 어둡고 좁은 계단. 세민이 잠들기 위해 애쓸 때마다 머릿속에 그려보는 계단과 많이 닮아 있었다. 왠지 그 밤들처럼 맨 끝에 도착했다고 생각하면 어느새 바닥이 계단으로 변해 끝도 없이 이어질 것 같았지만 얼마 내려오지 않아 현관문에 이르렀다. 우산을 쓰고 차까지 걸어갔다. 차에 올라탔지만 에스더는 얼른 시동을 걸지 않았다.

"예수께서 죽임을 당한 뒤로 휴거는 계속 있어왔어. 유럽 인구의 3분의 1을 죽게 했다는 흑사병도 실은 휴거를 위한 장치였어. 지구 곳곳에서 벌어지는 끊임없는 전쟁들 역시 그렇고."

세민은 두 팔을 늘어뜨린 채 앞유리만 쳐다보았다. 빗물이 쏟아져내리고 있어 꼭 물속에 머리를 담그고 있는 것처럼 숨이 찼다. 이제 그만 집에 가고 싶었다. 엄마는 아직도 자고 있을까.

"작년부터 본격적인 휴거의 조짐이 세계 곳곳에서 벌어지고 있어. 작년 1월 러시아의 한 마을에 원인 모를 불이 났다. 아파트 전체가 다 타버렸는데 한 집에 모여 있던 사람들만은 시체도 남아 있지 않았어. 감쪽같이 사라진 거지. 화재가 나기 직전에 집을 비웠던 이웃의 증언에 의하면 그 사람들이 모여 춤을 추고 양의 피를 집 안 곳곳에 뿌렸다는 거야. 거의 똑같은 일들이 중국에서도 미국에서도 이라크에서도 일어났지."

"불바다……."

"불바다란 건 정말 불바다를 의미할 수도 있지만 은유일 수도 있어. 언제부턴가 요한이 자꾸 기도 중에 시체를 산처럼 쌓아놓고 불태우는 장면이 보인다고 했거든. 그렇다면 불이란 건 진짜 불이 아니라 흑사병 같은 무서운 전염병일 수도 있어. 3차 세계대전일 수도 있고."

앞유리로 쏟아지는 빗물을 쳐다보는 게 힘들었다. 눈을 감고 싶었지만 어쩐 일인지 그럴 수가 없었다. 세민은 대신 손바닥으로 눈을 덮었다. 눈꺼풀 안쪽에서 붉은 얼룩이 춤추었다.

"휴거는 타락한 세상을 향한 여호와 하느님의 마지막 은총이야."

에스더가 말했다. 세민은 얼굴을 가린 손을 내렸다. 그리고 고개를 돌려 그녀를 쳐다보았다. 그녀는 말없이 정면만 응시하고 있었다. 요한도 똑같은 말을 했었다. 노아와 예수에 대해, 멸망과 휴거에 대해, 그리고 하느님의 마지막 은총에 대해. 긴 장광설 끝에 그는 말했다. 아직은 네가 어려서 내 말을 받아들이기 힘들 거란 것도 알아. 하지만 마지막 때가 임박했기 때문에 더 기다릴 수가 없어. 너는 여호와 하느님의 기름 부음 받은 자야. 그 사실을 어떻게 해야 네가 믿을 수 있을까. 어떻게 해야 네가 받아들일 수 있을까. 며칠 뒤 그가 특별한 제안을 했다. 속으로 네가 간절히 소원하는 것을 떠올려. 절대로 말은 해선 안 돼. 내가 그 소원을 정확히 알아듣고 그걸 이뤄준다면 내 말을 믿을 수 있겠지? 그는 세민의 소원을 똑바로 알아들었고 바로 이뤄주었다. 차례로 아이들 둘이 죽었을 때 세민은 그게 요한이 한 일이란 걸 알았다. 그가 잡히지 않았다면 지금쯤 서안빈도 이 세상에 없겠지. 근데 난 그 아이들이 정말 죽기까지 바랐던 걸까. 아니, 중요한 건 그게 아니라…… 요한은, 권 사범님은, 도대체 어떤 사람이지?

"나실인이 뭐예요?"

"평생 하느님께 헌신하기로 하느님과 약속한 사람이야. 그래서 머리도 안 깎고 더러운 건 만지지도 않고 생각하지도 않고 살아야 하지. 물론 술 담배 그런 것도 입에 대서는 안 되고."

"요한은 그럼 어릴 때부터 그랬다는 거예요?"

"응, 누가 시킨 것도 아닌데 그랬어."

하늘이 번쩍하더니 천둥이 쳤다. 에스더가 세민을 쳐다보았다. 따뜻한 눈빛이었다. 아까는 그렇게 쌀쌀맞더니 이제 세민이 알던 에스더로 돌아온 것 같았다. 그녀가 가만히 세민의 손을 잡았다. 그 순간 종일 뻣뻣하게 긴장해 있던 몸이 풀리며 느닷없이 울음이 터졌다. 세민은 꺽꺽대고 울기 시작했다. 다행히 울음 밑은 짧았다. 세민은 금방 울음을 그치고 휴지로 얼굴을 닦고 코를 풀었다.

"아까 나더러 뭐랬죠? 성……."

"성별자."

"난 아니에요. 왜냐하면 난 더럽게 태어난 애거든요." 울음기가 남은 탓에 목소리가 떨렸다. "근친상간 알죠? 내가 그렇게 해서 태어났대요."

말을 마치고 세민은 후욱, 길게 숨을 내쉬었다. 에스더는 말없이 세민을 쳐다보기만 하다가 차를 출발시켰다.

"성경에 나오는 인물 중에 내가 가장 좋아하는 사람이 요셉이야. 요셉 아버지가 야곱인데, 야곱은 외삼촌 딸이랑 결혼해. 그것도 큰딸 작은딸이랑 다 결혼해. 그러니까 요셉도 근친상간으로 태어난 사람이야."

에스더의 말에 세민이 작게 고개를 흔들었다. "난 그 정도가 아니에요. 내 외할아버지가 아빠래요."

딸꾹질하듯 에스더가 숨을 짧게 훅 들이켰다. 세민의 고개가 가슴 앞으로 떨어졌다. 그녀가 다시 입을 연 것은 두 번째 정지 신호에 걸려 차를 세웠을 때였다.

"성경에 나오는 소금기둥 얘기 아니, 세민이?"

"네, 들어봤어요."

"그 이야기의 주인공이 롯인데, 롯도 딸들이랑 관계를 맺어. 큰딸이 낳은 아들이 모압이야. 모압은 아버지의 소생이란 뜻이야. 그러니까 아버지가 외할아버지란 걸 드러내놓고 이름까지 지을 정도로 떳떳하게 생각한 거지."

"그럼 에스더……."

"응?"

"제가 성별자라면요, 그걸 어떻게 알 수 있어요?"

"네가 성별자라면 인간의 힘으론 할 수 없는 것을 하게 될 거야. 기적을 행할 수 있게 되는 거지. 예수님도 그러셨거든. 물 위를 걷고 물을 포도주로 변하게 하고……."

"요한도 기적을 일으켰나요?"

"요한은 아픈 사람을 고쳤어. 요한이 손을 얹고 기도하면 병이 나았지."

세민은 천천히 고개를 끄덕였다. 기적이란 낱말을 마음속에 새겨넣기 위해서였다.

"그럼 전 어떤 기적을 일으키게 되는데요?"

"그건 모르지. 확실한 건 요한보다 더 대단한 기적을 행할 수 있게 될 거야. 근데 세민아."

와이퍼가 빠르게 작동하며 유리창의 빗물을 쓸어냈다. 에스더는 세민의 이름을 불러놓기만 하고 얼른 말을 잇지 못했다.

"그 전에 넌 핍박을 받게 될 거야. 하느님의 사람은 핍박을 받을 수밖에 없어. 핍박을 받으면 그게 곧 네가 하느님의 사람이란 뜻이니까…… 힘들어도 감사하고 즐거워해야 해. 알겠니?"

세민이 고개를 끄덕였다.

"그리고 세민아."

"……"

"죽은 아이들에 대한 죄책감 같은 건 털어버려. 죽은 자들이 먼저 되살아난 뒤에 우리와 함께 휴거될 거거든. 물론 그리스도 안에서 죽은 자들만."

"……"

"죽은 아이들…… 그 애들은 둘 다 휴거될 거야. 마지막 순간에 요한이 그 애들에게 세례를 베풀었다고 했어. 그러니 죄책감 느끼고 힘들어하고 그러지 마."

세민은 얼굴을 찌푸렸다. 그 아이들과 함께 들어가야 하는 천국이라면 썩 당기지 않았다.

"없어요, 죄책감 같은 거."

"……"

"난 걔네들 때문에 하루에도 몇 번씩 죽었어요."

"됐어, 그럼. 성별자의 탄생에는 희생이 따를 수밖에 없어. 예수님이 태어나던 밤에도 예루살렘에 있던 두 살 아래 사내아이들이 수없이 죽임을 당했거든."

어느덧 아파트 주차장이었다. 차를 세우고 세민을 돌아보는 에스더의 눈에 눈물이 글썽이고 있었다. 몇 분간 정적이 감돌았다. 그녀가 애써 미소를 지으며 입을 열었다.

"네가 얼른 기적을 행하는 날이 오면 좋겠어. 사실 우린 많이 지쳤거든. 너무 많이……."

*

집에 들어오자마자 안빈엄마는 핸드백 모서리로 안빈의 가슴을 쿡쿡 찔렀다. "그 자식이 그렇게 써놨다고 등신처럼 궁둥이를 씰룩대니? 응? 응?"

안빈이 뒷걸음질치며 손으로 가슴을 문질렀다.

"아주 동영상이라도 찍어놓고 싶더라. 너 낳고 미역국 먹은 내가 미친년이다."

그녀는 냉장고에서 찬물을 꺼내 벌컥벌컥 들이켰다. 먹은 것도 없는데 계속 갈증이 났다. 그녀는 컵을 소리 나게 식탁에 내려놓았다. 궁둥이를 흔들어대던 안빈의 모습이 눈꺼풀에 들러붙어 떨어지질 않았다.

세민이 먼저 자리를 뜬 게 기회다 싶어 연극연습을 다시 해보라고 부추긴 것이 잘못이었다. 어떻게든 연극의 주도권을 반장인 안빈이 쥐게끔 하고 싶었다. 대본을 썼다고 감독까지 자처하는 건 누가 봐도 월권행위였다. 처음 삼십 분은 좋았다. 세민이 있을 땐 마지못해 연기하던 안빈이 딴사람이라도 된 것처럼 열정적으로 나폴레옹을 연기했다. 저래야 내 아들이지. 남의 지시를, 그것도 박세민 따위의 말을 고분고분 따르면 서안빈이 아니지. 그녀는 흐뭇한 마음으로 연극연습을 지켜보았다. 문제는 아까 그녀가 세민에게 지적했던 그 대목 – 술에 취한 나폴레옹이 우스꽝스럽게 춤을 추는 장면 – 에서 발생했다. 연기 칭찬을 받고 잔뜩 고무된 안빈이 삼삼칠 박수에 맞춰 엉덩이를 현란하게 흔들어대며 입으로 뿡뿡, 방귀 소리를 내질렀다. 실내는 웃음바다가 되었다. 엄마들은 눈물까지 흘려가며 박장대소했다. 그게 단순한 웃음이 아니란 걸 모르고 지나칠 그녀가 아니었다. 안빈을 왕좌에서 끌어내리는 웃음, 아니 안빈이 이미 왕좌에서 내려와 있다는 사실을 안빈엄마에게 똑똑히 각인시켜주려는 웃음이었다. 어머, 안빈이 엉덩이 살찐 것 좀 봐. 그러게, 엉덩이 살 장난 아니네. 자지러지는 웃음소리 속에서 안빈엄마의 귀는 그 대화를 솎아냈다. 그녀의 눈에도 아들의 뒤태는 정말이지 너무도 볼품없었다. 모든 게 다 박세민 때문이었다. 세민으로 인한 스트레스를 먹는 것으로 해소하더니 불과 일 년 만에 뚱보가 되고 말았다. 예전의 그 균형 잡힌 몸매는 흔적도 남아 있지 않았다. 그녀는 부르르 몸을 떨었다. 잘생기고 공부 잘하고 예의까지 바른 안빈은 모든 엄마들의 감탄과 부러움의 대상이었다. 엄마들은 다른 아이들과 달리 안빈을 어려워했다. 그 성역이 산산이 무너져내린 거였다. 그녀는 냉수 한 잔을 더 들이키고 뒤돌아섰다. 안빈이 아직까지 거기 서서 팔짱을 끼고 엄마를 꼬나보고 있었다.

"뭐 해? 들어가서 공부 안 하고!"

안빈이 홱 몸을 돌리더니 방으로 들어가 거칠게 문을 닫았다. 그녀는 의자에 앉았다. 식탁에 올려둔 핸드폰에서 불빛이 반짝였다. 반 엄마들 단톡방에 문자가 올라오고 있었다.

– 세민 아빠가 외할아버지라니?

– 그러게. 아깐 애들 있어서 묻지도 못했네용

– 근**간?

– **은 뭐래?

– 더러워서

– ㅎㅎ

– 알비노는 근**간으로 태어나는 경우가 많단 건 알고 있었지만

– 그래?

– 진짜? 헐ㅜ

– 근데 안빈언니는 그걸 어케 알았대?

어떻게 알긴. 일기장을 봤으니 알지. 그녀는 혼잣말을 했다. 서술자가 나가 아닌 그여서 소설인가 싶기도 했지만 아까 박혜정의 눈빛에서 그녀는 그 모든 기록이 사실이란 걸 확신했다.

계속 문자와 이모티콘이 올라왔다. 그런 와중에 '박혜정님이 나갔습니다'라는 메시지가 떴다. 엄마들의 문자를 읽고는 나가기를 누르는 박혜정의 모습이 눈앞에 두고 보고 있는 것처럼

선명하게 그려졌다. 마음이 무거웠다. 그녀는 핸드폰을 내려놓고 두 손으로 얼굴을 감쌌다. 참지 못하고 그 말을 내뱉은 게 너무도 후회스러웠다. 모든 게, 정말이지 모든 게 박세민 때문이었다. 아무리 미워하지 않으려고 해도 눈앞에서 깐족거리는 박세민을 보고 있으면 꼭지가 확 돌아버렸다. 악마의 자식. 세민을 처음 봤을 때 그녀는 온몸에 소름이 돋았었다. 안녕하세요, 하고 인사하고 고개를 드는 순간 빨간 눈에서 레이저처럼 뿜어져나오던 그 사악한 기운. 박세민은 어른도 이기기 힘든 아이였다. 그러니 안빈은 오죽했을까. 작년에 안빈은 하다하다 원형탈모증까지 겪었다. 박세민에게 밀릴 때마다 어떻게 해서든 그 감정과 싸워 이기느라 머리털까지 쥐어뜯으며 견뎌냈을 아들을 생각하자 가슴이 미어졌다. 그녀는 무겁게 몸을 일으켜 아들의 방으로 갔다.

"아들?"

그녀는 한껏 나긋한 목소리를 내며 방문을 열었다. 안빈은 토끼에게 수박을 먹이며 해맑게 웃고 있었다. 방바닥에 놓인 쟁반 주위로 수박물이 흥건했다.

"우리 아들 공부 안 해? 이따 수학과외 있잖아." 그녀는 애써 부드러운 목소리로 말했다.

"어차피 난 해도 안 돼." 언제부턴가 안빈의 입에 어차피,라는 낱말이 붙어버렸다. "난 공부할 머리가 아니야. 박세민 말대로 난 공부랑 안 맞아."

안빈의 표정은 무덤덤했다. 아들의 입에서 세민의 이름이 튀어나오자마자 반사적으로 그녀의 목소리가 높은 레까지 올라갔다.

"얘가 점점! 엄마가 말했지? 그 병신새끼는 네 경쟁상대가 아니라니까. 심지어 걘 얼마 살지도 못해. 동양인이 개처럼 눈이 새빨간 경우는 정말 없어. 걘 곧 장님이 될 거고 어른도 되기 전에 죽을 거라고!"

안빈이 손가락 끝에 수박물을 찍더니 방바닥에 박세민이라고 끄적거렸다.

"걔가 여기서 태어났으니 망정이지 아프리카에서 태어났어봐. 내일 당장이라도 찢겨 죽을 수 있다니까. 마춰도 안 시키고 막 팔을 자르고, 응, 막 눈알을 파고, 응, 응, 막……"

안빈이 발을 버둥거리며 악! 하고 비명을 내질렀다.

"그만! 제발 그만해. 엄마 때문에 난 잠도 못 자. 다리 펴고 눕지도 못한다구, 엄마 때문에!"

"네가 왜? 네 얘기가 아닌데 네가 왜?"

"그만해! 그만하고 나가라고! 아아아악!"

안빈이 있는 힘껏 소리를 지르며 사지를 버둥거렸다. 그러다가 갑자기 쟁반을 집어들더니 그대로 엄마에게 던졌다. 그녀는 얼굴에 들러붙은 수박조각을 떼어내며 쟁반을 줍기 위해 허리를 숙였다. 그리고 허리를 펴는 순간 등에 묵직한 통증이 느껴져 헉, 숨을 토했다. 그녀 옆에 안빈이 집어던진 책이 떨어져 있었다.

"나가! 나가! 나가라구!"

목에 핏대가 솟도록 안빈이 악을 썼다. 그녀는 쟁반만 들고 방을 나왔다. 문을 닫는 순간 무언가가 날아와 문에 부딪쳤다. 안빈은 계속 악을 썼다. 묵직한 것이 계속 벽에 부딪치고 깨지는 소리가 났다. 그녀는 얼빠진 사람처럼 허청허청 주방으로 걸어가 마른행주로 얼굴과 팔뚝을 닦았다. 처음이었다. 안빈이 엄마에게 이런 짓을 하다니 믿을 수가 없었다. 두 손으로 식탁을 짚은 채 그녀는 멍하니 있었다. 머릿속이 텅 빈 것처럼 아무 생각도 할 수 없었다. 그렇게 얼마만큼의 시간이 흘렀다. 안빈의 방이 잠잠해졌다. 악 쓰는 소리도, 부딪치고 깨지는 소리도 더는 들리지 않았다. 그제야 몸이 벌벌 떨려왔다. 다리에서 힘이 빠져 서 있을 수도 없었다. 그녀는 식탁 옆에 주저앉았다. 그렇게 또 얼마만큼의 시간이 흘렀을까. 그녀는 기운을 차리고 아들의 방으로 갔다. 안빈이 창문을 연 채 그 앞에 서 있었다. 비바람이 안으로 들이쳐 커튼이 미친 듯이 펄럭였다.

"안빈아."

안빈이 뒤돌아섰다. 머리카락이며 얼굴이며 셔츠 앞섶이 빗물에 흥건히 젖어 있었다. 아들의 얼굴을 보는 순간 그녀는 숨을 훅, 들이켰다. 안빈의 눈동자가 번들거렸다. 광기라는 말로밖엔 달리 설명할 수 없는 기운. 머리털이 쭈뼛 섰다. 그녀는 끔찍한 예감에 사로잡혀 재빨리 방을 둘러보았다. 토끼가 보이지 않았다.

"안빈아……."

안빈이 한쪽 입꼬리를 치켜올리며 히죽 웃었다. 그녀는 뒷걸음질쳐서 아들의 방을 빠져나왔다. 엘리베이터를 타고 아래로 내려갔다. 우산도 쓰지 않은 채 화단으로 달려갔다.

그녀의 예감은 들어맞았다. 토끼가 죽어 나자빠져 있었다. 쏟아지는 빗줄기에 핏물이 씻겨나가는 걸 보면서 그녀는 속으로 침착할 것, 침착할 것, 되뇌었다. 그녀는 우선 헌옷수거함으로 가서 닥치는 대로 옷가지를 빼냈다. 그리고 토끼의 몸뚱이를 둘둘 말아 품에 안고 집으로 올라갔다. 그녀는 그것을 보조주방 싱크대에 올려놓고 아들의 방으로 갔다.

안빈은 이불을 뒤집어쓰고 침대 구석에 앉아 머리카락을 쥐어뜯고 있었다. 그녀는 아들을 끌어안았다.

"괜찮아, 아들. 네가 한 게 아니야. 다 그 박세민이란 놈이⋯⋯."

그녀는 더 힘껏 아들을 안았다. 가슴 속에서 뱅뱅 울음이 돌았다. 이대로는 안 된다. 이대로 두면 내 새끼가 죽는다. 모든 게 박세민 때문이다. 그 아이가 주는 스트레스가 얼마나 컸으면 이 착하고 순한 아이가 토끼를 내던졌을까. 더 늦기 전에, 안빈이 더 망가지기 전에 박세민을 내보내야 한다. 다시는 안빈의 눈에 띄는 일이 없도록 멀리 보내버려야 한다. 방법이 없을까. 박세민을 내보내는 동시에 안빈이 토끼의 죽음으로부터 자유로워질 수 있는 방법이. 침착해지자, 침착해지자. 침착하게 생각해보자. 퍼뜩 주이의 생일파티에서 토끼에게 마법을 걸던 세민이 떠올랐다.

"엄마 말 똑바로 들어, 서안빈. 토끼를 그렇게 만든 건 박세민이야. 아까 걔가 마술을 걸었잖아."

179

"내가…… 했어……."

"아니야, 아니야. 엄마가 다 봤어. 넌 그냥 토끼를 안고 창가로 갔을 뿐이야. 근데 갑자기 토끼가 창틈으로 뛰어내렸어. 내가 똑똑히 다 봤어. 정말 봤다니깐!"

안빈이 이불을 목까지 끌어당긴 채 옆으로 픽 쓰러지듯 누웠다.

"알았지? 넌 그냥 토끼를 안고 있었던 거야. 알았지? 응?"

안빈이 턱을 덜덜 떨며 고개를 끄덕였다. 그녀는 우선 방에서 나와 보조주방으로 갔다. 그리고 토끼를 들고 화단으로 내려갔다. 그녀는 토끼를 바닥에 내려놓고 죽어 널브러져 있는 모습을 핸드폰에 담은 뒤에 화단에 토끼를 묻었다. 집으로 올라오자마자 그녀는 비에 흠뻑 젖은 채로 거실바닥에 앉아 반 엄마들 단톡방에 급하게 박혜정을 초대했다. 그리고 죽은 토끼 사진을 올렸다.

─ 어떻게 이런 일이
─ 내 눈으로 보고도 믿을 수가 없어요
─ 토빈이가 집에 오자마자 창틈으로 뛰어내렸어요

세 문장을 올려놓고 그녀는 사람들의 반응을 초조하게 기다렸다. 1분도 지나지 않아 첫 메시지가 올라왔다.

─ 토끼가 창으로 가서 뛰어내렸다고요??

그녀는 얼른 네, 하고 답을 달았다.

– 세상에!!!!!
– 헐! 토끼는 물 싫어하는데.
– 안빈인 괜찮아요?

그녀는 이번엔 아무 답도 달지 않았다. 이모티콘 몇 개가 주르르 올라왔다. 그녀는 무릎을 그러안고 핸드폰을 내려다보았다. 얼마 뒤에 드디어 그녀가 기다리던 문장이 올라왔다.

– 아까 세민이가 토빈이한테 마술을 걸었잖아요. 혹시?

올가미

아이들은 가면을 쓴 채 자리에 앉아 있었다. 이제 대본을 보는 아이는 없었다. 교탁을 치운 교단에 말 가면을 쓴 세민이 모로 쓰러져 있었다. 선생이 교실 뒤에 앉아 연극연습을 지켜보고 있었다.

비둘기 1   복서가 쓰러졌어.

동물들이 복서에게 달려온다. 복서, 힘없이 고개를 든다. 복서의 입에서 피가 흐른다.

클로버   복서, 어떻게 된 거야?
복   서   괜찮아. 내가 없더라도 풍차는 네가 맡아서 끝내줘.
클로버   우선 치료부터 해야 해. 누가 빨리 가서 스퀼러를 불러줘.

비둘기 1이 퇴장하고 잠시 뒤 스퀼러가 등장한다.

스퀼러   복서를 바로 병원으로 보내기로 했어요.

복　서   떠나기 싫어. 은퇴지에서 쉬면서 알파벳을 익히
           며 여생을 보내고 싶어.

스퀼러   어서 풍차를 재건해야 합니다. 자, 어서 나와 같이
           갑시다.

동물들 퇴장하고 무대에 마차가 오른다. 마차에서 마부들이
내리더니 복서의 목에 올가미를 씌워 마차에 싣고 떠난다. 곧 벤
자민이 등장한다.

벤자민   (무대 앞을 바라보며 힘껏 소리친다) 빨리 와! 복서를
           끌고 가고 있어.

동물들   (무대 뒤에서 동물들의 목소리만 들린다) 복서, 잘 다녀와!

벤자민   이 멍청이들. 마차에 써놓은 글자들이 안 보여?
           말 도살업. 저게 무슨 소린지 모르겠어? 복서가
           도살장으로 끌려가는 거야.

무대 뒤에서 공포에 질린 동물들의 아우성이 흘러나온다.

"잠깐."

세민이 앞으로 나서며 가면을 벗었다. 선생이 핸드폰으로 문

자를 확인하더니 급하게 교실을 나갔다.

"가면을 쓰니까 확실히 대사들을 더 크게 해서 좋다. 그치?"

세민이 말했다. 아무도 대답하지 않았다. 세민이 얼쯤해하며 혀로 입술을 핥았다. 주이의 생일파티 이후로 계속 이랬다. 세민이 마법을 건 토끼가 제 스스로 창틈으로 뛰어내려 죽었다는 소문이 돌면서 아이들은 모두 세민을 피했다. 권 사범처럼 착한 사람이 아이들을 죽인 것도 세민이 마법으로 그를 조종했기 때문이란 말이 아이들 사이에서뿐만 아니라 엄마들 사이에서도 제법 진지하게 퍼져나갔다. 하지만 토끼의 죽음에 가장 놀란 사람은 다름 아닌 세민이었다. 엄마의 핸드폰으로 반 엄마들의 단톡방에 올라온 문자들을 다 보았기 때문에 세민도 그 분위기를 알고 있었다. 뭐가 어떻게 된 건지 도무지 알 수가 없었다. 토끼에게 마법을 건 건 순전히 장난이었다. 잠깐이라도 안빈을 쫄게 만들고 싶어서 즉흥적으로 생각해낸 장난일 뿐이었다. 그런데 토끼가 안빈의 품을 벗어나 그대로 비가 퍼붓는 바깥으로 뛰어내렸다는 거였다. 뭐지? 정말 내가 마법을 부린 걸까? 혹시 이게 내 첫 번째 기적인 걸까? 그렇다면 내가 정말 성별자가 맞는 걸까?

"잘 다녀오라고 복서한테 인사하는 부분 있잖아. 한꺼번에 다 등장했다가 또 그렇게 퇴장하는 게 너무 소란스러워서 어젯밤에 여길 이렇게 고쳤어. 소리를 녹음해서 트는 걸로. 어때? 이게 더 나은 것 같지?"

여전히 아무 말도 없었다. 세민은 무르춤한 표정을 감추느라 고개를 숙이고 대본을 뒤적거리는 시늉을 했다. "그럼 다음 장면으로 가자. 나폴레옹, 앞으로 나와봐."

안빈은 늘 듯이 의자에 기대앉은 채 퉁명스럽게 대꾸했다.

"했다고 치고 다음으로 넘겨."

세민이 안빈을 노려보다가 어이가 없다는 듯 풀썩 웃었다. 안빈이 좋은 생각이 났다는 듯 손바닥으로 경쾌하게 책상을 탁 치더니 교단으로 올라왔다. 그러고는 칠판 한복판에 '박( )세민'이라고 썼다.

"뭐해? 지금 연극연습 시간이잖아." 세민이 얼굴을 찌푸렸다.

"잠깐이면 돼. 네 풀네임 만들어주려고." 안빈이 말했다.

"뭐?" 세민이 안빈을 쏘아보았다.

"너 풀네임 좋아하잖아. 조나단 리빙스턴 시걸보다 더 멋지게 만들어줄 테니까 쫌만 기다려봐." 안빈이 분필을 내려놓더니 손바닥을 털며 아이들을 둘러보았다. "얘들아. 여기 괄호에 뭐가 들어가야 좋을까?"

안빈의 말이 끝나기도 전에 지호가 손을 들었다. "박 잘난 세민."

아이들이 웃었다.

"너무 짧다. 풀네임은 길수록 간지 나잖아. 박 잘난 재수 세민."

"박 잘난 재수 알비노 세민."

이름이 길어질수록 아이들의 웃음소리가 점점 커졌다.

"그거 말고, 짧고 임팩트 있게, 박 근친상간 세민, 어때?"

"좋다. 역시 우주야. 넌 어떻게 된 애가 날 한 번도 실망시키는 법이 없냐?" 안빈이 우주를 향해 엄지손가락을 치켜세웠다.

"그럼 박 잘난 재수 알비노 근친상간 세민, 이렇게 하면 되겠다."

안빈은 칠판에 그것을 옮겨 적었다.

"근친상간이 앞으로 와야 한다니까. 박 근친상간 잘난 재수 알비노 세민."

안빈이 과장되게 어깨를 흔들며 웃었다. "자, 그럼 다 같이 해보자. 시작!"

안빈이 지휘하듯 두 손을 흔들었다. 그 손짓에 맞춰 한목소리로 합창하고 나서 아이들이 책상을 두드리며 웃어댔다.

"한 번 더!"

아이들이 더 요란하게 웃어댔다. 세민은 두 손을 머리 뒤로 깍지 낀 채 교단 한쪽에 비켜서 있었다. 이것도 연극이라고 세민은 속으로 생각했다. 난 지금 놀림 당하는 아이 역을 맡은 거라고. 세민은 아무렇지 않은 듯 웃어 보이고 싶었다. 하지만 웃기 위해 입술 끝을 끌어올리자 볼이 씰룩거렸다.

"다 웃었으면 이제 다시 연극연습 해보자. 시간이 없어." 세민이 말했다.

"우리가 만든 이름이 별로야? 마음에 안 드는 눈치네." 안빈이 과장된 몸짓으로 어깨를 으쓱거렸다.

"아니, 괜찮아. 근데 근친상간을 앞에서 터뜨리는 것보단 맨 끝에 나오게 하는 게 낫지 않겠냐? 야, 들어가지 마." 세민이 안빈을 향해 팔을 뻗었다.

자리로 들어가려다가 안빈이 세민을 돌아보며 왜? 하고 물었다.

"연극연습 해야지. 너 할 차례잖아." 세민이 말했다.

"됐어. 했다고 치고 다음으로 넘기라니까."

치켜뜬 눈으로 세민을 쳐다보며 안빈이 소리는 지운 채 입술말로 욕을 했다. 세민이 안빈을 노려보았다. 허공에서 두 사람의 눈길이 날카롭게 부딪쳤다.

"왜? 속으로 지금 나한테 마술 걸고 있는 거냐? 나도 뛰어내려 죽어버리라고?" 안빈이 턱을 치켜올렸다.

"무섭냐?" 세민이 팔짱을 끼더니 피식 웃었다.

"무섭긴. 넌 똥이 무서워서 피하냐? 너같이 더럽게 태어난 알비노 새끼를 피하는 건 무서워서가 아니라 더러워서지. 더러운 새끼."

말을 마치고 안빈이 이 사이로 침을 뱉었다. 세민의 얼굴이 시뻘겋게 달아올랐다. 슬쩍만 건드려도 툭, 피가 터져나올 것 같았다. 세민의 피부는 혈관이 다 드러나서 조금만 흥분해도 시뻘게졌다.

"중세 시대 같으면 넌 불에 타 죽었어, 박세민."

"더러운 알비노 새끼." 지호가 안빈의 말을 거들었다.

세민이 한쪽 입꼬리를 끌어당긴 채 킬킬대며 안빈과 지호를 번갈아 쳐다보았다. "그래, 난 그렇다고 치자. 근데 니네들 엄마들은 뭔 짓을 했기에 너희들처럼 멍청한 애들을 낳은 거냐?"

"이 새끼가!"

세민에게 다가가려는 지호를 안빈이 제지했다.

"너희들 밤새 공부해도 이 근친상간 알비노를 한 번도 못 이겼잖아. 내 말이 틀렸냐?" 세민이 교단에서 내려와 안빈에게로 다가갔다. "도대체 어떤 머리를 타고났기에 일 년이 넘도록 날 한 번도 못 이길까? 서안빈, 내 소원이 뭔지 아냐?"

"……."

"딱 하루만이라도 너처럼 멍청해져보는 거."

안빈이 피식 웃었다. 아니, 피식 웃는 시늉을 했다. 그러더니 갑자기 정색하며 지호를 쳐다보았다. "저 새끼 잡아!"

지호와 우주가 세민에게 달려들어 팔을 한쪽씩 붙들었다. 안빈이 세민의 목에 올가미를 씌웠다. 도살업자들이 복서를 끌고 갈 때 사용하는 올가미였다. 안빈이 올가미 끝을 주먹에 감아쥐고 몸을 휙 돌렸다. 세민은 비틀거리며 교실 밖으로 나갔다. 그런 채로 세민은 옥상까지 끌려갔다. 반 아이들이 다 따라왔다. 안빈이 조용하라는 신호를 보내자 웅성대던 아이들이 순식간에 조용해졌다. 소리를 질러 도움을 청할 수도 있었지만 세민은 그러지 않았다. 오히려 누가 이 꼴을 볼까봐 조마조마했다. 반 아이들에게 이런 모습을 보이는 것만으로도 충분히 비참했다.

옥상은 무더웠다. 마지막 더위가 절정이었다. 세민은 옥상 한복판까지 끌려갔다. 안빈이 걸음을 멈추자 지호와 우주가 세민의 어깻죽지를 한쪽씩 붙들었다. 아이들이 몇 걸음 떨어진 곳에 부채꼴로 늘어서서 이쪽을 쳐다보았다. 이건 연극이야, 세민은 생각했다. 계속 연극이 이어지고 있는 거야. 세민은 머릿속으로 지문을 썼다. 안빈, 올가미를 풀더니 세민의 허리춤에 손을 댄다. 세민, 안빈의 정강이를 발로 찬다. 안빈, 정강이를 문지르며 한쪽 다리로 콩콩 뛰다가 세민의 가슴에 주먹을 날린다. 세민, 허리를 꺾고 주저앉는다. 세민은 손으로 가슴을 꽉 누르며 몸을 일으켰다. 반 아이들이 다 보고 있는데 이런 비굴한 모양새로 있을 수는 없었다. 세민은 눈을 감았다. 햇볕이 강해 벌써 얼굴이 화끈거리기 시작했다. 목도 따끔거렸다. 이대로 삼십 분만 있어도 노출된 피부에 물집이 잡힐 게 뻔했다. 몇 달 전에도 상훈이 패거리에게 붙들려 옷이 다 벗겨진 채 나무에 묶여 있다가 화상을 입은 적이 있었다. 폐가에서였다. 여기저기 물집이 터지는 바람에 감염될 우려가 있어서 세민은 꼬박 일주일 동안 입원치료를 받아야 했다. 상훈은 그렇게 죽음을 자초했다. 세민은 안빈을 쳐다보았다. 요한이 잡히지만 않았더라면 안빈이 세 번째 변사체로 발견됐을 것이다. 안빈이 세민에게 한 걸음 다가왔다. 세민이 물었다. "원하는 게 뭔데?"

"너 벗겨서 찍어두려고. 이젠 정말 더 이상 너 나대는 꼴을 못 보겠거든."

동의를 구하듯 안빈이 지호와 우주를 거쳐 반 아이들을 둘러보았다. 몇몇 아이들이 고개를 끄덕였다.

"그러니까 여기서…… 나보고 다 벗으라고?"

안빈이 말없이 킬킬거렸다. 세민의 눈길이 바닥을 미끄러져 아이들에게로 달려갔다. 그러나 다들 냉랭한 표정이었다. 세민은 혼자라는 사실을 절감했다. 세민은 혼자고 상대는 최소 셋, 최대 스물넷이었다. 어차피 이길 수 없는 거라면 실랑이하는 시간이라도 줄이는 게 현명했다. 벌써 손등이 벌겋게 달아오르고 있었다.

"알았어, 내가 벗을게. 그러니까 핸드폰으로 찍지는 마."

"박세민. 여긴 타협하는 자리가 아니야. 넌 그냥 내가 시키는 대로 하면 돼."

"알았으니까 찍지만 말라고."

"알았으니까 빨리 벗기나 하라고."

안빈이 세민의 말투를 똑같이 흉내내었다. 아이들이 웃었다.

"빨리 벗어. 열 셀 동안 다 벗지 않으면 그 뒤는 나도 장담 못 해. 하나! 둘! 셋!"

세민, 옷을 벗기 시작한다. 윗도리를 벗는데 안빈이 넷, 이라고 외친다. 세민, 허리띠를 푼다. 안빈, 다섯! 하고 외친다. 세민이 바지를 벗으려는 순간 우주가 핸드폰을 켠다.

"치워!" 세민이 소리쳤다.

"여섯!" 안빈이 엄지손가락을 꼽았다.

"저거 치우라고 해." 세민이 발을 굴렀다.

"일곱!" 안빈의 목소리가 더 커졌다.

"치우라고, 제발!"

세민은 입술을 깨물었다. 제발이라니. 머릿속에선 늘 간절했지만 한 번도 입 밖으로 발화해본 적이 없는 낱말이었다. 갑자기 지겹다는 생각이 들었다. 언제나 당하는 입장이 되는 것도 지겹고 이기지도 못할 걸 뻔히 알면서 맞서는 자신도 지겨웠다. 이글대는 태양도 지겨웠고 뜨겁게 달궈진 옥상 바닥도 지겨웠다. 다 지겨웠다.

"여덟!"

안빈이 손가락 세 개를 접었다. 우주는 핸드폰을 세운 채 세민을 향해 한 걸음 다가왔다.

"야비한 새끼들!" 세민이 소리쳤다.

안빈이 눈을 지릅떴다. "야비? 접때도 머리 나쁜 애들이 원래 야비한 거라더니…… 야비가 뭔지 제대로 한번 봐볼래? 응?"

세민은 주문을 외듯 핍박, 이라고 중얼거렸다. 에스더는 핍박을 당하면 그게 곧 여호와의 사람이란 징표라고 했다. 세민은 눈을 감았다. 빛이 강해서 눈을 뜨고 있기가 힘들었다. 그런데 눈을 감는 순간 자신의 몸이 저 위로 쑥 끌려올라가는 것 같은 느낌이 들더니 안빈이 주머니에서 잭나이프를 꺼내는 장면이 그려졌다. 우주가 그것을 빼앗으려다가 칼날에 손을 다치는 장면이 그 뒤를 이었다. 세민은 눈을 떴다. 안빈이 은색 잭나이프를 꺼내더니 단추를 눌러 칼날을 빼냈고 지호가 키득거리며 그것을 빼앗으려고 하다가 손바닥을 베었다. 다친 사람이 우주가 아니라 지호라는 것만 빼면 모든 게 세민이 몇 초 전에 보았던 장면과 똑같았다. 비명을 지르는 지호를 에워싼 채 아이들이 옥상을 내려갔다. 그 와중에도 안빈은 세민이 벗어놓은 옷을 챙기더니 옥상 문을 안에서 잠가버렸다.

세민은 혼자 남겨졌다. 옥상엔 햇볕을 가릴 수 있는 데가 전혀 없었다. 핸드폰도 없었다. 몸통이 화끈거렸다. 그런데도 세민은 기뻤다. 방금 전에 나는 기적을 행했어. 난 성별자임이 틀림없어. 성별자가 더러울 수는 없어. 난 더럽게 태어난 게 아니라 특별하게 태어난 거야. 세민은 크게 외치고 싶었다. 난 더럽지 않아!

세민은 너무 흥분되어 가만히 서 있을 수가 없었다. 흥분을 가라앉히기 위해 빠른 걸음으로 옥상을 돌기 시작했다. 네다섯 바퀴쯤 돌았을 때 문이 열리더니 주이가 문틈으로 옷을 던지고 사라졌다. 세민은 옷을 입고 교실로 갔다. 세민은 가방에서 핸드폰을 꺼내들고 복도로 나갔다.

"제가 성별자가 맞는 것 같아요. 기적이 일어났어요."

세민은 에스더에게 안빈이 키우던 토끼가 죽은 이야기와 방금 전에 옥상에서 겪은 일을 말했다. 다친 아이가 우주가 아니라 지호라는 말은 굳이 하지 않았다. 다시 생각해보니 환상 속에서 본 아이도 지호였던 것 같았다. 아니, 지호가 확실했다.

"그 정도로는 좀 약하다는 생각은 들지만, 알았어, 일단 대모님께 보고 드릴게."

에스더가 전화를 끊으려고 했다. 세민은 저도 모르게 큰 소리로 그녀를 불렀다.

"저, 안 더러워요."

"응?"

"저, 더럽지 않다고요. 에스더 말이 맞았어요. 근친상간은 더러운 게 아니에요."

에스더와 통화를 마치고 세민은 바로 엄마에게 전화를 걸었다. 그리고 가방을 챙기고 있는데 담임선생이 들어왔다.

"지호가 다치다니, 이게 어떻게 된 거니?"

선생이 세민과 안빈을 번갈아 쳐다보았다. 안빈이 고개를 숙였다.

"복서가 도살장에 끌려가는 장면을 좀 더 실감나게 해보고 싶어서……" 세민은 손가락으로 입술을 문지르며 다음 말을 궁리했다.

"지호 말로는 옥상에서 그랬다던데?"

"복서를 끌고 갈 때 무대 아래로 내려가 관객들 사이를 지나가면 어떨까 싶었어요. 그거 연습해보느라고 옥상으로 갔어요."

세민은 선생을 똑바로 쳐다보지 못했다. 선생은 거짓말이란 걸 뻔히 알고 있을 것이다. 하지만 비참한 꼴로 끌려다녔다는 사실을 들키느니 거짓말쟁이로 낙인찍히는 편이 훨씬 나았다. 선생이 세민을 한참 쳐다보다가 안빈을 데리고 교실을 나갔다.

세민도 가방을 메고 운동장으로 내려갔다. 나무 그늘 아래 앉아 세민은 운동장에서 놀고 있는 아이들을 쳐다보았다. 문득 〈이상한 나라의 폴〉이 떠올랐다. 이따금 한 번씩 엄마와 함께 보는 만화영화였다. 찌찌가 시간을 멈추게 하면 모든 사람들이 동작을 멈추는데, 모든 게 정지된 세상을 폴과 주인공들만 활개 치고 돌아다니는 이야기였다. 지금 여기가 이상한 나라인 것 같았다. 다 멈춰버린 세상에서 오직 세민 자신만이 깨어 있는 것 같았다. 휴거도 그런 거겠지 싶었다.

엄마 차가 교문 안으로 미끄러져들어왔다. 세민은 일어나서 엉덩이를 털었다. 얼굴과 목이 쓰라렸지만 첫 걸음을 내딛는 순간 자신이 여태까지와는 전혀 다른 존재가 된 듯한 기분이 들었다. 세민은 등을 꼿꼿이 폈다. 신에게 성스럽게 선택받은 자. 세민의 가슴 속에서 팡, 팡, 폭죽이 터졌다.

*

너무 떨려서 무슨 말부터 해야 할지 모르겠어요. 세민이가 오늘…… 아니, 이 얘길 하기 전에 병원에 다녀온 얘기부터 하는 게…… 아니다. 그냥 결론부터 말할게요. 이것부터 빨리 말하고 싶어서 못 참겠어요. 결론은요, 내가 돌아왔다는 거예요. 방황을 마치고 다시 여호와 하느님의 딸 에스더로 돌아왔다는 거예요. 할렐루야!

뜬금없이 무슨 얘긴가 싶죠, 요한? 오늘은 너무 들떠서 이야기를 어떻게 풀어나가야 할지 모르겠어요. 당신이 있다면 두 손을 내 어깨에 얹고 에스더, 하고 불렀을 테지요. 내가 흥분하거나 엇나간다 싶으면 당신은 내 어깨를 짚고 가만히 이름을 불러주곤 했어요. 그럴 때마다 당신의 여섯 번째 손가락이, 당신이 하도 버릇처럼 쓸어대서 손바닥과 예각으로 꺾인 채 굳어버린 그 손가락이 내 어깨뼈를 지그시 눌렀어요. 그러면 한숨이 푹 나오면서 마음이 풀어지곤 했는데…… 아, 됐어요. 당신의 손을 떠올리는 것만으로도 마음이 진정되는 것 같아요. 그럼 지금부터 차근차근 오늘 일을 말해볼게요.

오늘 늦은 점심을 먹고 난 회당을 나섰어요. 대모님과 대부님께는 행선지를 말씀드리지 않았어요. 두 분 몰래 세민이를 만나러 나선 길이었으니까요. 세민이가 수업을 마치고 나오길 기다리며 교문 앞을 서성이고 있는데 맞은편 상가에 걸린 산부인과 간판이 눈에 띄더라고요. 매일 그 앞을 지나면서도 거기 있는 줄도 몰랐던 병원이 내 눈에 들어온 게 오늘 이야기의 시작이에요. 여호와의 역사하심의 시작이요. 당신이 입이 닳도록 말했잖아요, 여호와의 역사하심은 늘 우연처럼 이뤄진다고요.

하교 시간 전이라 나는 시간도 때울 겸 병원으로 들어갔어요. 입덧도 입덧이지만 한 번씩 아랫배가 심하게 뭉쳐서 걱정스러웠거든요. 당신이 있다면 물론 안수기도를 받았겠지만 지금은 그럴 수 있는 상황이 아니니까요.

접수하고 대기실에 앉아 있는데 얼마 안 지나서 내 이름을 부르더라고요. 김장미, 하고 호명되는 순간 너무도 오랜만에 듣는 이름이라 처음엔 그게 나를 부르는 건지도 몰랐어요. 진료실로 들어가 간호사가 시키는 대로 속옷을 벗고 침대에 누워 다리를 벌렸어요. 그런 외설적인 모습으로 누워 있으려니 진짜 김장미로 되돌아간 것 같았어요. 그 느낌은요, 슬프면서도 후련하고…… 비로소 제자리를 찾은 것 같아 안도감이 들면서도 동시에 모든 걸 잃은 것 같은 상실감…… 그냥 그렇게, 한없이 묘한 기분에 사로잡혀서 난 생각했어요. 김장미를 회복한 이상 다신 에스더로 돌아가지 않겠다고요. 근데 막 그 결심을 하는 순간에 의사가 그러는 거예요. 내 뱃속에 아기가 없다고요, 임신이 아니라고요. 너무 어이가 없어서 나는 그 사람 얼굴을 빤히 쳐다봤어요. 위로하듯 의사가 덧붙이더군요. 너무도 간절히 아기를 원하는 경우에 임신하지 않았는데도 입덧을 하고 태동을 느끼고 한다고요.

더는 대꾸하지 않았어요. 대꾸할 가치도 못 느꼈으니까요. 인간은 보이는 것밖에 보지 못해요. 그 의사가 들여다본 건 김장미의 자궁이었어요. 침대에 누워 있던 건 에스더가 아닌 김장미였으니까요. 백 번 양보해서 김장미의 자궁 속엔 아기가 없다고 쳐요. 하지만 에스더는 분명히 임신했어요. 그 밤에, 그 마지막 밤에 우리 아기가 생겼어요. 삼십 년 전 당신에게서 보았던 그 빛무리가 당신 몸을 타고 내 안으로 흘러들어오는 걸 나는 똑똑히 보았어요.

진료실을 나와 대기실로 갔어요. 모로 앉아 의자등받이에 몸을 묻고 잠깐 졸았어요. 간호사가 또 한 번 김장미 님, 하고 내 이름을 부르더군요. 근데요, 그때요, 감기는 눈을 겨우 뜨고 수납하기 위해 계산대를 향해 첫 걸음을 내딛는 순간에요, 어떤 음성이 망치처럼 내 정수리를 팍 내리치는 거예요. 에스더야, 네가 나를 택한 게 아니라 내가 너를 불렀단다.

그 순간 나는 고꾸라지듯 바닥에 엎드렸어요. 저는 에스더입니다, 제가 에스더입니다, 여기 당신의 종 에스더가 있습니다…… 나도 모르게 그런 고백이 목구멍에서 다급하게 쏟아져 나왔어요. 그러면서 깨달았어요. 아기를 지키기 위해서는 에스더여야 한다는 사실을요. 거기엔 어떤 선택의 여지도 있을 수 없다는 걸요. 여호와께선 이걸 깨닫게 하기 위해 나를 병원으로 이끄신 거였어요. 나 스스로 에스더를 선택하게 하기 위해, 그래서 더는 의심하지 않고 뚜벅뚜벅 에스더의 길을 걷게 하기 위해 나를 그리로 부르셨던 거예요, 셀라.

그 길로 바로 회당으로 돌아왔어요. 가방을 내려놓는데 세민이에게 전화가 오더군요. 그 앤 대뜸 자신이 드디어 기적을 행했다고, 자신이 성별자가 맞는 것 같다고 했어요. 달뜬 세민이의 목소리를 듣는데 왠지 울음이 터질 것 같아서 대모님께 보고하겠다고 짧게 말하고 전화를 끊었어요. 병원에 가지 않고 바로 세민이를 만났더라면 나는 그 아이를 붙들고 성별자니 휴거니 하는 게 다 헛소리라고, 그야말로 헛소리를 지껄여댔을 거예요. 여호와께서 역사하시는 방법은 얼마나 촘촘하고 세심하신지요.

어, 종이 울려요. 벌써 다섯 신가봐요. 당신도 그곳에서 무릎을 꿇고 기도를 시작했겠네요. 기도하고 와서 마저 얘기해요. 오늘은 내 속에 있는 얘길 당신에게 다 말하고 싶어요. 모든 걸 다 쏟아내고 싶어요. 그러지 않고서는 오늘밤도 잠들 수 없을 것 같아요.

기도 시간 내내 울기만 했어요, 요한. 무릎을 꿇는 순간 아까 병원에서 들었던 하느님의 음성이 떠오르면서 하염없이 눈물이 흘렀어요. 에스더야, 네가 나를 택한 게 아니라 내가 너를 불

197

렀단다. 그러고 보니 언젠가 당신도 같은 말을 했었지요. 당신이 나를 선택한 게 아니라 내가 당신을 선택한 거예요, 에스더.

그래요. 이제야 모든 게 선명하게 보여요. 유행가 가사처럼 나와 당신의 만남은 우연이 아니었어요. 여호와께선 나를 통해 당신이 드러날 수 있도록, 당신에게 주어진 은사가 발현될 수 있도록 미리 계획을 세워놓고 당신을 내 곁으로 보내신 거였어요. 그래서 아무도 볼 수 없었던 후광을 나는 볼 수 있었던, 아니 봐야만 했던 거예요. 눈이 펑펑 쏟아지던 날 보육원 문을 밀고 들어온 당신, 당신 머리를 에워싼 그 눈부신 후광…… 열이 펄펄 끓던 밤, 이제 곧 죽을 것만 같던 그 밤에 당신의 손이 닿으면 살 수 있다는 믿음으로 당신에게 기어갔고, 오 셀라, 내 믿음이 나를 살렸어요. 여호와께서 당신에게 주신 치유의 은사가 발현된 순간이었어요. 내 권유로 원장님도 당신에게 안수기도를 받고 평생의 고질병인 목 디스크를 고쳤지요. 그때부터 환자들이 당신을 찾아오기 시작했어요. 곧 구름떼처럼 많은 사람들이 당신을 따르게 되었어요.

그 생각을 하니 또 웃음이 나요, 요한. 정말 구름떼처럼 많은 사람들이 몰려왔잖아요. 내 인생에 그렇게 신바람 났던 시절이 또 있었나 싶어요. 새벽부터 몰려드는 사람들을 줄 세우는 건 언제나 내 몫이었어요. 당신 곁에 있는 것만으로도 나까지 빛나는 시절이었어요. 기다리는 사람들에게 당신이 병자를 어떻게 고쳤는지를 말해주곤 했는데, 사람들은 그 말을 듣는 것만으로도 병이 다 나은 것 같다고 기뻐했어요.

그렇게 정신없이 몇 해가 갔어요. 당신은 열여덟이 되었고 그해 여름 처음으로 직접 하느님을 대면하게 되었어요. 하느님은 선택받은 자들을 이끌고 산으로 들어가라고 하셨어요. 휴거가 일어날 날짜도 분명히 알려주셨고요. 우리는 당신을 따라 성산(聖山)으로 올라가서 21일 동안 금식하며 누워 있었어요. 하지만 하느님께서 말씀하신 날짜에서 한 주가 지나고 또 한 주가 지나도록 휴거는 일어나지 않았어요. 당신은 말했지요. 하느님께서 우리의 믿음을 시험해보신 거라고요. 얼마 뒤에 당신은 또 여호와를 뵈었어요. 우리는 성산으로 올라가 기다렸지만 그때도 휴거는 없었어요. 우리의 믿음이 인류를 구원한 것임을 우리는 알지만, 우리의 신실한 믿음이 종말의 날을 얼마간 뒤로 미뤄지게 한 것임을 우리는 알지만, 그걸 깨닫지 못한 수많은 사람들이 당신을 떠나갔어요. 세 번째도 휴거는 없었고 그나마 남은 사람들도 거의 다 우리를 떠나갔어요. 당신에게서 치유의 능력마저 사라지기 시작한 것도 그 즈음이었지요, 아마.

행여 당신이 무너질까봐 걱정했지만 당신은 늘 똑같았어요. 사람들이 우러러본다고 으스대지 않았고 모두가 떠났을 때도 의기소침해하지 않았어요. 언제나 변함없이 당신은 안수기도만 끝나면 숲길을 걸어 동굴로 돌아갔어요.

아, 생각나요, 요한. 냄새도, 발바닥에 느껴지던 자갈의 느낌도, 새소리 벌레 소리도, 다요. 당신에게 가던 그 오솔길 말이에요. 하긴 어떻게 잊겠어요. 하루에 두 번씩, 이십 년 가까이 같은 길을 다녔는데요. 동굴에 칩거하다시피 머물며 기도하는 당신을 위해 나는 하루 두 차례씩 밥보자기를 들고 산으로 갔어요. 당신은 늘 고맙다고 했어요. 다른 인사말이 얼마든지 많은데도 날 똑바로 쳐다보지도 못한 채로 그저 고맙다고만 했어요. 밥을 받으면서도, 빈 도시락을 건네면서도 언제나 고맙다고만요.

근데 그날은 달랐어요. 하긴 그날도 당신이 달랐던 게 아니라 내가 달랐던 거지만요. 그날 나는 다른 날보다 좀 늦게 도착했어요. 당신이 배고플까봐 종종걸음 치며 산에 올라갔는데 당신은 잠들어 있었어요. 곁에 앉아서 당신을 마음놓고 바라보았어요. 그런데 갑자기 당신이 잠꼬대를 하기 시작하는 거예요. 엄마가 하라는 대로 다 할게, 제발 때리지만 마, 엄마. 정말 어린애처럼 울먹이면서, 너무도 애절하게 그렇게 말했어요.

그 순간 많은 것을 알아버렸어요. 일곱 살까지 형의 삶을 복습하듯 살았다는 당신의 유년기의 진실이 무엇인지, 그냥 그 순간 다 알아버렸어요. 아니, 실은 진작부터 뭔가 이상하다는 것은 느끼고 있었어요. 대모님의 가방에서 당신 형의 사진을 보았을 때부터였어요. 대모님은 당신이 손만 빼면 형 판박이라고 강조에 강조를 하셨는데, 사진에서 본 형의 얼굴은 같은 배에서 태어난 형제라는 게 의아할 정도로 당신과 전혀 다르게 생겼어요. 당신이 대부님을 닮아 선이 고운 편이라면 형은 대모님을 닮아 이목구비가 다 큼직큼직한 얼굴이었어요.

아, 어쩌다 사진 얘기까지 해버렸네요. 이제 와서 뭘 숨기겠어요. 사실은 요한, 그날 나는 당신들 곁을 떠나려고 했었어요.

당신의 세 번째 예언이 빗나가고 당신에게서 치유의 능력마저 사라진 뒤부터 솔직히, 그래 솔직히요, 나도 어쩔 수 없이 회의가 들기 시작했어요. 십 년 동안 나에게 눈길 한번 제대로 주지 않는 당신에게 지치기도 했고요. 그래서 그날, 수중에 돈 한 푼 없이 나설 수가 없어서 대모님 가방에 손을 댔던 거예요. 근데 가방 구석에 천으로 덧대어놓은 곳에서 꽁꽁 숨겨놓은 형의 사진을 찾았어요. 가슴 밑바닥에서부터 울음 같은 게 올라왔어요. 그동안 거짓말로 일관해온 대모님을 비난하고 싶은 마음보다는 그분에 대한 애처로움 때문에…… 죽은 맏이가, 자신이 죽음으로 밀어넣은 아들이 둘째아들로 다시 태어난 거라고 믿지 않고서는 한순간도 견딜 수 없는 어미의 그 회한이 너무도 절절하게 와닿아서…… 그래서 작은아들을 어르고 겁박해서라도 큰아들의 현신인 것처럼 키워낸 어미의 그 병적인 집착이 가슴 아파서…… 그런 대모님을 버리고 떠날 수가 없었어요. 처음에 당신들을 따라 나서게끔 만든 게 당신이었다면 두 번째로 나를 주저앉힌 건 당신이 아닌 대모님이었어요.

그 생각을 하니 가슴이 푹 꺼져버리네요. 그 얘긴 여기서 자르고 다시 그날로, 잠든 당신을 하염없이 바라보았던 그날로 돌아가야겠어요. 당신이 잠꼬대를 하며 몸부림치다가 갑자기 번쩍 눈을 떴어요. 그리고 한없이 슬픈 눈으로 나를 쳐다보았어요. 보육원 아이들이 손가락 여섯 개 달린 당신의 손을 보고 징그럽다고 했을 때 보였던 그 눈빛이었어요. 난 옷을 벗었어요. 당신을 위로할 수 있는 방법이 그것밖에 없었어요. 슬픈 당신과 나눌 수 있는 게 암만 생각해도 슬픈 나밖에 없었어요. 엉덩이걸음으로 뒷걸음질치는 당신에게 다가가 손을 끌어다가 내 젖가슴에 얹었어요. 이제 치유의 능력마저 없는 그 기형의 손을요. 그리고 우리는 하나가 되었어요. 당신은 당신의 슬픔으로 내 슬픔을 안으려고 몸부림쳤고 나는 내 슬픔으로 당신의 슬픔에 닿으려고 몸부림쳤어요.

다음날, 여느 때와 같이 도시락을 챙겨 산으로 가는데 당신이 숲길 아래까지 나를 마중나와 기다리고 있었어요. 당신은 수줍게 웃으며 내 손을 잡고 냇가로 갔어요. 거기에서 당신은 나에게 세례를 주었어요. 내가 하느님의 사람 에스더에게 성부와 성자와 성령의 이름으로 세례를 주노라. 나는 떨리는 목소리로 아멘, 했어요. 그 순간부터 난 장미란 이름을 버리고 에스더가 되었어요. 내 나이 열아홉이었어요. 내 생애 가장 행복했던 순간이었어요. 하느님께서 천국에 갈래, 그때로 돌아갈래 하고 물으시면 어쩌면 그때로 보내달라고 할지도 몰라요. 그렇게 간절히 그리운 시간……

하지만 행복은 한 달도 채 못 갔어요. 갑자기 당신은 침울해졌고 나를 봐도 웃지 않았어요. 밥도 거의 먹지 않았어요. 그러다가 급기야 동굴에 박혀 기도만 하기 시작했어요. 두어 달 만에 당신은 자신이 성별자가 아니라고 선포했지요. 그때부터 지루하고 힘든 시간이 이어졌어요. 당신은 성별자를 찾기 위해서는 세상에 나갈 수단이 필요하다며 태권도를 배우기 시작했어요. 도장에 가는 시간을 제외하면 당신의 생활은 똑같았어요.

동굴로 돌아가 기도하고 성경책 읽고 또 기도하고……

그렇게 이십 년이 흘렀어요. 그 지루한 시간이 이십 년이나 이어질 걸 알았다면 우리 중 누구도 그 세월을 견뎌내지 못했을지도 몰라요. 하루씩, 그저 주어진 하루씩 살다 보니 이십 년이 된 거지요. 새벽예배가 끝나고 마당을 쓸고 있는데 당신이 불쑥 문을 밀고 안으로 들어왔어요. 그리고 기도 중에 휴거가 일어날 장소를 분명히 보았다고 했어요. 우리는 당신을 따라 서울로 갔어요. 성소는 아파트 숲 사이에 남겨진 작은 둔덕 위의 폐가였어요. 당신은 그 근처 태권도 학원에 취직하고 거기서 성별자를 기다렸어요. 세민이가 엄마와 함께 도장 문을 열고 들어서는 순간 당신은 저 아이다, 하고 알았다고 했지요.

당신이 성별자를 찾았다고 선언한 순간 우리 모두는 그 자리에 주저앉아 울었어요. 이십 년이었어요. 성별자를 기다리며 인내한 시간이 자그마치 이십 년이었다고요. 하지만 기쁨도 잠시, 우리는 혼란스러웠어요. 우리 중 누구도 성별자가 그렇게 어린 아이일 수도 있다는 생각은 해보지 못했으니까요. 그 어린 꼬마에게 휴거를, 마지막 심판을, 도대체 어떤 식으로 설명해야 할지, 아니 설득해야 할지 막막했어요. 차분히 하나씩 가르치기엔 시간마저 너무도 촉박한 상황이었어요. 언젠가부터 당신은 기도할 때마다 요한계시록 1장 중 '반드시 속히 될 일'이란 성경 구절이 눈앞으로 확 다가온다고 했어요. 서둘러야 했어요. 다급한 나머지 당신은 무리수를 둘 수밖에 없었어요. 당신은 세민이에게 말했어요. 속으로 네가 간절히 소원하는 것을 떠올려. 절대로 말을 해선 안 돼. 내가 그 소원을 정확히 알아듣고 그걸 이뤄주면 내 말을 믿을 수 있겠지? 아, 세민이의 소원이 아이들의 죽음 말고 다른 거였으면 얼마나 좋았을까요. 뭘 갖고 싶다거나 하고 싶다거나 하는 것들이요. 하지만 더는 원망하지 않아요. 거기에도 분명 여호와 하느님의 역사하심이 있다는 것을 이젠 아니까요.

가끔 이런 생각이 들 때가 있어요. 혹시 당신이 일부러 잡혀 들어간 게 아닐까. 당신 손에 차마 세민이의 피를 묻힐 수가 없어서 일부러 그런 게 아닐까. 당신이 없으니 어린 양을 잡아 각을 뜨는 건 대모님의 몫이 되었어요. 그리고 세민이를 설득하고 관리해야 하는 그 어려운 일들은 몽땅 내 어깨에 지워졌어요. 성별자가 무얼 하는 거냐고 세민이가 물을 때 차마 진실을 말할 수가 없었어요. 성별자란 다름 아닌 번제할 어린 양이라고, 예수도 그 속죄양이 되어 십자가에 매달리셨다고, 그 거룩한 역할을 네가 맡은 거라고, 차마 그 말이 입에서 떨어지지 않았어요. 하지만 걱정 말아요, 요한. 이젠 확신을 갖고 세민이에게 말해줄 수 있으니까요.

목이 타네요. 잠깐만요. 물 좀 마시고요. 지금 밖에선 대모님이 또 담배를 태우고 계시네요. 요즘 들어 담배를 너무 많이 태우셔서 걱정이에요. 당신이 면회를 거부하면서 아예 진지도 안 드시고 저렇게 줄담배만 태우세요. 근데 담배 태우실 땐 왜 꼭 한쪽 무릎을 세우시는지. 그 뒷모습을 바라보는데 불쑥 대모님께서 오래전에 해주신 이야기가 떠올라요. 대부님 몰래 담배를 피느라 대모님은 담배를 성곽에 숨겨놓으셨대요. 그리고 아침마다 아기를 포대기에 둘러업고 비탈길을 걸어올라 기왓장 밑에 숨겨놓은 담배를 꺼내서 피우셨대요. 어때요, 그림이 그려지나요, 아기를 등에 업고 성곽에 숨어 담배를 피우는 엄마의 모습이요? 이 장면은 떠올릴 때마다 나에게 슬픔을 안겨줘요. 왜 슬픈지 설명할 수 없는 채로 그저 한없이 슬퍼요. 근데요 요한, 언제부턴가 아기를 업고 성곽을 서성이며 담배를 피우는 엄마가 대모님이 아니라 나로 그려져요. 나도 언젠가 대모님이 그러셨던 것처럼 젊은 여자를 앞에 앉혀놓고, 성령의 힘으로도 담배는 어쩔 수가 없더구나, 하며 이교도처럼 낄낄거릴 날이 올 것 같은 거예요. 알아요, 이 생각 자체가 이교도적인 거란 걸요. 이런 미래를 상상한다는 것 자체가 임박한 휴거를 온전히 믿지 못한다는 말이 될 테니까요.

이제 그만 누워야겠어요. 입덧 때문에 보리차만 마셨더니 너무 기운이 없어요. 긴, 정말로 긴 하루였어요. 당신과 함께 했던 삼십 년의 세월을 오늘 하루 동안 요약해서 살아낸 기분이에요. 주기도문으로 하루를 마치려니 또 어쩔 수 없이 당신의 빈자리가 느껴지네요. 당신과 함께 했던 일들을 나 혼자 하는 게 아직도 허전하고 무서워요. 하루를 마치고 당신과 무릎을 맞대고 앉아 작게 소리내어 주기도문을 욀 때마다 내 목소리에 얹히는 당신 목소리를 듣는 게 좋아서…… 손바닥을 포개듯 가만히 포개지는 그 목소리에 귀를 기울이는 게 한없이 좋아서…… 그만할게요, 이런 얘기들. 이젠 정말 강하고 담대해져야 해요. 강하고 담대한 에스더로 거듭나야 해요. 하품이 나요. 씩씩하게 주기도문을 외고 어서 잠자리에 들어야겠어요.

……하늘에 계신 우리 아버지, 아버지의 이름을 거룩하게 하시며 아버지의 나라가 오게 하시며 아버지의 뜻이 하늘에서와 같이 땅에서도…… 그런데 요한, 왜 아버지는 늘 하늘에만 계실까요. 아버지의 뜻이 하늘에서와 같이 땅에서도 이루어질 날은 도대체 언제일까요. 완전한 휴거가 완성되는 날이 이 땅에 아버지의 뜻이 이루어지는 날인 걸까요, 요한?

*

"내 태몽은 뭐야?"

"말해줬잖아. 백호가……."

"꾸며낸 얘기 말고 진짜로."

"……."

"하나만 더 물을게. 화 안 낸다고 약속 먼저 해."

"뭔데?"

"약속 먼저 하고."

"알았어. 화 안 내."

"아빠가 알비노야?"

"……."

"응? 아빠가 알비노야?"

"넌 그냥……."

"……."

"내 아들이야. 박혜정 아들 박세민."

"맞아. 난 엄마 아들이야. 그거면 됐어. 그치?"

"응."

"엄마랑 나한테 있었던 일들은 다 내가 특별한 사람으로 태어나기 위해 꼭 필요한 것들이었어. 이 얘길 엄마한테 해주고 싶었어."

"알았으니까 그만."

"엄마."

"응?"

"졸려?"

"아니."

"엄만 왜 나한테 아무것도 안 물어봐?"

"뭘?"

"토요일에 어디 다녀온 거냐고 왜 안 물어봐?"

"토요일?"

"주이 생일파티 하던 토요일."

"학원 갔던 거잖아."

"거짓말이란 거, 엄마 다 알고 있었잖아."

"……."

"만년필, 서안빈이 훔친 거 아니란 것도 엄만 알잖아. 근데 왜 내가 그런 거짓말을 했는지 하나도 안 궁금해? 왜 아무것도 물어보질 않아?"

"……."

"나 오늘 엄마랑 자도 돼?"

"그럼!"

"천국은 어떤 곳일까? 어떤 곳일 것 같아, 엄만?"

"……."

"엄청 좋은 곳이겠지?"

"……."

"하지만 아무리 천국이라고 해도 영원히 산다면 그건…… 너무너무 지루할 것 같아. 엄만?"

"나도 그럴 것 같아."

"……."

"이제 잘까?"

"응. 근데 오늘은 테레비 끄고 자면 안 돼?"

"왜, 싫어?"

"쫌……."

"그럼 아주 작게 줄일게."

"아냐, 그냥 놔둬, 엄마. 소리가 너무 작으면 더 신경 쓰여."

"……."

"엄마."

"응?"

"우리, 에어컨 엄청 세게 틀어놓고 잘까?"

"감기 걸려."

"겨울 이불 덮고 둘이 안고 자면 되지."

"……."

"그냥 해본 말이야."

"……."

"'개 다섯 마리의 밤*'이 뭔지 알지, 엄마?"

"그게 뭔데?"

"엄마 책에서 본 건데 몰라? 엄마가 밑줄까지 그어놨던데?"

"기억이 안 나."

"아주아주 오래전에 오스트레일리아 원주민들은 추운 밤에 개를 끌어안고 잤대. 조금 추운 날엔 한 마리, 좀 더 추우면 두 마리, 세 마리……. 엄청 추운 밤을 그 사람들은 '개 다섯 마리의 밤'이라고 불렀대. 이래도 기억 안 나?"

"개 다섯 마리의 밤……."

"응, 개 다섯 마리의 밤."

---

* 재레드 다이아몬드, 《총, 균, 쇠》, 김진준 옮김, 문학사상사, 2005, 461쪽.

연극

옷장을 들여다보며 안빈아빠는 노래를 흥얼거렸다. 안빈엄마에게 청혼하던 날 불렀던 노래였다. 두 손으로 마이크를 부여잡고 끝 소절까지 눈 한번 못 뜨고 불렀던 노래를 지금은 트렁크 하나만 달랑 걸친 채로 발까지 까딱거리며 부르고 있었다. 당신은 누구시길래 이렇게 내 마음 깊은 거기에 찾아와 어느새 촛불 하나 이렇게 밝혀놓으셨나요……. 그녀는 눈썹을 그리다 말고 화장대 거울로 남편을 쳐다보았다. 입 밖으로 튀어나오려는 욕을 참느라 온몸이 다 부들거렸다. 지금 남편이 찾고 있는 당신은, 마음 깊은 곳에 찾아와 촛불까지 밝혀놨다는 당신은 자신이 아니라 박혜정이란 걸 그녀는 알고 있었다. 그런 건 아무래도 괜찮았다. 촛불이 아니라 횃불을 밝혀놨대도 상관없었다. 어제 박혜정이 안빈아빠가 보내왔다는 꽃바구니를 현관에 내려놓았을 때만 해도 이 정도면 돈 십 만원은 족히 줬겠구나 싶어 속이 쓰렸을 뿐 질투 비슷한 감정도 일지 않았다. 자꾸 이러

시니 더는 내 선에서 어떻게 할 수 있는 방법이 없어서요. 박혜정은 모든 게 자기 잘못이라는 듯 고개도 들지 못했다. 여자들 입방아에 오르내리지 않도록 조심해달라는 말로 그녀는 박혜정을 돌려보냈다. 자존심 때문에 초연을 가장한 게 아니라 정말 별 느낌이 없었다. 하지만 꽃바구니를 보낸 날이 안빈이 자해한 다음날이라는 데 생각이 미친 순간 그녀는 더 이상 아무렇지 않을 수가 없었다. 아들이 제 손으로 칼을 쥐고 손목을 그은 다음날 사무실에 앉아 꽃바구니를 고를 수 있는 남편이란 사람이 혐오스럽다 못해 무섭기까지 했다. 그런 사람을 아빠로 둔 안빈이 너무도 가엾었다. 토끼가 죽은 건 네 탓이 아니라고, 박세민이 마술을 걸었기 때문에 네 힘으론 어쩔 수 없었을 뿐이라고 아무리 말해줘도 안빈은 죄책감을 털어내지 못했다. 그러다가 급기야 자해까지 한 거였다. 남편을 마음 밖으로 밀어낸 지는 이미 오래였다. 남편의 역할은 못해도 좋으니 안빈의 아빠 자리만 지켜주면 된다는 마음으로 버텨왔는데 이제 아빠로서도 실격이었다. 그녀는 눈을 감았다. 망막에 맺혀 있는 것처럼 아들의 손목이 떠올랐다. 그녀는 화장 중이라는 사실도 잊고 두 손으로 얼굴을 벅벅 문질렀다.

"오늘 같은 날 양복 입는 건 너무 촌스러워 보이려나?"

그녀는 화장대 거울로 남편을 쳐다보았다. 거울 속에서 눈이 마주치자 남편은 어색한지 헤벌쭉 웃었다.

"아무래도 청바지가 낫겠지?"

거울 속에서 남편은 관객을 향해 대사를 치듯 말했다. 그녀는 대꾸 없이 화장솜을 고깔 모양으로 접어 입가에 번진 립스틱을 지웠다. 남편은 당장 무르춤한 표정이 되어 혼잣말로 구시렁대며 방을 나갔다.

화장을 마친 뒤에 그녀는 검정 바지에 흰 블라우스를 입었다. 바지 후크가 떨어져 있었지만 꿰맬 시간이 없어 옷핀으로 앞을 여미고 방을 나왔다. 남편은 스키니진에 분홍색 셔츠 차림이었다. 양복 차림보다도 훨씬 나이 들어 보였지만 안빈엄마는 굳이 그 사실을 말하지 않았다.

"안빈이 어머니!"

그녀는 얼굴을 찌푸렸다. 하필이면 교문에 들어서자마자 만난 사람이 지호엄마였다. 안빈엄마는 고개만 까딱하고 얼른 남편에게 붙어 섰다. 편하게 안빈엄마라고 부르면 될 것을, 어머니는 무슨 놈의 어머니람. 아무튼 교양 있는 척은 혼자 다 하는 여자였다. 지호의 등굣길에도 늘 양장 차림을 하고 따라나와서 1학년 때는 다들 지호엄마가 학교 선생인 줄로 착각했었다. 원래도 지호엄마를 좋아하지 않았지만 안빈의 칼에 지호가 손바닥을 베인 뒤로 저 여자가 더 싫어졌다. 안빈이 학교에 잭나이프를 갖고 온 것을 문제삼으려고 들었기 때문이었다. 멍청한 여자 같으니. 그게 드러나면 안빈이만 다치고 끝날 줄 아니? 그나저나 칼이라니. 그녀는 터져나오려는 한숨을 가까스로 삼켰다. 안빈이는 절대로 그런 아이가 아니었다. 누가 때리면 맞지만 말고 같이 때려주라고 하면 눈을 끔벅이며 그럼 걔도 아프잖아, 하던 순둥이였다. 그런 아이가 어떻게 토끼를 내던질 수가 있었을까. 정말 박세민의 마술 때문이 아니었을까. 그러니까 박세민이 마술을 건 대상이 토끼가 아니라 안빈이었던 것은 아닐까. 말도 안 된다는 걸 알면서도 자꾸 그런 생각이 들었다. 그 새빨간 눈으로 집중해서 처다보면 뭐라도 바뀌지 않고는 배겨날 수 없을 것 같은…….

교실에는 이미 꽤 많은 학부모들이 와 있었다. 아이들은 대부분 집에서 화장을 하고 온 모양이었다. 몇몇 엄마들만이 아이들 얼굴에 화장을 해주고 있었다. 가면을 쓰기 때문에 화장할 필요가 없는데도 아이들은 분장하길 원했다. 그녀는 아들의 자리로 갔다. 안빈은 짝꿍과 장난을 치다가 엄마를 보는 순간 얼굴이 굳었다. 그녀는 책상에 가방을 내려놓았다. 그리고 가방을 열어 화장품 파우치를 꺼내는데 핸드폰이 울렸다. 언니였다. 그녀는 핸드폰을 들고 교실을 나왔다.

"네 번이나 전화를 했는데 어떻게 전화 한 통이 없니? 무슨 일인지 궁금하지도 않니, 넌?"

전화를 받자마자 언니는 짜증부터 냈다. 어제 언니에게서 여러 번 전화가 걸려왔지만 받지 않았다. 안빈이 문제로 심란해서 전화기를 붙들고 노닥거릴 기분이 아니었다.

"혹시 막내한테 들었니, 엄마 암이란 얘기?"

"암?"

"어제 병원 갔는데 엄마가 암이래. 배를 열어봐야 확실히 알긴 한다는데……."

"무슨 암?"

"위."

"그래서 수술 받으시겠대?"

"……."

"노인들은 웬만하면 칼 안 대는 게 좋은데."

"그래도 하는 데까진 해봐야지. 다음달 17일로 수술날짜 잡았어."

"기어이 수술 받겠다고 하시나보네. 하긴 그 극성맞은 노인네가 안 그럴 리가 없지."

"인정머리 없는 년."

"뭐?"

"너 정말 인정머리 없다고."

피식 웃음이 나왔다. 다른 사람은 몰라도 언니가 할 말은 아니었다. 넉넉하지 않은 형편에 무용을 하겠다고 우겨서 결국 예술중학교로 진학한 언니였다. 언니 뒷바라지만으로도 허리가 휠 지경이라 안빈엄마와 그 밑의 세 동생은 학원 근처에도 가보지 못했다. 아버지가 병환으로 가게를 접었을 때도 언니는 집을 줄여 이사하게 된 상황만 짜증스러워할 뿐 집안 걱정은 전혀 하지 않았다. 언니를 대신해서 맏이 노릇을 한 건 둘째인 그녀였다. 아버지가 입원하자마자 어머니는 옷을 만들어 팔기 시작했다. 그녀는 옷 보따리를 나눠 들고 어머니를 친구들 집으로 안내했다. 재봉틀에 붙어 앉아 밤을 새우는 어머니가 안쓰러워서 집안일도 도맡다시피 했다. 열두 살부터 그렇게 살았다. 그녀는 어머니에게 있어 자신은 특별한 딸일 거라고 생각했다. 어려운 시간을 함께 이겨낸 동지애 같은 게 깔려 있을 거라고 굳게 믿었다. 하지만 아니었다. 언니에겐 대학 졸업할 때까지 아르바이트 한 번을 못하게 했으면서 그녀에겐 대학 등록금도 직접 벌어서 해결하라고 했다. 어떻게 나한테 이럴 수가 있느냐고 따지자 어머니는 심드렁한 목소리로 말했다. 누가 너한테 그러라는? 그 말을 듣는 순간 그녀 안에서 끈이 툭 하고 끊어졌다. 딱히 틀린 말도 아니었다. 누구도 강요하지 않았으니까. 너무도 맞는 말이라 그녀는 고개를 끄덕이며 웃을 수밖에 없었다. 웃으며 어머니 집을 나왔다. 그렇게 끝이었다. 더는 어머니가 어떤 말을 해도 서운하거나 노여운 마음이 들지 않았다.

"언닌 참 세상 편하게 사네, 여전히."

그녀는 전화를 끊고도 교실로 들어가지 못하고 한참을 복도 창가에 서 있었다. 뭔지 모를 설움이 북받쳐올랐다. 그녀는 유리에 비친 자신의 얼굴을 보지 않기 위해 창문에 이마를 갖다 댔다. 저 아래로 사람들이 지나갔다. 아이들이 지나가고 아이와 아빠가 지나가고 남자와 여자가 지나갔다. 그 행렬의 끄트머리에 어머니와 딸이 있었다. 옷 보따리를 이고 진 채 타박타박, 타박타박 걷고 있었다. 어머니와 딸의 머리 위로 뙤약볕이 내리쬐더니 한바탕 찬바람이 휘몰아쳤다. 바람이 잦아진다 싶더니 곧 거세게 비가 쏟아졌다. 눈물을 참기 위해 그녀는 눈을 치떴다. 새벽에 재봉틀을 돌리다 말고 우유를 마시는 어머니가 거기 있다가 그녀와 눈이 마주치자 빙긋 웃었다. 빈속에 우유를 마시면 속 다 버린다고 할 때마다 어머니는 지금처럼 빙그레 웃기만

했다. 그녀는 이를 악물고 울음을 참았다. 매일매일 우유 한 잔으로 쓰린 속을 달래더니 결국 위암이라니. 어머니가 불쌍했다. 그런데 어머니보다 자신이 더 불쌍했다. 칼바람에 곱은 손으로 보따리를 쥐고 어머니 뒤를 따르던 그 어린것이, 비가 오면 옷이 젖을까봐 보따리를 품에 꼭 끌어안고 어깨가 다 젖은 채로 종종걸음 치던 그 어린것이 너무도 애처로웠다.

열 시 정각에 학예회를 시작한다는 안내방송이 나왔다. 그녀는 심호흡을 하며 창가에서 물러났다. 창문으로 교실 안이 들여다보였다. 남편은 카메라로 안빈을 찍고 있었다. 렌즈가 향한 방향을 눈으로 따라가보니 언제 왔는지 세민이 앞에 박혜정이 앉아 있었다. 그녀는 다시 남편을 바라보았다. 남편이 안쓰러웠다. 스러지기 전에 마지막으로 자기 안의 수컷을 확인하고 싶은 거겠지. 그녀는 안빈을 쳐다보고 남편을 쳐다보았다. 남편이 가엾고 안빈이 가엾었다. 땅에 발을 디디고 있는 모든 생명들이 이 순간엔 다 가엾게 느껴졌다.

그녀는 교실로 들어가 아들에게로 갔다. 화장품이 든 파우치를 벌려놓고 안빈의 맞은편에 앉았다. 파운데이션을 쌀알만 한 크기로 덜어 아들의 뺨과 콧잔등에 얹었다. 눈이 마주치는 게 불편한지 안빈이 눈알을 뙤록뙤록 굴리며 엄마의 시선을 피했다. 그녀는 퍼프에 파운데이션을 묻혀 안빈의 얼굴을 톡톡, 가볍게 두드리기 시작했다. 퍼프가 닿을 때마다 안빈이 눈을 끔적거렸다. 그 모습이 귀여워 웃자 안빈도 어깨를 으쓱거리다가 킥, 하고 웃음을 터뜨렸다. 그렇게 소리내어 웃는 순간 안빈은 단숨에 그녀의 아들 안빈으로 되돌아왔다. 몸이 저 밑바닥부터 따뜻한 무언가로 채워지는 것 같았다. 이렇게 살면 되는 것을 백 점 아닌 시험지는 다 죄악인 것처럼 왜 그렇게 어린것을 다그치고 몰아댔을까. 그녀는 조금 더 큰 소리로 웃었다. 안빈의 웃음소리도 덩달아 커졌다. 지금 이 순간을 두고두고 떠올리게 될 것 같다는 생각이 들었다. 마지막 숨을 몸 밖으로 내놓는 순간에 떠올리게 되는 시간이 지금 이 순간이면 좋겠다는 생각이 그 뒤를 이었다. 어머니는 생의 마지막 순간에 어떤 장면을 떠올리게 될까.

"좋은 아침!"

주이엄마가 손을 흔들며 뒷문으로 들어왔다. 끝에 느낌표 세 개는 찍어야 할 것 같은 목소리였다. 주이엄마는 오늘은 마리 앙투아네트가 아니라 클레오파트라였다. 며칠 못 보는 사이에 매직스트레이트를 했는지 머리는 쫙 펴서 앞머리를 일자로 자르고 몸에 달라붙는 원피스를 입고 있었다. 뒤따라 주이가 들어왔다. 주이도 아예 미용실에서 분장과 머리손질을 하고 온 모양이었다.

"웬 모나미 패션?"

주이엄마가 안빈엄마를 가리키며 깔깔 웃었다. 덕분에 교실 안의 모든 사람들의 시선이 안빈엄마에게 집중되었다. 후크 대신 바지 앞섶을 고정시킨 옷핀에 저절로 손이 갔다. 누가 본 것도 아닌데 얼굴이 붉어졌다. 다행히 주이엄마를 따라 웃는 사람은 없었다. 번쩍 정신이 들었다. 어차피 병들어 죽을 인생이기 때문에 하나라도 더 갖고 누리며 살아야 하는 거다. 이렇게 살아도 한평생 저렇게 살아도 한평생이기 때문에 기필코 이렇게 말고 저렇게 살아야 하는 거다. 그녀는 아들을 쳐다보았다. 안빈은 아이들과 서로 화장한 얼굴을 손가락질하며 웃어대고 있었다. 그녀는 주먹을 움켜쥐었다. 이 아이는 어떻게든 나와는 다른 삶을 살게 해야 한다. 곧 수학경시대회였다. 이번엔 상을 받아야 한다. 그래야 잃어버린 자신감을 회복할 수가 있다. 정신 차리자. 값싼 감상에 젖어 이렇게 흔들릴 때가 아니다.

담임선생이 들어오더니 강당으로 이동할 시간이 되었다고 말했다. 아이들이 선생을 따라 강당으로 갔다. 부모들도 그 뒤를 따랐다.

국민의례에 이어 교장과 지역구 국회의원의 인사말이 있고 나서 1학년 아이들의 합창으로 바로 학예회가 시작되었다. 합창, 춤, 악기연주, 독창, 합창, 춤. 다음 순서가 어머니들의 합창이고 그게 끝나면 곧바로 연극이 시작되는 거였다. 안빈엄마는 반장엄마의 자격으로 아이들과 함께 대기실로 갔다. 아이들은 떨린다며 호들갑을 떨어댔다. 담임선생도 긴장한 얼굴이었다.

"여태까지 정말 최선을 다해서 너무들 잘해줬어. 선생님은 너희들 하나하나가 다 자랑스러워. 긴장하지 말고 그동안 준비한 것만 보여준다는 생각으로 무대에 서면 돼." 선생이 격려하는 눈빛으로 아이들을 둘러보았다. "무대에서는 집중력이 가장 중요해. 집중력만 기억하면 돼. 떨 필요 없어."

하지만 아이들보다 선생이 더 떨고 있는 것 같았다. "세민아.

잠깐만 앞으로 나와볼래?"

세민이 쓰고 있던 가면을 머리 위로 올리더니 앞으로 나왔다.

"모두들 수고했지만 특히 대본 쓰고 감독 역할까지 했던 세민이. 세민이에게, 그리고 우리 모두에게 박수를 보낸다는 의미로, 소리 나면 안 되니까 나일론 박수 시작!"

아이들이 양손을 교차시키며 날갯짓하듯 손을 흔들었다. 세민이 쑥스러운 듯 웃으며 손가락으로 이마를 문질렀다. 어린아이다운 몸짓이었다. 처음으로 세민이가 아이처럼 느껴졌다. 엄마들 합창이 끝나고 박수 소리가 났다. 아이들이 자리에서 일어났다. 안빈엄마는 세민에게 다가갔다.

"애썼다. 정말 잘했어, 박세민."

세민이 의아한 눈으로 그녀를 올려다보았다. 그녀는 세민을 잠자코 쳐다보았다. 점차 세민의 눈동자에서 경계의 빛이 사라졌다. 세민의 빨간 눈동자가 그녀를 향해 따뜻하게 열렸다.

"고맙습니다."

세민이 미소 지었다. 하지만 미소는 눈에 닿을 새도 없이 사라졌다. 세민이 얼굴로 가면을 내렸다.

*

세민은 용수철 튕기듯 침대에서 발딱 일어났다. 새벽 네 시였다. 눈을 뜨고도 잠자리에서 뭉개며 시간 보내는 걸 원래도 싫어했지만 오늘은 가슴이 두근거려 그대로 누워 있을 수가 없

219

었다. 드디어 오늘이다. 세민이 희곡을 쓰고 감독까지 한 연극이 무대에 오르는 날. 세민은 방을 서성대다가 침대에 걸터앉았다. 그리고 눈을 감고 대본을 첫 장부터 떠올려보기 시작했다. 하지만 가슴이 벌렁거려 집중할 수가 없었다. 세민은 일어났다. 집중이 안 될 땐 힘든 동작을 하는 게 최고다. 세민은 방바닥에 엎드려뻗쳐 자세로 엎드렸다. 그리고 팔 한쪽을 치켜들고 한쪽 팔로만 버텼다. 그 상태로 계속 팔 바꾸기를 반복했다. 얼마 하지 않았는데도 온몸에 땀이 흐르며 가슴이 진정되는 듯했다. 세민은 방바닥에 드러누웠다. 하지만 호흡이 잦아들자마자 다시 가슴이 벌렁대기 시작했다. 아무래도 오늘은 좀 더 강도가 센 처치를 해야 할 것 같았다. 집중이 안 될 땐 힘든 동작을 해서 '몸이 힘들다'는 감각에 집중하면 되지만 견디기 힘들 만큼 마음이 아플 땐 '몸이 아프다'까지 가야 했다. 오늘은 마음이 아픈 건 아니지만 그 방법까지 동원해야 할 모양이었다. 세민은 책상 서랍에서 컴퍼스를 꺼내고 파자마를 무릎까지 내렸다. 그리고 저번에 찔렀던 자리에서 무릎 쪽으로 손가락 한 마디 정도 내려오는 자리에 컴퍼스 바늘을 갖다댔다. 컴퍼스를 쥔 손에 힘을 가했다. 아픔이 방사형으로 뻗어나갔다. 세민은 하나에서 열까지 센 뒤에 바늘을 뗐다. 피가 맺혀 있었다. 이제 일곱 번째 별이 자리를 잡았다. 신기하게도 평소엔 희미해서 눈에 잘 띄지도 않는 흉터들이 술만 마시면 새빨갛다 못해 검붉은 빛으로 선명하게 드러나곤 했다. 오늘부턴 술을 마실 때마다 허벅지에 북두칠성이 떠오르겠지.

세민은 욕실에 들어가 샤워를 했다. 샤워하는 데 꼬박 한 시간이 걸렸다. 옷을 갈아입고 벽시계를 올려다보았다. 다섯 시 반이었다. 움직이는 초침을 보자 또 심장이 거세게 뛰기 시작했다. 지금도 이러면 이따가 무대에 오르면 심장이 두근대다 못해 입 밖으로 튀어나올 것 같았다. 하지만 세민은 이 느낌을 충분히 즐기고 싶었다. 이렇게 가슴이 뛰었던 적이 또 있었던가. 없었다. 매일 똑같은 날들이었다. 세민은 지금까지의 삶에서 가슴이 뛰었던 날들을 손꼽아보았다. 폐가에서 요한이 등에 업어주었던 날이 가장 먼저 떠올랐다. 요한이 손가락 여섯 개인 자신의 오른손을 보여주었던 날도 떠올랐다. 그때 요한은 말했다. 네 알비노증은 내 오른손처럼 네가 하느님으로부터 각별하게 선택받은 사람이란 징표야. 또 어떤 날이 있을까. 엄마와 함께 억수같이 쏟아지던 비를 맞던 날. 아무도 없는 새벽바다에 몸을 담그던 날. 에스더를 따라 회당에 갔던 날. 오늘은 그날들을 몽땅 합친 것보다 더 대단한 날이었다. 세민 자신이 진정한 주인공이 되는 날이니까. 늘 주인공이 되고 싶었지만 한 번도 주인공이었던 적은 없었다. 주인공을 억지로 흠집내서 잠깐이나마 주인공만큼 주목받은 날들은 더러 있었지만. 하지만 오늘은 무대에서 조명까지 받으며 당당하게 모든 사람들의 주목을 받는 날이었다. 다들 나폴레옹이 주인공인 줄 알고 있지만 이 연극의 진짜 주인공은 단연 복서였다. 이유는 간단했다. 세민 자신이 희곡을 그렇게 썼으니까.

세민은 방을 나왔다. 엄마가 일어나기 전에 폐가에 다녀오기로 했다. 특별한 날이니 특별한 의식이 필요할 것 같았다. 집을 나섰다. 막 집을 나설 때까지만 해도 어두웠는데 사슴정원에 이르자 동이 트기 시작하더니 폐가에 도착했을 때는 거짓말처럼 세상이 환해져 있었다. 언제 치웠는지 폴리스라인은 보이지 않았다.

폐가에 들어가자마자 세민은 신발을 벗고 땅에 입을 맞추었다. 그리고 도로 신발을 신고 나무 아래로 가서 벽돌 위에 앉았다. 기도를 해보고 싶었다. 두 손을 포개 가슴에 얹고 조용히 여호와 하느님, 하고 불러보았다. 그렇게 발화해본 것은 지금이 처음이었다. 마음이 든든해졌다.

"세민아!"

눈을 떴다. 에스더였다. 그녀가 풀밭을 가로질러 세민에게 다가왔다.

"이렇게 이른 시간에 여긴 웬일이야?"

"그냥요."

그녀가 세민 옆에 놓인 벽돌에 앉았다.

"기도를 해보고 싶은데 무슨 말을 해야 할지 모르겠어요." 세민이 말했다.

"그럴 땐 억지로 기도하려고 하지 말고 하느님의 말씀을 조용히 묵상해보는 게 좋아." 그녀가 가방에서 성경책을 꺼냈다. "난 아침마다 성경책을 아무 데나 그냥 펼쳐. 그리고 눈에 들어오는 말씀을 읽어. 오늘 나에게 주신 말씀이 이거라고 생각하고 종일 그 말씀을 묵상해."

"재미있을 것 같아요. 저도 해보고 싶어요."

엄마와 여행 가서 타로점을 본 적이 있었다. 카드를 뒤집어 놓고는 몇 장인가 집어보라고 하더니 그 카드들을 조합해서 하나의 이야기로 엮어내는 게 재미있게 느껴졌었다. 그것과 비슷할 것 같았다. 그녀가 성경책을 건넸다. 세민은 심호흡을 하고 성경책을 펼쳤다. 그리고 눈에 띈 구절을 소리내어 읽었다.

"환난 날에 나를 부르라. 내가 너를 건지리니 네가 나를 영화롭게 하리로다."

에스더가 입속말로 셀라, 하고 말했다. 세민은 성경책을 그녀의 무릎에 올려놓았다.

"에스더도 한번 해보세요."

"그럴까? 그럼 기도부터 하고." 그녀가 짧게 기도하더니 성경책을 펼쳤다. "이삭이 이르되 불과 나무는 있거니와 번제할 어린 양은……."

거기까지 읽더니 그녀는 성경책을 덮어버렸다. 마저 읽어달라고 하고 싶었지만 그녀의 얼굴에 갑자기 드리운 그늘 때문에 세민은 입을 다물었다. 그녀는 두 손을 배에 얹은 채로 허공을 응시했다. 세민은 폐가를 향해 눈길을 돌리며 허리를 폈다. 앞으로 튀어나온 부분마다 아침 햇살이 생크림처럼 부드럽게 묻어 있었다. 몸집이 크고 순한 짐승이 볕을 쬐며 졸고 있는 것 같았다.

"세민아."

에스더가 조용한 목소리로 세민을 불렀다. 세민은 그녀를 쳐다보았다.

"이따가 대모님이랑 세민이 연극 보러 갈게. 잘해, 떨지 말고."

그녀가 세민의 어깨에 손을 얹었다. 그녀가 하려던 말이 그게 아니란 걸 알았지만 세민은 그냥 고개를 끄덕였다.

"요한은 잘 있어요?" 한참 만에 세민이 물었다.

"응." 에스더가 대답했다.

"요한은 사형당하는 거예요?"

"응?"

"애들이 그랬어요. 아이들을 둘이나 죽였으니까 사형당하게 될 거라고요."

그녀는 말이 없었다. 세민은 그러모은 무릎에 툭툭, 턱을 부딪쳤다.

"그 전에 휴거가 일어날 거야." 그녀가 말했다.

"언제 휴거가 일어나는데요?"

"정확한 날짜는 여호와께서 성별자에게 일러주실 거야."

"만약 내가 성별자가 아니라면 진짜 성별자를 또 찾아야겠네요? 진짜 성별자를 찾기 전에 휴거가 일어나면 어떻게 되는 거예요?"

"그런 일은 없을 거야. 없어, 절대."

"그건 내가 성별자라고 믿는단 얘기네요."

"……."

"내가 성별자라면 요한보다 더 대단한 기적을 일으킬 수 있

224

을 거라고 했죠?"

"응. 요한이 손을 얹고 기도하면 병이 나았어."

"내가 마음속에 떠올린 소원도 정확히 읽었고요."

"그래, 그랬지."

"병을 고치는 능력보다 더 대단한 기적이라면 어떤 게 있을까요?"

"……."

"에스더."

"응?"

"나도요, 내가 성별자라면 좋겠어요."

"……."

"그렇지 않으면 너무 말이 안 되잖아요."

"뭐가?"

"내가요."

"응?"

"나 자체가…… 태어나서 지금까지가 다…… 너무 말이 안 된다고요."

에스더는 아무 말도 하지 않았다. 대답을 기다리다가 세민도 입을 다물었다. 그런 채로 얼마간 시간이 흘렀다. 세민이 자리에서 일어났다.

"저 이제 갈게요."

"그래, 세민아. 이따 갈게."

세민은 폐가를 나왔다. 뒤돌아보지 않았지만 둔덕을 다 내려

올 때까지 에스더가 눈으로 배웅하고 있는 것을 세민은 다 느끼고 있었다.

집에 들어갔다. 엄마는 아침밥을 짓고 있었다. 세민은 주방으로 가서 가만히 식탁에 앉았다. 뒤돌아 의자등받이를 끌어안고 앉아서 엄마를 지켜보았다. 엄마는 한 손으로 조리대를 짚은 채 국을 떠서 간을 보다가 뒤를 돌아보았다. "벌써 일어났어?"

세민은 고개를 끄덕였다. "근데 엄마, 나 밥 안 먹을래."

"왜?"

"이따 연극 끝나고 먹을게."

"그럼 누룽지라도 좀 끓여줄까?"

"아니."

세민은 의자에서 내려왔다. "이따 엄마, 빨간 옷 입고 와, 꼭!" 돌아서다 말고 세민이 말했다. 빨간 옷을 입고 있어야 객석에 있는 엄마를 그나마 찾기 쉬울 것 같았다. 무대에 선 자신을 바라보는 엄마를 보고 싶었다.

세민은 방으로 들어가 침대에 누웠다. 눈을 감고 연극의 첫 장면부터 끝까지를 머릿속으로 돌려보았다. 두 번을 그렇게 하자 여덟 시가 다 되었다. 가방을 메고 거울 앞으로 갔다. 머리를 다시 빗으며 거울 속의 자신을 들여다보았다. 내가 성별자라면 난 어떤 기적을 일으킬 수 있을까. 요한이 일으킨 기적보다 더 센 기적이라면 어떤 것일까. 세민은 슈퍼맨처럼 하늘을 나는 자신의 모습을 그려보았다. 현기증이 나며 배꼽이 간지러웠다.

학교에 가자마자 세민은 교실에 들르지 않고 바로 강당으로 갔다. 이른 시간인데 문이 열려 있었다. 가방을 구석에 내려놓고 세민은 무대로 올라가 가로와 세로의 길이를 보폭으로 쟀다. 그리고 입구에서 정중앙까지가 몇 걸음인지도 셌다. 세민은 가방에서 대본을 꺼냈다. 대본 맨 뒷장에 무대를 그리고 걸음수를 써넣었다. 그런 뒤에 대본을 펼치고 동선을 머릿속에 떠올리며 무대 위를 걸었다. 맨 처음 등장할 땐 정중앙을 바라보며 열네 걸음. 두 번째 등장할 땐 무대 앞을 향해 네 시 방향으로 스물 한 걸음. 세 번째는 한 시 방향으로 일곱 걸음. 위에서 시선이 느껴졌다. 세민은 얼른 대본에 7이라고 적고 나서 고개를 들었다.

"방해될 것 같아서 일부러 인사 안 했지. 일찍 왔네, 세민이." 담임선생이 2층 난간에 서서 손을 들어 인사했다. "하던 거 계속 해. 선생님도 조명실 좀 미리 둘러보려고."

선생이 2층에 있는 조명실로 들어갔다. 세민은 계속 걸음수를 헤아렸다. 전쟁 장면이 많이 복잡했다. 왼쪽 입구에서 등장해서 다섯 시 방향으로 빠르게 스무 걸음, 정면으로 세 걸음, 열시 방향으로 세 걸음, 직선으로 열 걸음, 오른쪽 입구로 퇴장. 다시 오른쪽 입구로 등장해서 직선으로 다섯 걸음, 일곱 시 방향으로 아홉 걸음. 세민은 바닥에 쪼그리고 앉아 꼼꼼하게 걸음수를 적어넣었다.

"세민인 어제 잘 잤니?" 언제 내려왔는지 선생이 무대 앞에 서 있었다.

"네."

"내가 오늘 조명을 잘 쏴야 할 텐데. 그치?"

"제가 써드린 대로만 하시면 돼요."

선생에게 조명을 맡기면서 세민은 선생의 대본에 조명을 쏠 위치와 조도를 빨간 볼펜으로 자세히 써주었다.

"그래. 세민이가 꼼꼼하게 써줬으니까 그대로만 하면 되겠다. 근데 세민아."

세민이 선생을 올려다보았다.

"세민이가 늘 자신감에 차 있어서 선생님은 그게 참 좋아. 하지만 때로는 그게 지나쳐서 말투가 좀 단정적이랄까 공격적이랄까, 그렇게 들릴 때가 있어. 그게 듣는 사람에게 거부감을 갖게 할 수도 있는 것 같아."

"우습게 보이는 것보단 재수 없어 보이는 편이 훨씬 나아요."

"……."

"저도 다 아는데요, 바보같이 보이는 것보단 그게 더 낫다고요."

선생이 이마를 문지르며 한숨을 내쉬더니 무대 위로 올라와 세민을 향해 두 팔을 벌렸다. "내가 괜한 소리를 했다. 우리 세민이 한번 안아봐도 될까?"

세민은 엉거주춤하게 선생에게 안겼다. 선생이 세민의 등을 토닥거렸다.

"연극을 준비하면서 선생님은 매일 세민이에게 감동을 받았어. 네가 얼마나 멋진 사람인지 세민이 네가 알면 좋겠다, 꼭."

"고맙습니다."

세민은 선생에게서 몸을 뗐다. 그리고 지어 보일 수 있는 가장 환한 미소를 지어 보이고는 뒤돌아섰다. 가방을 들고 교실로 갔다. 아직 아무도 오지 않았다. 세민은 일기장을 꺼냈다. 자신을 격려하는 뜻에서 오늘 일기를 미리 써보기로 했다. 한 번도 이런 생각을 해본 적이 없는데 꽤 괜찮은 발상이다 싶었다. 앞으로도 가끔 해봐야지.

처음으로 연극을 해보았다. 많은 사람들이 바라보는 무대에 선다는 건 대단한 일이다. 내가 맡은 역할은 복서다. 복서가 진정한 주인공이다. 다들 나폴레옹이 주인공인 줄 알았겠지만 연극이 끝날 땐 자기들이 잘못 알고 있었다는 걸 깨달았을 것이다. 주인공은 복서다. 가장 많은 스포트라이트를 받는 사람이 나다. 나는 엄청난 박수를 받았다. 가장 크고 가장 긴 박수를 받았다. 엄마의 표정에서 엄마가 날 얼마나 자랑스러워하는지 다 느낄 수 있었다. 굉장한 하루였다.

웃음이 났다. 기분이 좋아지고 자신감이 채워지는 것 같았다. 일기장을 가방에 넣는데 채영이 들어왔다. 세민은 인사를 하지 않았다. 며칠 전에 옥상에 끌려갔을 때 누구 하나 세민을 위해 나서주지 않았다. 그 뒤로 세민은 반 아이들 누구에게도 먼저 인사를 건네지 않았다.

"떨릴 때 이거 먹으면 진정되고 기분 좋아진대." 채영이 다가와 초콜릿을 내밀었다.

"그건 왜 그러냐면 초콜릿에 페닐……." 초콜릿에 들어 있는 페닐에틸아민이란 화학물질 때문이라고 말하려다가 세민은 입을 다물었다.

아이들이 속속 도착했다. 집에서 아예 옷을 입고 분장까지 마치고 온 아이들도 많았다. 세민은 화장실로 가서 엄마가 들고 온 갈색 옷으로 갈아입었다. 그리고 옷핀으로 엉덩이에 말꼬리를 달았다. 세민이 책상에 걸터앉고 엄마가 의자에 앉았다. 새빨간 블라우스에 새빨간 립스틱을 바른 엄마는 참 예뻤다. 꽃처럼 예뻤다. 하지만 생화가 아니라 드라이플라워 같았다. 꽉 쥐면 금방 바스라질 것 같았다. 엄마가 가방에서 화장품을 꺼냈다. 화장은 간단했다. 입술을 바르고 눈썹만 진하게 그렸다. 엄마가 화장품을 챙겨 도로 가방에 넣고는 고개를 약간 갸우뚱한 채 세민을 바라보았다. 엄마와 마주앉아 눈을 보고 있으려니 슬픈 건 아닌데 갑자기 눈물이 날 것 같았다. 세민은 엄마를 향해 양손을 내밀었다. 엄마가 손을 잡았다. 세민이 손에 힘을 주자 엄마도 힘을 주었다. 관절이 새하얗게 될 정도로 서로 손을 꽉 쥐었다.

모두 대강당으로 이동했다. 아침인데도 벌써 공기가 자줏빛으로 타오르고 있었다. 학예회가 시작되었다. 시간이 어떻게 흘러갔는지 모를 정도로 빠르게 공연들이 지나갔다. 드디어 어머니 합창이 시작되었다. 다음이 세민이네 연극이었다. 너무 떨려서 서 있기도 힘들 정도였다. 세민은 주문을 외듯 아침에 폐가에서 본 성경구절을 읊조렸다. 방금 전에 화장실에 다녀왔는데

230

도 금세 또 오줌이 마려웠다.

　어머니 합창이 끝나고 곧바로 연극이 시작되었다. 막이 열리는 순간 세민은 온몸의 모공이 한꺼번에 활짝 열리는 것을 느꼈다. 입구에 서자마자 조명이 세민 위로 쏟아졌다. 갑자기 앞이 하얘지며 아무것도 보이지 않았다. 세민은 눈을 꾹 감았다가 떴다. 그리고 아까 계산해둔 대로 중앙을 향해 열네 걸음을 걸었다. 무사히 대사를 마치고 대기실로 돌아왔다. 그렇게 몇 번을 무대에 올랐다 내려오길 반복했다. 처음엔 떨렸지만 동물들의 합창이 있은 뒤로는 떨리지 않았다. 아이들도 다들 잘해내고 있었다. 웃음이 몇 차례나 터졌다. 예상했던 곳에서는 물론 생각지도 못했던 곳에서도 웃음이 빵빵 터졌다. 몰리와 나폴레옹이 사랑싸움을 하는 장면에서 웃음이 터질 것은 예상했지만 암소들이 젖통이 아프다고 할 때 그렇게 자지러지게 웃어댈 거라고는 생각하지 못했다. 아무튼 그런 호응이 있다는 건 좋은 일이었다. 하지만 세민은 점점 더 힘이 들었다. 조명이 너무 강하기 때문이었다. 조명이 비칠 때마다 눈이 두 조각 나는 것 같았다. 눈물이 줄줄 흐르고 눈동자는 수차례 안구 진탕을 일으켰다. 눈물 때문에 가면이 자꾸 옆으로 돌아가서 눈구멍과 눈의 위치가 계속 어긋났다.

　극이 3분의 2 지점을 넘어서고 있었다. 동물들과 인간들의 전쟁이 시작되었다. 인간들이 폭약으로 풍차를 폭파하는 장면에서 세민은 무대로 뛰어올랐다. 다섯 시 방향으로 빠르게 스무 걸음을 걸은 뒤에 정면을 보고 세 번을 쿵쿵 뛰었다. 복서는 이

리저리 바쁘게 돌아다니면서 인간들을 응징했다. 드디어 인간을 물리쳤지만 동물들 모두가 상처를 입었다. 특히 복서는 쇠발굽을 잃고 뒷다리에 총알 열 개가 박혔다. 복서는 이를 악물고 총알을 빼냈다. 그때 축포처럼 총소리가 터졌다. 세민은 조명에 눈이 반쯤 먼 채 다리를 질질 끌며 네 시 방향으로 걸어갔다. 다섯 걸음.

복 서	총은 뭣 땜에 쏘는 거요?
스퀼러	우리 승리를 축하하기 위해서요.
복 서	무슨 승리?
스퀼러	무슨 승리라니?
복 서	저들은 우리 풍차를 파괴했어. 2년간 피땀 흘려 세운 풍차 아니요?
스퀼러	또 풍차를 세우면 그만이지. 동무는 우리의 승리가 달갑지 않단 말이오?

조명이 세민 위로 쏟아졌다. 세민은 원추형 빛에 갇힌 것 같았다. 눈물이 쉼 없이 흘러내렸다. 눈이 두 조각이 아니라 열두 조각 나는 것 같았다. 앞이 안 보였다. 세민은 가면 속으로 손을 넣어 눈물을 훔쳐낸 뒤에 가면을 똑바로 고쳐 썼다. 열 시 방향으로 일곱 걸음, 왼쪽으로 몸을 돌려 세 걸음. 그리고 다시 정면을 향해 몸을 트는 순간 발목이 꺾이면서 세민은 그 자리에 맥없이 쓰러져버렸다. 벌떡 일어나려다가 세민은 마음을 고쳐먹

었다. 이것이 실수란 것을 드러내선 안 된다. 세민은 두 팔로 바닥을 디디고 상체를 일으켰다.

복　서　　나는 눈도 잃었어. 앞이 안 보여. 내가 이러면 풍차는 누가 세우지? 풍차를 다시 세울 때까지만이라도 볼 수 있으면 더 바랄 게 없을 텐데.

입구 쪽으로 미끄러져가던 조명이 황급히 무대 중앙으로 돌아왔다. 밝은 조명 속에서 세민은 다시 그 자리에 푹 고꾸라졌다. 대본에 없던 대사였다. 대본대로라면 죽은 동물들을 위한 장례식이 거행되어야 했다. 장례식을 치르기 위해 무대로 올라온 아이들이 우왕좌왕하기 시작했다. 세민은 일어나서 다리를 끌며 입구를 향해 걸어갔다. 조명이 세민을 따라붙었다. 조명 때문에라도 그냥 퇴장할 수가 없었다. 세민은 멈춰 서서 하늘을 우러르며 울부짖었다.

복　서　　난 어떻게 돼도 좋아. 동물들이 이 힘든 삶에서 벗어날 수만 있다면.

역시 대본에 없는 대사였다. 객석 여기저기서 훌쩍거리는 소리가 들렸다. 세민의 에드리브 때문에 아이들은 다 무대에 얼어붙은 듯이 서서 서로의 얼굴만 멀뚱멀뚱 쳐다보았다.
"장례식 해야지. 야, 시체들. 얼른 저쪽에 가서 누워, 얼른."

우주가 말했다. 몇몇 아이들이 무대 한쪽으로 가서 바닥에 누웠다. 이제 나폴레옹이 근엄하게 등장해서 연설을 해야 했지만 세민 때문에 안빈은 거의 얼이 빠진 상태였다. 누군가 안빈의 등을 떠밀었다. 그러자 조명이 황급히 안빈을 비추었다. 그것이 안빈을 더 당황하게 했다. 안빈은 조명 속에서 우두커니 서 있었다. 조금 전까지만 해도 심각했던 관객들이 웃기 시작했다.

"야, 뭐해? 시체 쪽으로 가, 빨리!"

채영이 안빈에게 소곤댔다. 작은 소리였지만 안빈의 옷깃에 꽂힌 핀 마이크 때문에 강당에 있는 모두가 채영의 말을 들었다. 관객들이 더 크게 웃었다. 안빈은 시체들이 누워 있는 곳까지 허청허청 걸어갔다. 아이들이 다 안빈의 뒤를 따랐다. 다시 무대에 등장한 세민도 다리를 질질 끌며 행렬의 맨 끝에 섰다. 겨우 무대가 정돈되었다.

이제 연극은 막바지에 이르렀다. 복서를 도살장으로 싣고 가기 위해 마차가 무대에 올랐다. 마부 둘이 마차에서 내려 올가미를 들고 세민에게 다가왔다. 대본대로라면 복서는 순순히 마차에 올라야 했다. 하지만 세민은 뒷걸음질쳤다. 연극인 줄 몰라서가 아니었다. 다 알면서도 저 올가미에 갇히면 끝이라는 절망감이 세민을 뒤덮었다. 올가미에 목이 졸린 채 마차에 실리면 이제 퇴장이었다. 이 장면을 마지막으로 영영 이 무대를 떠나는 거였다. 다시 또 이렇게 빛나는 자리에 설 수 있을까. 지금까지의 삶이 세민의 눈앞을 빠르게 흘러갔다. 언제나 구경의 대상이었다. 학교에서도 거리에서도 관광지에서도, 세민은 늘 구경

당하는 입장이었다. 지금처럼 구경이 아닌 형태의 시선을 받아
본 적은 거의 없었다. 이런 날이 또 올까. 하지만 이제 사라져줘
야 했다. 세민은 뒷걸음질을 멈추고 그 자리에 섰다. 그리고 얼
른 데리고 가라는 듯 목을 내밀었다. 객석에서 또 흐느끼는 소
리가 터져나왔다. 벤자민이 동물들에게 복서가 도살장에 끌려
가는 거라는 사실을 알리자 무대 뒤에서 공포에 질린 동물들의
아우성이 흘러나왔다. 세민을 태운 마차는 무대 끝을 향해 굴러
갔다. 복서는 그렇게 조용히 사라져야 했다. 세민도 그걸 잘 알
고 있었다. 하지만 마차가 대기실로 들어가기 직전에 세민은 도
저히 참을 수 없는 충동에 휩싸여 마차 문을 열고 소리쳤다. 아
예 가면까지 벗어던진 채였다.

"내가 죽는다고 슬퍼하지 마. 너희들과 함께 해서 정말 행복
했어. 정말 행복한 시간이었어."

또 혼란이 시작되었다. 세민이 가면을 벗어던지자 아이들 중
몇몇은 세민을 따라 가면을 벗었다. 아이들은 무대 위에서 어찌
할 바를 몰라 했고 관객들은 울거나 웃었다.

막이 내렸다. 암탉들이 먼저 무대에 나와 인사하고 까마귀들
이 인사했다. 개들과 양들과 인간들이 인사했다. 돼지들이 나오
고 몰리와 벤자민이 함께 나왔다. 그리고 복서가 무대에 등장하
는 순간 큰 박수가 터져나왔다. 마지막으로 나폴레옹이 나왔지
만 관객들의 반응은 신통치 않았다.

모두 무대에서 퇴장했다. 세민은 비틀비틀 계단을 내려왔다.
완전히 탈진해버린 것 같았다. 안빈이 다가왔다.

"따라 와."

세민은 안빈을 따라 강당을 나섰다. 우주와 지호가 밖에서 기다리고 있었다. 넷은 함께 학교를 벗어났다. 그리고 큰길가에 있는 빌딩 옥상으로 올라갔다. 세민은 자신이 여전히 복서를 연기하고 있는 것 같았다. 올가미에 씐 채로 무대 밖을 향해 끌려가는 중인 것 같았다. 총알 열 개가 박힌 뒷다리가 뻐근하게 아파왔다.

"더러운 알비노 새끼. 너 때문에 다 망쳤어."

안빈이 주머니에서 잭나이프를 꺼냈다. 세민이 뒷걸음질치자 우주가 달려와 세민을 붙들었다. 그리고 지호가 핸드폰을 꺼냈다. 안빈이 잭나이프를 펼치더니 칼날을 세민의 허리띠 버클에 갖다댔다.

"사람들 앞에서 다 발가벗겨진 느낌이 어떤지 너도 당해봐. 내가 무대에서 그랬거든. 더러운 알비노 새끼 때문에."

안빈의 말투에는 아무런 억양이 없었다. 세민은 안빈을 쳐다보았다. 안빈의 눈동자에 슬픔이 어려 있었다. 분노나 원망이 아닌 슬픔이었다. 무서웠다. 차라리 분노가 덜 무서웠다. 세민은 우주의 팔을 뿌리치고 옥상 끝을 향해 달렸다. 아이들이 세민을 잡으려고 달려왔다. 세민은 난간으로 올라갔다. 달려오던 아이들이 그 자리에 멈춰 섰다.

세민은 난간 위에 쪼그려앉았다. 저 아래로 사람들이, 집들이, 자동차가 보였다. 그 위로 자신이 살아온 세월이 흘러갔다. 세민은 숨을 길게 내쉬었다. 갑자기 무언가가 느슨해지는 것 같왔다. 그동안 애써 여미고 조여놓았던 것들이 스르르 저절로 풀어지는 것 같았다. 세민은 하늘을 향해 고개를 들었다. 빛이 눈 안으로 뜨겁게 괴어들었다. 세민은 천천히 몸을 일으켰다. 그리고 슈퍼맨처럼 두 팔을 앞으로 뻗었다.

"환난 날에 나를 부르라. 내가 너를 건지리니 네가 나를 영화롭게 하리로다."

세민의 몸이 사과처럼 툭, 떨어졌다.

미끼

그 현장을 발견한 사람은 태국인들이었다.

교환학생으로 한국에 와 있던 조이와 밥은 수업이 없는 목요일 오후에 기숙사를 나섰다. 버스에 오르자마자 운 좋게 나란히 빈 좌석을 발견한 그들은 이어폰을 한 짝씩 나눠 끼고 잠들었다가 동시에 눈을 떴다. 내릴 정류장을 진작 지나버렸다는 걸 깨닫고 그들은 바로 버스에서 내렸다. 목적지로 되돌아가려다가 그들은 이 동네를 둘러보기로 마음을 바꿨다. 어차피 그곳에 꼭 가야 할 일이 있는 것도 아니었다. 태국에 돌아가기 전까지 서울의 구석구석을 둘러볼 계획이었으므로 굳이 이 동네라고 마다할 까닭이 없었다. 게다가 무엇보다 배가 고팠다.

"어느 쪽으로 갈까?"

주위를 빙 둘러본 뒤에 조이가 밥에게 물었다. 8차선 도로를 중심으로 서쪽으로는 낮고 낡은 건물들이 다닥다닥 붙어 있었고 동쪽으로는 지어진 지 몇 년 되지 않은 것 같은 고층 아파트

들이 늘어서 있었다.

"아무 데나."

그렇게 대답은 했지만 발은 이미 동쪽을 향해 몸을 틀고 있었다. 아무래도 잘사는 동네에 있는 식당이 깨끗하고 음식도 맛있을 것 같았다. 조이도 순순히 발을 따라왔다.

그들은 아파트 단지를 가로질렀다. 동과 동 사이에 있는 정원들이 주제를 갖고 잘 꾸며져 있었지만 찬찬히 구경하기에 그들은 너무 배가 고팠다. 빠른 걸음으로 과수정원을 지나고 분수정원을 지나고 사슴정원을 지나 얼마간 더 걷자 아파트 출입구가 나타났다.

출입구를 빠져나오는 순간 그들은 동시에 아, 하고 낮게 탄성을 내질렀다. 천지사방을 가득 메운 아파트 숲 사이에 아담한 둔덕이 폐가를 등에 업은 채 납작하게 엎드려 있는 모습은 너무도 생뚱맞고 억지스럽게 보였다. 배고픈 것도 잊고 그들은 무엇엔가 이끌리듯 둔덕을 올라갔다. 오르막길에선 늘 그렇듯이 조이는 발을 뗄 때마다 작게 소리내어 숫자를 헤아렸다. 능, 썸, 쌈, 씨, 하, …… 씨씹까오에서 조이는 걸음을 멈추었다.

"세트장인가? 영화나 드라마의……."

담장의 뜯겨나간 널빤지 너머로 폐가를 들여다보며 조이가 중얼거렸다. 세트장이라고 하기엔 규모가 너무 작은 게 아닌가 싶었지만 세트장이 아니라면 이 생뚱맞은 공간을 적절하게 설명할 말이 없을 것 같았다. 드라마의 천국인 한국이니 태국과 촬영현장이 많이 다를 수도 있을 것 같았다. 그녀가 폐가로 한 걸음 다가가는 순간 밥은 저도 모르게 한 걸음 뒤로 물러났다. 세트장일 리가 없다. 폐가에서 흘러나오는 이 음침하고 스산한 기운, 이건 가공한 것이 아닌 분명 날 것의 느낌이었다. 그는 그만 내려가자고 말하려고 했지만 입을 열기도 전에 조이가 폐가 안으로 발을 디밀었다. 그녀는 풀밭을 가로질러 천천히 집으로 다가갔다. 이곳이 드라마 세트장이 맞다면 이곳에서 재현된 건 먼 과거의 어느 날이었을 것이다. 집의 상태로 보건대 시대적 배경이 7~80년대쯤 될 것 같았다. 그렇다면 여기에선 어떤 일도 일어나는 순간 과거가 되어버릴 것이므로 이 공간은 이미 모든 공소시효가 말소되어버린 세계였다. 그녀가 한국에 온 것은 자신의 실수로 불구가 된 친구 때문이었다. 그 죄책감에서 도망치고 싶어 교환학생으로 한국에 왔지만 아무리 달아나려고 해도 결국은 제자리였다. 그런데 이곳에서는 짐을 부리듯 그 죄책감을 내려놓아도 될 것 같았다. 얼마든지 그게 가능할 것 같았다. 밖에서 밥이 조이를 불렀다. 조이, 그만 나와.

"디여 우 꺼언."

한국에 있는 동안엔 둘이 있을 때도 모국어를 쓰지 않기로 한 약속을 어기고 조이가 태국말로 말했다. 그녀는 집으로 바짝 다가갔다. 현관으로 다리를 내밀었다. 드러난 발목 위로 햇빛이 하얗게 부서져내렸다. 그녀는 현관문을 밀었다. 바닥에 일렬로 누워 있는 시체들과 대들보에 목을 맨 시체가 보였다. 모두 자루 같은 흰 옷을 입고 있었다. 빠르게 숫자를 헤아렸다. 아홉 구였다. 세트장이 확실했다. 한꺼번에 아홉 구의 시체라니, 현실에서는 가능하지 않은 장면이었다. 영화를 찍고 마네킹을 챙기지 않고 돌아간 모양이었다. 하지만 그녀는 그 안으로 들어가지 못했다. 머리털을 쭈뼛 서게 하는 이 배설의 냄새는 이것이 마네킹일 리가 없다고 그녀를 설득하고 있었다. 가위에 눌린 것처럼 그녀는 꼼짝도 하지 못했다. 어젯밤에 블라우스 단추를 다는 내내 그녀는 귀신에게 시달리지 않으려면 밤에 바느질을 하지 말라던 어머니의 말이 떠올라 마음이 찜찜했었다. 먼 타국으로 떠나는 딸을 붙잡고 어머니가 신신당부한 또 한 가지는 수요일엔 절대로 머리를 자르지 말라는 것이었다. 조이는 어제 자신이 그 두 가지를 다 해버렸다는 사실을 떠올렸다. 그녀의 입에서 비명이 흘러나왔다. 있는 힘껏 비명을 지르며 그녀는 폐가를 뛰쳐나왔다. 세민이 죽고 꼭 한 달이 지난 초가을이었다. 두 아이에 이어 폐가에서 무더기로 시신이 발견된 순간이었다.

*

옥상에 CCTV가 없었더라면 문제가 복잡해질 뻔했다. 단 십 분이었다. 아이들이 옥상에 모습을 드러낸 순간부터 세민이 난간으로 올라가 뛰어내리는 데까지 걸린 시간은 단 십 분이었다. 안빈이 칼을 들고 있는 장면은 다행히 CCTV를 등지고 있어 녹화되지 않았다. 우주와 지호와도 이 부분은 사전에 철저하게 입을 맞춰놓았다. 안빈이 칼을 소지하고 있었다는 사실이 밝혀지면 그 애들에게도 좋을 게 없었다. 그러니까 결론은 옥상에서는 어떤 폭력도 없었다는 거였다. 친구들로부터 연극을 망친 것에 대해 항의를 받자마자 세민이 말릴 틈도 없이 뛰어내려버렸다는 게 이 사건의 전말이었다.

세민의 죽음은 그렇게 일단락 지어졌다. 하지만 안빈엄마는 불안했다. 지난주에 우주엄마로부터 모든 수사가 종결되었다는 말을 듣고부터 더 불안해졌다. 아이가 죽었는데, 그것도 스스로 뛰어내려 죽었는데, 그 큰일이 이렇게 간단하게 끝났다는 게 뭔가 석연치 않았다.

"언니도 참. 우주아빠가 높은 데 선 대서 깔끔하게 다 마무리까지 지었으니까 걱정 말래두."

우주엄마는 태평했다. 정말 다 끝난 거라고 확신하는 목소리였다. 전화를 끊고 안빈엄마는 국그릇에 밥을 펐다. 그래, 수사까지 종결된 마당에 불안해할 게 뭐람. 잠도 못 자는데다 속까지 허하기 때문에 불안한 것일 수도 있다. 불면증이야 오래전부터 겪고 있는 거니까 그렇다고 치더라도 세민이 죽은 날부터 한 달 동안 아무것도 먹지 못하다시피 했다. 안빈을 위해서라도 이제 속히 정상적인 생활로 돌아와야 했다. 아무리 내색하지 않으려고 해도 안빈은 엄마의 불안을 세세히 느꼈고 엄마 이상으로 불안해했다.

그녀는 찬물을 밥에 붓고 냉장고에서 오이지무침을 꺼내 식탁에 앉았다. 핸드폰으로 동영상 파일이 전송된 것은 그때였다. 삼 분도 채 안 되는 짧은 영상이었다. 무심코 새끼손가락을 뻗어 세모 아이콘을 클릭했다. 바로 영상이 떴다. 화면 속의 남자는 안빈아빠였다. 그녀는 그제야 발신자를 확인했다. 박혜정이었다. 영상을 끝까지 보고 그녀는 조용히 숟가락을 내려놓았다. 드디어 올 것이 왔다. 그래, 이렇게 끝날 리가 없지. 차라리 마음이 차분해졌다. 그녀는 파일을 남편에게 전송했다.

핸드폰을 들고 그녀는 주방 바닥으로 내려와 앉았다. 박혜정이 이런 영상을 보내온 이유는 분명했다. 거래를 하자는 거다. 세민의 죽음이 단순자살로 결론난 날, 박혜정은 술냄새를 풍기며 그녀를 찾아왔었다. 집 안으로 들이자마자 박혜정은 다짜고짜 무릎을 꿇었다. 내 새끼가 정신적으로 문제 있는 아이로 몰리는 것만큼은 못 견디겠어요. 그게 아니라고, 세민이는 괴롭힘 때문에 죽음을 택한 거라고, 그 말만 해주세요. 안빈엄마는 물론 한마디로 거절했다. 마음이 아프지 않은 건 아니었다. 하지만 내 자식부터 지켜야 했다. 무릎 꿇은 것도 어미지만 단호하게 거절한 것도 어미였다. 그녀가 거절하는 순간 박혜정이 무릎을 꿇은 채 고개만 들어 그녀를 쳐다보았다. 그 순간 박혜정의 눈에서 무언가가 싹 걷히는 것을 그녀는 분명히 보았다. 아, 그 눈동자. 안빈엄마의 입에서 짧은 탄식이 흘러나왔다. 자신을 쉴 새 없이 들까불어대는 이 불안감이 어디서 비롯되었는지를 지금 막 깨달은 거였다. 그때 보았던 박혜정의 눈빛. 지금까지는 프롤로그였고 본격적인 이야기는 이제부터 시작될 거라고 경고하던 그 눈빛.

― 결정하세요. 안 하겠다면 바로 단톡방에 올리겠어요.

박혜정에게서 문자가 왔다. 그녀는 핸드폰을 바닥에 내려놓은 채 가만히 그것을 내려다보았다. 답변을 고민하는 사이 액정이 저절로 까맣게 꺼졌다. 그녀는 머리를 흔들었다. 박혜정에게 답을 하기 전에 남편에게 그 동영상에 대해 확인하는 것이 우선이었다. 그녀가 손을 뻗어 핸드폰을 집어드는 순간 갑자기 전화벨이 울렸다. 전화벨이야 늘 느닷없이 울리는 거지만 그녀는 화들짝 놀라며 핸드폰을 바닥으로 떨어뜨렸다. 남편이었다.

"이게 어떻게 당신한테……" 남편은 자신 없는 목소리로 우물거렸다. "난 그냥…… 그냥 위로만 해주고 싶었을 뿐인데…… 정말이야…… 사실 나도 뭐가 어떻게 된 건지 하나도……."

남편의 입을 틀어막듯 그녀는 전화를 끊어버렸다. 더 듣고 싶은 말도, 들을 말도 없었다. 남편이 하고 싶은 말이 뭔지 대충 짐작이 갔다. 동영상을 보자마자 그녀는 그것이 분명한 의도를 갖고 촬영된 거라는 걸 알았다. 영상은 어느 한 부분도 흔들림이 없었다. 서로 동의하고 촬영한 게 아니라면, 미리 핸드폰을 고정시켜놓고 안빈아빠를 그리로 이끈 게 분명했다. 이런 자료가 법적인 효력이 있을까. 무릎을 꿇은 채 자신을 올려다보던 박혜정의 그 눈동자가 또 떠올랐고 그 순간 그녀는 저도 모르게 부르르 진저리를 쳤다. 아니다. 박혜정은 법적인 소송 따위를 염두에 두고 이런 영상을 만든 것은 아니다. 이 동영상은 뭐랄까, 미끼다. 이 뒤에 모종의 음모가 있을 게 분명했다. 그녀는 머리를 얹고 있던 무릎에 이마를 텅텅 부딪쳤다. 미끼라는 것까지는 알겠는데 도대체 뭘 노리고 이런 영상까지 만든 건지는 감이 오지 않았다. 뭘까, 도대체. 그녀는 손가락으로 머리카락을 마구 헤집었다. 설령 미끼라고 해도 일단은 물지 않을 도리가 없었다. 이게 단톡방에 올라가면 곧 안빈도 알게 될 것이다. 열두 살이면 이제 막 사춘기가 시작되는 나이다. 특별한 비극 없이도 호르몬만으로도 쉽게 비극의 주인공이 되는 나이. 무슨 일이 있어도 안빈이 제 아빠의 야동을 보는 일만큼은, 제기랄, 그런 일만큼은 없어야 한다.

－나는 더 잃을 게 없어요. 한 시간 내로 결정하세요. 연락 없으면 바로 올리겠어요.

카카오톡 알림음이 두 번 연속해서 울렸다. 박혜정이 문자에 이어 사진을 전송했다. 안빈아빠와 주고받은 문자 내용을 캡처해서 보낸 거였다. 그녀는 자리에서 벌떡 일어났다. 그리고 잰걸음으로 거실을 맴돌았다. 생각을 정리해보고 싶었지만, 줄에 묶인 개처럼, 생각은 계속 그 언저리만 맴돌 뿐 나아가지 못했다. 입에 모래가 꽉 찬 것 같았다. 그녀는 답을 보내는 대신 박혜정에게 전화를 걸었다. 직접 부딪쳐보는 게 나을 것 같았다. 나중에 필요할지도 모르니 통화내용은 녹음해두기로 했다.
"가정 있는 남자랑 이러는 거…… 내가 고소할 수 있다는 거 몰라? 응?" 그녀는 짐짓 화난 것처럼 목소리를 높였다.
"그 생각까진 못했는데 고소당하는 것도 나쁘지 않겠어요." 박혜정은 침착했다.

245

"뭐?"

"당장 고소해주세요. 판사한테 말이라도 해보게요."

"도대체 왜 이러는데?"

"저번에 다 말했잖아요. 세민이가 정신에 문제가 있는 것처럼 몰리는 이런 상황은 못 참겠어요."

박혜정의 목소리가 끝부분에서 가늘게 떨렸다. 그 마음은 충분히 이해가 갔다. 어떤 부모라도 그런 상황에 놓인다면 견디기 힘들 터였다. 언론은 세민이 죽은 첫날엔 학교폭력의 가능성에 초점을 맞췄다. 하지만 다음날 한 방송사에서 정신과 의사와의 인터뷰를 내보낸 뒤로 다른 방송사들까지 경쟁하듯 세민의 정신적인 문제를 다루기 시작했다. 정신과 의사들은 세민의 죽음을 연극으로 인한 흥분이 채 가시지 않은 상태에서 벌어진, 일종의 도착증세로 보았다. 어른 배우들도 아주 잔인하거나 슬픈 역을 연기했을 경우엔 거기에서 벗어나기 위해 반 년 이상 정신과 치료를 받는 경우가 많아요. 이 아이의 경우엔 누구보다 연극에 심취한 상태였기 때문에 그 배역에서 미처 빠져나오지 못한 채 죽음을 택한 것으로 보는 게 타당할 것 같습니다. 뛰어내린 시점도 연극이 끝난 직후거든요. 그러니까 다시 말해 복서라는 말의 죽음을 자신의 죽음으로 받아들였을 가능성이 매우 높다는 거죠. 그 뒤로 학교폭력이란 말은 자취를 감추었다. 더군다나 CCTV라는 강력한 증거가 있었다. 여론은 오히려 아무 잘못도 없이 친구의 죽음을 지켜봐야 했던 세 아이를 동정하는 쪽으로 흘러갔다. 평생 트라우마에서 벗어나지 못할 그 아이들이 피해자라면 피해자지 결코 가해자일 수는 없는 상황이었다.

"아무리 그래도 꼭 이렇게까지…… 이게 말이 되니? 응?"

박혜정은 아무 말도 하지 않았다. 전화기를 타고 박혜정의 숨소리만 쌕쌕 넘어왔다. 핸드폰을 쥔 손에 땀이 고였다. 그녀는 핸드폰을 다른 손으로 옮겨 쥐었다.

"좋아. 그럼 내가 뭘 하면 되는데? 뭘 빨리 결정하라는 거야?"

"세민이한테 한 짓을 다 말하라니까요, 기자들 앞에서요."

"못하겠다면?"

"단톡방에 올릴 거예요."

"그게 다야?"

"이건 시작이에요. 내가 당한 것과 똑같이 언니 인생을 망가뜨릴 거예요."

박혜정의 목소리에는 어떤 감정도 묻어 있지 않았다. 책을 읽듯 단조로운 억양이었다. 안빈엄마는 땀에 젖은 손바닥을 바지에 문질렀다.

"그럼 자기는 무사할까?"

"상관없어요. 난 더는 아무것도 잃을 게 없어요."

"그럼…… 자기가 원하는 대로 하면 어떻게 할 건데?"

"이걸로 끝낼 거예요."

"정말?"

박혜정은 바로 네, 하고 대답했다. 안빈엄마로선 얼른 납득이 가지 않았다. 정신적인 문제가 있었던 게 아니라 왕따를 당

247

해 자살했다? 둘 중 하나를 선택해야 하는 상황이라면 자신은 고민의 여지없이 전자를 택할 것이다. 연극에 몰두해 있던 아이가 그 배역에서 벗어나지 못해 죽음을 택했다는 것이 전교생에게 따돌림당해 죽었다는 것보다 훨씬 낫지 않을까. 아니, 좋다. 사람마다 생각이 다르니까 그건 그럴 수 있다고 치자. 근데 그걸 얻어내기 위해 이런 동영상까지 찍는다? 아무래도 이상했다. 그녀는 계속 거실을 서성댔다.

"좋아. 내가 그렇게 하겠다고만 하면 바로 동영상 없앤다는 거지?"

"네."

"다 없앴다는 걸 확인할 방법이…… 그러니까 내 말은……."

"복사본 같은 거 없어요. 이런 거 갖고 있고 싶지도 않아요."

"그래도 자기야. 자기를 의심해서가 아니라 내 입장에 선……."

"언니!" 박혜정이 날카로운 목소리로 그녀의 말을 끊었다. "날 그렇게 몰라요? 네? 언니가 어떻게 날 모를 수가 있어요?"

그녀는 얼른 대답하지 못했다. 한동안 정적이 흘렀다.

"알지, 그런 사람 아닌 거……."

그녀가 말끝을 흐렸다. 별안간 박혜정이 울음을 터뜨렸다.

"왜 그랬어요, 언니…… 나한테 언니밖에 없다는 걸 알면서…… 왜 그랬어요……."

박혜정이 꺽꺽대고 울기 시작했다. 안빈엄마는 눈을 감았다. 왜 그랬을까. 왜 그렇게까지 모질게 했을까. 하지만 다시 또 그 시간으로 돌아간다면 자신은 그와 똑같이 할 수밖에 없을 거라는 걸 이 순간에도 부정할 수가 없었다. 미안하다는, 용서해달라는 말을 그래서 할 수가 없었다. 그 한마디면 모든 게 수월하게 풀릴 거라는 걸 알기 때문에 더욱 입이 떨어지지 않았다. 그건 이 상황을 해결하기 위해 박혜정의 심정을 이용하는 일이 될 것 같았다. 박혜정이 저토록 처절하게 울어대는 이 순간만큼은 손톱만큼도 그녀를 기만하고 싶지 않았다. 동영상 파일을 없앤 뒤에 용서를 구하더라도 구하고 싶었다. 그녀는 힘겹게 눈을 떴다. 일단 박혜정을 만나야 한다. 동영상 파일부터 없애야 한다.

"근데 자기야. 뭣 좀 먹었니? 접때 보니까 엄청 말랐더라." 그녀가 말했다. "안 되겠다. 우리 같이 뭐라도 좀 먹자."

박혜정은 말없이 울기만 했다. 그녀는 울음이 흐느낌으로 잦아들 때까지 잠자코 기다렸다가 다시 입을 열었다. "내가 밥해서 갈게, 지금."

"언니……" 박혜정의 목소리는 여전히 축축했다.

"삼십 분만 기다려. 밥해서 얼른 갈게."

"아니에요. 그렇지 않아도 지금 밥 안쳤어요. 내 새끼…… 다 밝힐 때까진 어떻게든 살아 있을 거예요."

"그래야지, 그럼."

"……"

"그럼 반찬 좀 챙겨서 갈게. 알았지?"

"……"

"알았지? 간다?"

"……네."

그녀는 전화를 끊었다. 짧은 통화였는데도 진이 다 빠져버린 듯했다. 핸드폰을 발치에 내려놓고 그녀는 한동안 그것을 내려다보았다. 박혜정의 음성이 그 주위를 맴돌고 있었다. 날 그렇게 몰라요? 언니가 어떻게 날 모를 수가 있어요? 마음이 아팠다. 그녀는 주먹으로 가슴을 누르며 눈을 꾹 감았다. 그 순간 불쑥, 언젠가 고객이 해주었던 이야기가 떠올랐다. 세민이를 왕따시킨 아이 셋이 똑같이 사고를 당해 평생을 불편한 몸으로 살 수밖에 없는 처지가 되었다는…….

진저리가 등줄기를 훑고 내려갔다. 그녀는 번쩍 눈을 떴다. 그래, 이렇게 끝낼 박혜정이 아니다. 같이 밥 한 끼 먹고 동영상 파일 삭제하고 끝낼 것 같으면 애당초 시작하지도 않았을 것이다. 박혜정이 원하는 건 세민이 정신적으로 문제 있는 아이가 아니란 사실을 밝히는 게 아니다. 이건 미끼다. 자신을 끌어들이려는 미끼일 뿐이다. 분명히 뭔가가 있다. 도대체 박혜정이 노리는 게 뭘까.

그녀는 몸을 일으켜 욕실로 들어갔다. 옷을 벗고 샤워부스 안으로 들어갔다. 몸속에서 악성종양이 무섭도록 빠른 속도로 자라나는 것 같았다. 다리가 풀려서 그녀는 바닥에 쪼그려앉았다. 무릎에 이마를 얹은 채 그녀는 한참 동안 뜨거운 물줄기를 맞았다.

박혜정은 거실 장식장 앞에 서 있었다. 두 손을 모으고 서서 그 안에 진열된 십여 개의 술병을 어루만지듯 바라보고 있었다. 입안에 침이 고였다. 꼬박 48시간 동안 위를 비워뒀으니 지금 술을 마신다면 얼마나 짜릿하고 맛있을까. 완전히 빈속에 술을 마시면 그것이 지금 내 몸의 어디를 지나가는지, 어디에 잠깐 머물러 있는지 일일이 다 느낄 수가 있었다. 빈속에 술 마시기. 그게 그녀가 자신에게 상을 주는 방식이었다. 더 큰 상을 주고 싶으면 공복 시간을 늘리면 되었다. 어릴 때부터 그래왔다. 침이 고였다. 귀밑샘이 아팠다.

그녀는 장식장을 열고 아무거나 잡히는 대로 술병을 꺼내들었다. 그리고 성마른 손길로 급하게 뚜껑을 땄지만 거기까지였다. 술병을 도로 닫았다. 한 잔으로 끝나지 않을 거라는 걸 아니까. 그녀가 자기 자신에 대해 분명하게 아는 건 그것 하나였다. 술병을 연 이상 절대로 한 잔으로 끝내지 못한다는 것. 술병을 내려놓고 뒤돌아섰다. 설령 한 잔으로 끝난다고 할지라도 지금은 그것도 허용할 수 없었다. 오늘은 바늘구멍만 한 실수도 있어선 안 되는 날이었다.

초인종이 울렸다. 슈퍼마켓에서 주문한 상품이 도착할 시간이었다. 이제 시작이다. 그녀는 손으로 머리를 헝클어뜨리며 현관으로 나갔다. 남자가 쌀 포대와 생수 네 묶음을 현관에 부려놓았다. 그녀는 맨발로 현관문까지 나가 복도를 살피고는 남자

251

가 디뎌놓은 현관문 발굽을 올려 현관문을 닫았다.

"여기 들어올 때 이상한 여자 못 봤어요?" 그녀가 겁먹은 목소리로 남자에게 물었다.

"아뇨. 아무도 못 봤는데요."

남자가 대꾸했다. 그녀는 이번엔 현관 창으로 고개를 내밀어 바깥을 살피다가 남자를 향해 돌아섰다.

"키 크고 마른 여잔데…… 머리는 짧고요. 정말 못 봤어요?"

남자가 말없이 고개를 흔들었다.

"조금만 같이 있어주면 안 돼요? 혼자 있기 너무 무서워서 그래요."

밖에서 누가 듣고 있기라도 한 것처럼 그녀가 작은 소리로 말했다. 남자가 의아한 눈으로 그녀를 쳐다보았다. 초조한 듯 손톱을 물어뜯으며 그녀가 남자에게 바짝 다가갔다. 그리고 키 발을 돋우고 그의 귀에 소곤댔다.

"두 시간만 같이 있어줘요. 일당은 충분히 쳐서 드릴게요. 아, 잠깐만요." 그녀는 거실로 뛰어들어가 금방 봉투 하나를 들고 나왔다. "오십이에요. 두 시간만 있어줘요."

그녀가 봉투를 남자의 손에 쥐어주었다. 남자가 눈을 끔벅이며 그녀와 봉투를 번갈아 쳐다보았다.

"거절하지 말아요, 제발. 나를 해치려고 하는 사람이 있어서 그래요. 정말이에요." 남자가 고개를 저으려는 순간 그녀가 다급하게 덧붙였다.

"그러면 경찰에 신고해야죠."

남자의 말에 그녀가 절망적인 표정으로 고개를 흔들었다. "경찰은 내 편이 아니에요. 다들 내가 죽길 바란다고요. 그러니까 제발……."

남자가 고개를 갸웃거리며 그녀를 내려다보았다.

"같이 영화 봐요. 그러면 두 시간 금방 갈 거예요. 영화 보는 거 싫으면…… 아, 그럼 되겠다. 그냥 같이 놀아요."

그녀가 블라우스 단추를 풀었다. 남자가 깜짝 놀라며 돈 봉투를 내던진 채 현관문을 열었다. 그녀는 다급하게 남자의 손목을 움켜쥐었다. 남자가 팔을 흔들어 손을 뿌리쳤다. 그녀는 손톱을 세워 남자의 팔뚝을 할퀴었다. 남자가 도망치듯 집을 나갔다. 그녀는 닫힌 현관문을 쳐다보며 단추를 도로 채웠다. 이 정도면 저 남자를 증언대에 세우기에 충분할 것이다. 그녀가 결코 정상적인 상태는 아니었다고, 충분히 누군가를 극단으로 치닫도록 자극할 수 있는 상태였다고 증언할 것이다. 그리고 그녀가 두려워했던 상대가 여자였다는 것도 어렵지 않게 떠올릴 수 있을 것이다. 그 여자의 인상착의까지 기억해준다면 더 바랄 게 없겠지만.

그녀는 남자가 배달한 것들로 현관문을 받쳐놓았다. 20킬로그램 쌀 한 포대와 1.5리터 생수 스물네 병을 현관문 바로 앞에 쌓아놓았다. 돌아서며 그녀는 핸드폰으로 시간을 확인했다. 벌써 정오가 넘어가고 있었다. 그녀는 현관매트에 발바닥을 문지르고 안빈엄마에게 동영상 파일을 전송했다. 대화창에서 금방 숫자 1이 지워졌다.

핸드폰을 식탁에 내려놓고 그녀는 침실로 갔다. 서랍에서 일기장을 꺼냈다. 세민이 떠난 뒤 그녀는 한동안 일기를 쓰지 않았다. 다시 일기를 쓰기 시작한 건 세민의 죽음에 대한 모든 수사가 종결된 날부터였다. 괴롭힘을 견디다 못해 아이가 죽었는데 법은 너무도 쉽고 빠르게 모두에게 불기소 처분을 내렸다. 그날 그녀는 처음으로 아들의 일기를 읽었다. 그리고 세민의 일기장을 모두 없앴다. 세민도 그런 기록이 공개되는 걸 원치 않을 것이다. 세상으로부터 버림받은 게 아니라 세상을 버린 거라고 말하고 싶을 테니까.

아들의 방에서 일기장과 술병을 다 없애고 그녀는 작심한 듯 자신의 일기장을 꺼냈다. 그리고 그날부터 '그'가 아닌 '나'를 서술자로 해서 일기를 썼다.

그 여자가 짓밟은 것과 똑같이 나도 그 여자를 짓밟을 거다. 내 새끼를 죽여놓고도 그들은 아무 일도 없었던 듯이 살아가고 있다. 이건 안 된다. 다행히 나에겐 그 남자가 있다. 그 여자의 남편.

일기장을 넘겼다.

다음주에 여행을 떠난다. 비행기 표와 호텔은 다 예약해놓았다. 그의 티켓도 예약했지만 그는 아마도 가지 못할 것이다. 아무래도 상관없다. 그나저나 이 섹스 동영상은 언제 그 여자한테 보낼까. 언제 보내야 가장 효과가 클까.

내가 싱가포르에서 쉬는 동안 그 가족들은 서로 물고 찢게 될 거다. 내가 천국에 있는 동안 지옥에 처박혀 있을 거다. 그 생각만으로도 숨길이 트인다.

다음날, 그 다음날 일기도 비슷했다. 박혜정은 볼펜을 쥐고 오늘 날짜를 썼다.

그 여자에게 동영상을 보냈다. 됐다. 난 내일 싱가포르로 떠난다. 일주일 동안 머물면서 생각을 정리해서 돌아올 것이다. 두고 봐라. 철저하게, 완벽하게 무너뜨려주지.

그녀는 일기장을 덮었다. 이 정도면 됐다. 충분하다. 이게 마지막 일기가 될 것이다. 세민이 마지막 날 썼던 일기가 떠올랐다. 세민은 어떤 이유에선지 아침에 미리 일기를 써놓았다. 그 일기를 쓸 때 세민도 그게 마지막일 것을 알았을까. 아들의 일기는 이런 문장으로 마무리되고 있었다. '굉장한 하루였다.' 세민은 그 문장으로 4,098일이라는 짧은 인생을 끝맺었다. 외롭고 숨고만 싶었을 4,097일과 굉장했던 1일.

─결정하세요. 안 하겠다면 바로 단톡방에 올리겠어요.

안빈엄마에게 문자를 보내고 그녀는 바로 안빈아빠에게도 문자를 보냈다.

－내일 두 시에 공항에서 만나요.

곧 안빈아빠에게 답이 왔다.

－미안. 아무래도 어려울 것 같아.
－뭘 망설이는 건데요? 날 사랑한다면서요? 이젠 나 없인 하루도
못 살겠다면서요?
－사랑해. 며칠만 시간을 줘.
－내일 세 시 비행기예요.

그녀는 미리 꾸려둔 24인치 캐리어를 거실 구석으로 옮겼다.
일주일간의 여행에 부족함이 없도록 꼼꼼하게 꾸린 캐리어였
다. 그녀는 여권과 지갑과 선글라스가 들어 있는 숄더백을 캐리
어 위에 올려놓고 주방으로 갔다. 쌀을 씻어 밥을 안쳤다. 문득
어머니 생각이 났다. 어린 박혜정이 술에 취해 쓰러져 있으면
어머니는 쌀을 갈아 그 물을 마시게 했다. 어머니는 늘 그녀에
게 차가웠다. 모성의 전부를 큰딸에게 쏟아부어 작은딸에게 줄
것은 손톱만큼도 남아 있지 않은 사람 같았다. 처음으로 그녀
는 어머니를 이해할 수도 있을 것 같다는 생각이 들었다. 그것
은 작은딸이 아니라 작은딸의 어미를 벌하는 어머니만의 방식
이었을지도 모를 일이었다. 어머니는 작년에 죽었다. 언니가 죽
고 백 일쯤 지난 뒤였다. 어머니가 얼음 같은 냉기로 지혈하려
고 했던 상처들도 어머니와 함께 화장되었으니 이제 아무도, 아

무 상처도 남지 않았다. 박혜정 자신만 떠나면 끝나는 거였다. 그러면 어머니와 새아버지로부터 세민까지 이어진 이 지난한 이야기도 드라이아이스처럼 흔적도 없이 사라져버리는 거였다.

그녀는 시계를 보았다. 다음 단계로 넘어갈 시간이 되었다. 그녀는 핸드폰에서 기자의 전화번호를 찾았다. 세민에 대해 한 가지라도 더 알아내려고 수없이 그녀를 찾아왔던 여자였다. 여자가 바로 전화를 받았다.

"죽여버리겠어!"

심호흡을 하고 박혜정은 소리를 내질렀다. 여자가 뭐라고 말을 했지만 그녀는 준비한 말들을 쉼 없이 쏟아냈다.

"닥치고 들어. 내 새끼 죽음을 넌 농담처럼 만들어놨어. 너한테 출생의 비밀 어쩌고 한 게 누구야? 누군지 말해. 말하라고!"

그녀는 악을 썼다. 그게 누군지 모르지 않았다. 얼굴을 모자이크 처리하고 음성을 변조했다고 그녀가 안빈엄마를 몰라볼 리 없었다. 철 지난 밀짚모자로 얼굴을 반 나마 가리고서도 불안했는지 비스듬히 돌아앉아서, 안빈엄마는 가엾은 아이였어요, 하는 말로 인터뷰를 시작했다. 원래도 따돌림을 당했는데 출생의 비밀이 까발려지면서 아무도 상대를 안 해줬어요. 정말 안타까운 죽음이에요. 그때부터 언론은 세민이 근친상간으로 태어난 알비노라는 것에 방점을 찍었다. 며칠 동안이나 근친상간과 알비노가 네이버 검색순위 1, 2위를 다투었다. 의붓아버지이므로 생물학적으로 근친상간이 아니라고 바로 정정되긴 했지만 그게 더 사람들의 호기심을 당겼다. 하지만 박혜정에겐 그런 건 더는 아무 상관이 없었다.

"너도, 그 여자도 다 가만두지 않을 거야. 죽여버릴 거라고."

마지막 말은 일부러 목소리를 내리깐 채 차분하게 말하고서 그녀는 전화를 끊었다. 두 번째 증인을 확보한 순간이었다. 박혜정이 굉장히 불안정한 상태였기 때문에 안빈엄마가 이성을 잃게끔 도발했을 가능성이 충분했다고 증언하는 여자의 모습이 보이는 듯했다.

－나는 더 잃을 게 없어요. 한 시간 내로 결정하세요. 연락 없으면 바로 올리겠어요.

그녀는 안빈엄마에게 문자를 보냈다. 방금 전에 안빈아빠와 핸드폰으로 나눈 대화 내용을 캡처해서 그것도 안빈엄마에게 보냈다. 핸드폰을 내려놓고 그녀는 거실로 갔다. 곧 핸드폰이 울렸다. 안빈엄마일 것이다. 그녀는 돌아서서 핸드폰을 쳐다보았다. 저 전화를 받으면 아무것도 돌이킬 수 없게 된다. 그녀는 핸드폰이 놓인 식탁을 향해 저벅저벅 걸어갔다. 삶이 꼭 한 걸음 앞서서 발 앞에서 흘러가는 것 같았다. 그녀는 전화를 받았다.

전화를 끊고 박혜정은 식탁 의자에 앉았다. 안빈엄마는 삼십 분 뒤에 오겠다고 했다. 그녀는 눈을 감고 심호흡을 했다. 그리고 이제부터 진행될 일을 마지막으로 정리해보았다. 이미 수백 번 머릿속으로 시뮬레이션 해본 장면들이었다.

그녀는 주방으로 갔다. 뚝배기에 된장을 푼 뒤에 감자와 멸치를 넣어 가스레인지에 올렸다. 파는 싱크볼 안에 기대어 세워 놓고 호박을 썰었다.

이제 모든 준비가 끝났다. 그녀는 두 손으로 싱크대를 짚고 섰다. 세민이 다가와 등 뒤에서 엄마의 허리를 끌어안았다. 엄마가 마술사라면, 그래서 세상에서 꼭 한 가지를 없앨 수 있다면 뭘 없애고 싶어? 세민이 물었다. 그녀는 눈을 감았다. 손을 씻던 아들의 모습이 그려졌다. 근친상간이란 말을 들은 뒤로 세민은 손 한 번 씻는 데 십 분이 넘게 시간을 들였다. 샤워는 한 시간을 끌었다. 그녀는 아들을 채근하지 못했다. 그녀도 그랬으니까. 새아버지 방에 들어갔다 나온 날이면 밤새 몸을 닦고 또 닦아도 냄새가 남아 있는 것 같았으니까. 그녀는 감은 눈을 더 꾹 감았다. 이번엔 웃을 듯 말 듯한 표정으로 엄마를 올려다보던 아들의 얼굴이 떠올랐다. 어머니의 장례를 치르러 가던 날이었다. 하룻밤 혼자 있을 수 있지? 하고 물었을 때 세민은 묘한 표정으로 엄마를 쳐다보았다. 언제는 혼자가 아니었던 적이 있었느냐고 되묻는 얼굴이었다. 그녀는 눈을 떴다. 안빈엄마는 마땅히 죗값을 치러야 했다. 그러나 더 큰 벌을 받아야 하는 사람은 박혜정 자신이었다.

시간이 다 되었다. 그녀는 베란다로 나갔다. 안빈엄마가 그녀의 집으로 오려면 이 길을 지나올 수밖에 없었다. 그녀는 묵묵히 안빈엄마를 기다렸다. 얼마쯤 기다렸을까. 드디어 저 아래로 안빈엄마의 모습이 보였다.

박혜정은 주방으로 돌아갔다. 양파를 썰어 뚝배기에 넣고 도마에 썰어놓은 호박을 손날로 훑었다. 반달 모양의 호박들이 주방 바닥에 흩어졌다. 그녀는 식칼을 쥐고 싱크대에 등을 대고 앉았다. 다리를 뻗고 앉았는데도 무릎이 풀리는 것 같았다. 그녀는 밭은 숨을 내뱉었다. 자꾸 정신이 나갈 것 같았다. 그녀는 정신을 차리기 위해 볼 안쪽의 살을 힘껏 씹었다. 통증이 귀에까지 번지며 정신이 들었다.

그녀는 고개를 숙여 칼을 내려다보았다. 겁에 질린 자신의 숨소리가 들렸다. 그녀는 이를 악물고 손바닥으로 칼날을 꽉 쥔 상태에서 칼날을 빼냈다. 이로써 공격을 방어한 흔적 하나가 완성되었다.

현관 초인종이 울렸다. 초인종을 두 번 눌러도 기척이 없으면 안빈엄마는 비밀번호를 누르고 들어올 것이다. 그것은 박혜정이 늘 켜놓는 라디오와 텔레비전이 초인종 소리를 먹어버리는 경우가 많다 보니 두 사람 사이에 암묵적으로 만들어진 약속 같은 거였다.

그녀는 칼을 다시 움켜쥐었다. 절대로 머뭇거려선 안 된다. 주저흔이 남는다면 모든 것이 수포로 돌아간다. 서 있는 사람이 주저앉은 사람의 배에 칼을 꽂을 때의 각도를 연구하며 베개를 비스듬히 눕혀놓고 수도 없이 연습했다. 안빈엄마가 왼손잡이이므로 칼자국은 왼쪽으로 약간 기울어져 있어야 한다.

그녀는 귀를 곤두세웠다. 텔레비전과 라디오 소리를 비집고 디지털 도어록에 비밀번호를 치는 소리가 들렸다. 현관문을 받쳐놓은 쌀자루와 생수병들을 밀고 들어오려면 오 초쯤 시간이

지체될 것이다.

살려주세요. 박혜정은 있는 힘껏 소리를 지르고 앉은 채로 오줌을 누었다. 그리고 칼자루를 쥐고 자신의 배를 향해 힘껏 칼을 내리꽂았다. 그녀는 숨도 쉬지 않고 버텼다. 고통이 다른 감각을 다 앗아갔다.

"아아……."

박혜정은 눈을 떴다. 안빈엄마가 얼이 빠진 얼굴로 그녀를 내려다보고 있었다. 그녀는 입을 벌리기 위해 남은 힘을 쥐어짰다.

"이것 좀……."

그제야 안빈엄마가 비명을 지르며 그녀에게 달려왔다. 그리고 두 손으로 칼자루를 움켜쥐었다. 칼날을 뽑는 순간 피가 솟구쳤다. 안빈엄마가 칼을 바닥에 내던지고 주머니에서 핸드폰을 꺼냈다. 박혜정은 바닥에 떨어진 칼을 쳐다보았다. 안빈엄마의 지문이 잔뜩 묻은 이 칼이 증거물 1호가 될 것이다. 그녀는 쿨럭쿨럭 피를 토하며 자신이 쏟은 피 웅덩이 속으로 고꾸라졌다.

*

다 끝났어요, 요한. 세민이가 죽고 당신마저 자살기도를 해서 병원에 실려갔다는 말을 듣자마자 대모님은 스스로 목숨을 끊기로 결정했어요. 당신의 자살기도가 휴거가 목전에 이르렀음을 알려주는 신호라고 했어요. 죽은 자들이 먼저 일어난 뒤에 휴거가 일어날 것이기에 '그때'를 정확히 모른다면 차라리 죽어

261

서 기다리는 편이 안전하다는 메시지로 이해한 거예요. 그리고 모두 죽었어요. 대모님도, 대부님도, 성도님들도 모두 다요. 당신도 이미 뉴스를 통해 그 소식을 접했을 테지요. 나는 살아남 았어요. 환란 시대에 지상에 남아 순교해야 할 운명인 나는 그 들과 함께 죽을 수조차 없었어요.

나는 도망자가 되었어요. 죄짓지 않고 살아온 내가 숨어 지 내는 신세가 되었단 게 참 이상하고 처량하지만 그래도 요한, 내 걱정은 하지 말아요. 난 두렵지 않아요. 혼자가 아니니까요. 나에겐 우리 아기가 있으니까요.

요즘은 매일 꿈을 꿔요. 당신도 혹시 연속극처럼 이어지는 꿈을 꾸어본 적이 있나요? 연속극처럼, 전날 끝난 부분에서 시 작되는 꿈을 나흘 동안 이어 꾸고 있어요. 밤마다 내가 간 곳은 의리파 놈들의 살해현장이었어요. 접때 하루에 몰아 꾸었던 그 꿈을 이번엔 나흘 동안 나눠서 꾼 거예요. 아, 재방송처럼 나흘 간의 꿈이 다시 눈앞에 펼쳐지고 있어요. 또 의자놀이가 시작되 었어요. 일곱 명이 여섯 명이 되고 다섯 명이 되고 네 명이 되고 세 명이 되더니 마지막에 두 명이 남아요.

요한. 이제야 그 꿈의 의미를 알겠어요. 여호와 하느님께선 그 의자놀이를 통해 이 세상의 마지막 때를 보여주셨던 거예요. 결국 의자를 차지한 자들만 들어올림 받을 수 있는 거예요. 의 자를 차지하지 못한 자들은 소각로에 던져지는 거고요. 의리파 놈들이 가차 없이 사람들을 처넣었던 소각로는 바로 휴거 받지 못한 자들이 처참하게 뒹굴게 될 불바다예요. 의자를 차지하기 위해선 정신을 똑바로 차리고 깨어 있어야 해요. 정신 차리고 준비한 자들만 천국에 들어갈 수 있다는 것을, 그러므로 두려움과 떨림으로 구원을 완수해야 함을 여호와 하느님께선, 오 셀라, 아둔한 내가 깨달을 때까지 거듭거듭 꿈으로 보여주신 거예요.

밤이 깊어가요, 요한. 다리가 아프지만 멈출 수가 없어요. 걷고 있을 때가 그나마 마음 편해요. 멈춰 서는 순간이면 누군가 나를 알아보고 저 여자다, 하고 소리칠 것 같아 불안해요. 오늘은 밤이 맞도록 걸어야 할 것 같아요. 이 밤이 당신과 함께 보냈던 그 밤들에 닿는다면 얼마나 좋을까요. 그 밤들이요. 당신과 둘이 마주앉아 성서를 펼쳐놓고 한 구절씩 번갈아가며 봉독하던 그 밤들이요. 그러다 보면 어느새 부옇게 새벽이 와 있곤 했어요. 그러면 우리는 성경책을 덮고 기도를 한 뒤에 아무 데나 펼쳤지요. 그리고 처음 눈에 들어오는 구절을 읽었어요. 그때마다 여호와께서는 놀랍게도 그날 가장 필요한 말씀을 우리에게 주셨어요.

아, 그러고 보니 세민이와도 마지막 날에 그걸 했어요. 우린 성경책을 펼쳐서 말씀을 받들었어요. 세민인 시편 50편 말씀을 받았어요. 나는 창세기 22장 말씀을 받았고요.

눈을 반짝이며 쳐다보는 그 아이에게 나는 내가 받은 말씀을 읽어줄 수가 없었어요. 이삭이 이르되 불과 나무는 있거니와 번제할 어린 양은 어디 있나이까……. 차마 그 아이 앞에서 '번제할 어린 양'이란 말을 내뱉을 수가 없었어요. 세민이가 성별자가 아니란 걸 미리 알았다면 그냥 아무렇지 않게 그 구절을 읽어줄 수 있었을 거예요. 요한, 당신도 이미 알고 있겠지만, 당신이 틀렸어요. 세민이는 성별자가 아니었어요. 성별자라면 그렇게 맥없이 죽을 수는 없는 일이니까요.

그런데, 그런데요 요한. 어쩌면 세민이는 자신이 성별자라고 믿고 빌딩에서 뛰어내린 게 아닐까, 그 순간 기적이 일어날 거라고 굳게 믿었던 게 아닐까, 자꾸 그런 생각이 들어서 마음이 힘들어요. 설마…… 아니겠지요? 그렇게 믿고 뛰어내린 건 아니겠지요?

부질없는 질문이네요. 당신도 그 답을 모를 테니까요. 어쨌든 요한, 믿고 뛰어내린 거든 그만 살고 싶어서 뛰어내린 거든, 어느 쪽이라고 해도 난 그 아이가 부러워요. 믿음이든 절망이든, 손톱만큼의 여지도 남겨두지 않고 그 찰나의 순간에 모든 걸 걸 수 있었던 그 아이가요. 난 그럴 수가 없었어요. 세민이처럼 망설임 없이 모든 걸 걸고 나를 내던질 수가 없었어요.

그래요, 요한. 아까 한 말은 거짓말이에요. 난 마지막 환란의 날에 순교하기 위해 살아남은 게 아니에요. 죽음이 두려워서, 우리 아기를 품은 채 죽는다는 게 너무도 두려워서 모두를 배신하고 도망나왔어요. 여호와께서 거듭 꿈으로 종말을 보여주시는데도 이 땅과 천국 사이의 깊디깊은 크레바스를 뛰어넘을 수가, 도저히 그럴 수가 없었어요. 믿음이 덜했던 걸까요, 아니면 천국이 덜 간절했던 걸까요.

간절함이라고 말하고 나니 그 의사 생각이 나요. 간절히 아기를 원하면 상상임신을 하기도 한다고 말했던 그 의사요. 근데 그가 간절함을 알까요. 간절함이란 게 도대체 어떤 강도의, 어떤 점도의, 아니 어떤 순도의 결인지 그가, 권태가 담뱃진처럼 찌든 표정으로 앉아 있던 그가 그걸 알기나 할까요.

생각해보면 요한, 우리는 간절함 하나로 이 세상을 버텼어요. 늘 천국이 간절했고 여호와 하느님에 대한 사랑이 간절했고 그분의 택하심이 간절했고 서로 합심해서 마지막 날을 기다릴 성도들이 간절했어요. 그 간절함 하나로 우리를 이단이라고 핍박하는 자들을 이겨냈고 바퀴벌레처럼 죽이고 죽여도 기어나오는 의심을 이겨냈어요. 어쩌면 요한, 간절함에 배반당하는 순간이 지옥이란 걸 알았기에 우리는 더 간절할 수밖에, 악착같이 간절함에 매달릴 수밖에 없었던 걸까요.

요한. 이제 나는 어디로 가야 할까요. 생각을 해야 하는데 생각이란 걸 할 수가 없어요. 머리가 굳어버린 것처럼 아무것도 생각할 수가 없어요. 하염없이 옛날 생각만 하게 돼요. 당신에게 가던 그 숲길…… 처음 육손이인 손을 들켰을 때 당신이 보였던 그 슬픈 표정…… 당신 눈동자에 떠오른 아름다운 내 얼굴…….

다리가 무거워요. 아침이 오려면 한참 멀었는데 모래주머니를 매단 것처럼 다리가 무거워서 걸음을 뗄 수가 없어요. 저 많은 불빛들. 창마다 참으로 따뜻하게 불빛이 흘러나오고 있어요. 나도 어딘가에 눕고 싶어요. 양말을 벗어 돌돌 말아 던져놓고 당신 무릎을 베고 눕고 싶어요. 누워서 당신이 들려주는 산상수훈을 들으며 자고 싶어요. 슬프고 힘들다고 투덜대는 밤마다 당신은 내 발가락을 매만지며 산상수훈을 읊어주곤 했잖아요. 심령이 가난한 자는 복이 있나니 천국이 저들의 것임이요 애통하는 자는 복이 있나니 그들이 위로를 받을 것임이요 온유한 자는 복이 있나니 그들이 땅을 기업으로 받을 것임이요 의에 주리고 목마른 자는 복이 있나니 저들이……

그런데 요한. 정말 화평케 하는 자는 복이 있어 그들이 하느님의 아들이라 일컬음을 받게 될까요. 심령이 가난한 자는 복이 있어 천국이 그들의 것이 될까요. 마음이 청결한 자는 복이 있어 그들이 하느님을 보게 될까요. 그런데, 그런데요 요한. 그 아름답고 찬란한 천국에 가는 길이 왜 이렇게 고되고 고되고 고된 걸까요. 애통하고 애통하는 자로 거듭나게 하기 위해서, 심령이 가난하고 가난한 자로 거듭나게 하기 위해서, 여호와께선 이토록 고되고 고되고 고된 길을 통해서만 천국에 이르게 하시는 걸까요.

어느덧 올해로 제7회 수상작을 선정한 황산벌청년문학상이 그 연륜에 걸맞은 문학상으로 자리매김이 되는 과정과 결과를 지켜보는 일은 보람차다. 나름 많은 문학상이 있고, 또 수많은 작가들이 지원하지만, 모든 문학상이 비슷한 무게를 지닌 것이 아니기에 더욱 황산벌청년문학상과 이번 수상작의 의미가 크다고 할 수 있다. 올해도 총 141편이 투고되어 치열한 예심과 본심을 거쳐 수상작을 결정했다. 한 해마다 투고작들의 경향이 뚜렷하게 바뀌는 것은 힘들고, 대형 신인이 속속 배출될 확률 또한 아주 높은 것은 아니지만, 심사위원들의 기대를 저버리지 않는 수상작을 만나게 된 점이 아주 고무적이다. 수상작을 포함하여 장편소설이라는 문학 장르의 특성상 인간에 대한 통찰을 통해 현실의 저변에 깔린 사회적 무의식을 발견할 수 있는 대부분의 투고작들을 만나며 든 생각은, 내면을 통해서도 외부를 직시하고, 사건을 통해서도 자아의 상처를 건드리는 두 겹 혹은 세 겹의 소설들이 많았다는 점이다. 문학의 언어로 사회의 저층을 성찰하는 투고작들을 통해 소위 '리얼리즘의 확대와 심화'라는 문학사적 명제를 다시 한번 확인할 수 있었다. 문예사조로서의 리얼리즘 자체가 '리얼'이라는 감수성을 이길 수는 없기 때문이다. 모든 투고작들은 삶의 무게를 느끼고 그 무게를 견디며 살기 위해 환상을 통해서도 현실을 이야기하고 역사를 통해서도 미래를 이야기하는 21세기적 소설의 생존술을 치열하게 보여주고 있었다.

이런 투고작들의 대체적 흐름을 대표하는 총 세 편의 본선 진출작을 추려 본심에서 본격적인 논의 과정을 거쳤다. 본심 통과작 세 편은 유기성의 《그라운드 제로》, 이경란의 《강남으로 간 집사들》, 채영신의 《개 다섯 마리의 밤》이다. 서로 다른 경향을 보이면서도 소설적 완성도의 면에서나 당대에 대한 예각화된 시각의 반영 면에서 수월성을 지녔기에 수상작으로 함께 고려해볼 수 있는 작품들이었다.

먼저 《그라운드 제로》는 제목의 상징성에 부합하는 묵시록적 세계관을 담은 좀비물이라고 할 수 있다. 인서빌딩이라는 재개발 공간을 중심으로 그곳의 세입자였던 부모님들이 억울한 죽음을 당하자 그 복수를 위해 고군분투한 아들 이현의 서사가 중심이다. 자본을 둘러싼 물질적 욕망과, 국회의원이나 군인들을 둘러싼 권력 욕망 등으로 표출되는 이전투구(泥田鬪狗)를 보면, 누가 좀비이고 누가 사람인지, 혹은 누가 가해자이고 누가 피해자인지 구분하지 못할 지경의 아수라를 경험하게 된다. 좀비 백신을 둘러싼 추리적 요소와 인물들 간의 갈등이 시의성과 사회성을 강하게 담보하면서 서사성을 확보하는 데에 일조하고 있다. 이미지나 아우라도 실감나게 그려지고 있다. 하지만 좀비물이라는 유행 코드를 빌려왔음에도 불구하고 오히려 그 자체가 익숙한 기시감을 주는 쪽으로 반작용을 했고, 오자 혹은 탈자와 어색한 문장들이 많아 퇴고를 덜 거친 듯한 아쉬움을 남겼다.

이와는 전혀 다른 경향을 보여주는 《강남으로 간 집사들》은 고양이를 매개로 연결된 사람들이 한시적으로 갑작스럽게 강남의 오래된 아파트에 함께 살게 된 이야기를 그린 동거기(同居記)에 해당한다. 고시텔에서 고양이를 기르다가 쫓겨난 '미뇽', 9급 공무원 시험을 포기하지 못하는 '처리', 당구장 알바생인 '저커' 등 이삼십대 청춘 세대나 비강남인들의 분노와 박탈감이 리얼하게 그려지고, 거기에 평범한 가장이었던 '이안'까지 합세하게 되면서 나타나는 세대 간의 갈등과 화해를 함께 다루면서 서사의 범위를 확대하고 있다. 각 개인이 모두 각자의 세계를 축조하는 연작소설의 인물들처럼 독립성을 가지면서도 서로 교차하고 있기에 다양한 삶의 군상들이 슬프면서도 따뜻하게 묘사되고 있다. 철거 후 재건축에 들어갈 아파트의 모습처럼 각자의 인생 '리모델링'에 나선 이들을 응원하면서도 여전히 불안한 시선을 거둘 수 없다는 데에 이 소설이 지닌 함정이 있을 듯하다. 예측 가능한 희망이 언제나 문학에 활력이 될 수 있는가라는 질문을 남기는 소설의 결말과 인물 구도였다.

논의 끝에 수상작으로 선정된 《개 다섯 마리의 밤》은 오히려 읽으면 읽을수록 추워지는 소설이다. 이 또한 제목 자체의 상징성과 연관 있을 듯하다. 오스트레일리아 원주민들은 너무 추워서 개 다섯 마리를 끌어안고 자야 하는 밤을 말할 때 '개 다섯 마리의 밤'이라고 표현했다는 것이다. 이때의 '다섯'이라는 숫자는 생존을 위해서는 필수불가결한 조건이지만, 현실적으로는 불가능한 꿈의 숫자일 수도 있을 것이다. 삶을 춥게 만드는 요소는 여러 가지일 터이다. 이 소설에서는 탄탄한 플롯과 인물 묘사, 안정적인 문장과 맞춤한 비유들을 통해 그런 요소들이 정교한 퀼트처럼 직조되고 있다. 작가의 탄탄한 기본기와 내공이 아니면 불가능한 축조술이다. 그 중심에는 성서 속 노아의 시대보다 더 타락했기에 멸망을 앞둔 세상을 구원할 성별자(聖別者)를 찾는 종교소설로서의 면모가 자리한다. '성별자 아닌 성별자'들인 육손이 요한과 알비노 환자인 세민의 타자성에 주목하면 타자소설로도 읽힌다. 세민의 근친상간적 가족사나 학교폭력 피해자로서의 비극을 비판하는 풍자소설적 면모 역시 뚜렷하다. 작가는 이토록 다양하고 입체적인 수난의 면면을 향해 보

기 드문 정공법으로 육박해들어간다. 그런 과정 속에서 이 소설
은 쉽게 구원을 말하지 않는다. 오히려 왜 이토록 구원이 어려
운지에 대해 공들여 말한다. 2000년대 이후 소설 중에는 악무
한적 고통을 강조하면서 인간을 피해자로 고정시키는 21세기
적 분노를 강조하는 윤리소설들도 많다. 그에 대한 반대급부로
위기를 기회로 삼자는 역(逆)유토피아소설들도 흔하다. 하지만
이 소설은 그 두 가지 방향이 공통으로 지니는 당위성을 경계
하면서 아무런 타협 없이 혹한의 밤을 묵묵히 견디는 소설이다.
'이미' 충분한 고통이 '아직' 오지 않은 구원을 어떻게 소환해야
할지 끊임없이 질문하는 것은 이 소설만의 값진 개성이라고 할
수 있다. 그 과정에서 보여주는 이 소설의 통각(痛覺)에 통감(痛
感)하면서 심사위원 전원의 만장일치로 수상을 결정하였다. 여
러 갈래의 이야기나 상징을 담는 것 자체가 지닌 특성으로 인
해 소설의 흐름을 산만하게 만드는 경우가 전혀 없는 것은 아
니지만, 그런 흐름을 다잡고 소설의 주제를 항해 매진하는 추진
력에서 앞으로의 창작 활동이 더 기대되기도 한다. 황산벌청년
문학상의 미래에 커다란 주춧돌이 될 수상작에 축하를 보낸다.

제7회 황산벌청년문학상 심사위원

소설가 박범신·김인숙·천운영, 문학평론가 류보선·김미현(대표 집필)

십여 년 전에 살았던 동네를 배경으로 이 소설을 썼다.

새로 지은 아파트 숲 사이에 작은 둔덕이 있는 마을이었다. 폐가 한 채와 묵정밭을 업은 채 납작 엎드려 있던 둔덕. 장을 보러 갈 때마다 나는 일부러 둔덕으로 올라갔다. 거기 앉아 고층 아파트 뒤로 고꾸라지듯 떨어지는 해를 볼 때마다 사람들이 그려졌다. 강은교 선생님의 시 〈풀잎〉에 나오는 "누런 베수건 거머쥐고 닦아도 닦아도 지지 않는 피를 닦으며" 울며 떠나는 사람들.

그들을 주인공으로 소설을 구상했지만 정작 그 동네에 살 땐 한 문장도 쓰지 못했다. 돌이켜 생각해보면 그 시절의 나는 그들을 헤아리기에 너무 가진 게 많았다. 아이들은 쑥쑥 자랐고 부모님은 강건하셨으며 내 형제들도 친구도 남편도 젊고 힘

272

이 넘쳤다. 그곳을 떠나와 나 자신이 폐가가 되고 쓰레기로 뒤덮인 묵정밭이 된 뒤에야 이 소설을 시작할 수 있게 되었다. 소설가를 꿈꿀 때만 해도 내 날갯짓이 소설이 되는 줄 알았다. 이젠 내가 어디에 있든 그 자리가 최전선이며 그것이 소설이 된다는 걸 안다. 그러므로 중요한 건 어떻게 사느냐이다. 소설이, 소설가로 산다는 것이 중요한 까닭은 그것이 내 몸과 마음에 삼투압을 일으키기 때문이다. 이것이 내 스승 황충상 선생님께서 나에게 주고 싶어 하셨던 가르침이란 것을 이제야 비로소 깨닫는다.

황현산 선생님의 말씀을 포스트잇에 적어 책상 앞에 붙여놓고 이 소설을 썼다. "잔인함은 약한 자들에게서 나올 때가 많다. 세상에는 울면서 강하게 사는 자가 많다."

이 두 문장을 이야기로 풀어보고 싶었다. 소설이 길을 잃을 때마다 나는 이 문장을 읽었고 양희은의 〈금관의 예수〉와 이소라의 〈내 곁에서 떠나가지 말아요〉와 유가은의 찬송 〈날마다 숨 쉬는 순간마다〉와 피르스와 조성진이 연주하는 쇼팽의 녹턴들과 이승철의 〈열을 세어보아요〉와 안진성의 해금연주곡 〈한 번의 사랑〉과 ID:ID의 〈하루종일〉을 들었다. 그래도 갈피를 못 잡겠으면 명록이의 방문을 두드렸다. 그리고 아들과 밤새워 소설 속의 인물들에 대해 이야기했다. 동이 트면 내 방으로 돌아와 성경을 펼쳐 마태복음 5장을 읽고 글쓰기를 시작했다.

심사위원 선생님들께 감사드린다. 암울한 코로나 시대에 이 어두운 글을 눈여겨봐주셨다는 사실이 목메게 감격스럽다.

2021년 여름

채영신

제7회 황산벌청년문학상 수상작

개 다섯 마리의 밤

1판 1쇄 발행 2021년 7월 20일

지은이 · 채영신
펴낸이 · 주연선

총괄이사 · 이진희
책임편집 · 백다흠
편집 · 박연빈
저작권 · 이혜명
표지 및 본문 디자인 · 박민수
마케팅 · 장병수 김진겸 강원모 정혜윤 유정연
관리 · 김두만 유효정 박초희

(주)은행나무
04035 서울특별시 마포구 양화로11길 54
전화 · 02)3143-0651~3 | 팩스 · 02)3143-0654
신고번호 · 제 1997―000168호(1997. 12. 12)
www.ehbook.co.kr
ehbook@ehbook.co.kr

잘못된 책은 바꿔드립니다.

ISBN 979-11-6737-043-3 (03810)